천 번의 환생 끝에 3

요람 장편 소설

초판 1쇄 찍은 날 § 2017년 9월 20일
초판 1쇄 펴낸 날 § 2017년 9월 27일

지은이 § 요람
펴낸이 § 서경석

총괄팀장 § 최하나
편집책임 § 김슬기

펴낸곳 § 도서출판 청어람
등록번호 § 제387-1999-000006호
등록일자 § 1999. 5. 31
어람번호 § 제1-2768호

주소 § 경기도 부천시 원미구 부일로 483번길 40 서경B/D 3F (우) 14640
전화 § 032-656-4452 팩스 § 032-656-4453
http://www.chungeoram.com
E-mail § chungeorambook@daum.net

ISBN 979-11-04-91466-9 04810
ISBN 979-11-04-91433-1 (세트)

요람 장편소설

FUSION
FANTASTIC
STORY

3

천 번의
환생 끝에

청어람

Contents

chapter17
Mushin: The birth of hero

봄바람이 살랑살랑 부는 4월 중순, 지영은 은정 백화점의 광고를 찍은 후에 바로 촬영장으로 움직였다.

촬영장으로 가는 차 안은 고요했다. 그리고 그 고요 속에 스며들어 있는 긴장감. 지영은 괜찮았지만 오히려 팀원들이 더욱 긴장을 한 상태였다. 지영은 눈을 감고 명상을 하고 있는 중이었지만 작게 소곤거리는 소리들은 여지없이 들려왔다.

"의상은?"

"확인했어요."

"확실하지?"

"네."

의상 팀의 대화고.

"콘셉트 숙지했지?"

"네."

"오늘 최고여야 돼. 알지?"

"물론이에요. 이제 돈값 해야죠!"

메이크업 팀의 대화였다.

피식.

지영은 그녀들의 대화에 그냥 웃고 말았다. 솔직히 리틀 사이코패스 이후 지영의 스케줄은 여유롭다 못해 거의 없다고 봐도 과언이 아니었다. CF도 이번 은정 백화점 건이 전부였다. 그 외엔 뭐, 회사에서 거의 논다고 봐도 될 지경이었다. 지영이 그러니 덩달아 지영의 팀도 다른 팀에 손이 부족하지 않는 이상 거의 놀았다.

이렇게 돈 벌어도 되나… 걱정도 됐고.

매일 앉아 있자니 살이 너무 찌는데… 하는 걱정도 했다.

물론 계절마다 변하는 트렌드에서 뒤처지지 않으려고 각자 공부하는 건 잊지 않았지만 너무 일이 없다 보니 월급을 받는 게 미안할 지경까지 갔던 그녀들이었다. 그렇게 놀다가, 이제 드디어 몇 년 전에 계약서에 도장을 쾅! 찍은 정식 제목, 'Mushin: birth of hero'의 촬영이 딱 오늘부터 시작됐다.

그러니 저렇게 긴장하는 것도 무리는 아니었다.

물론 지영은 저렇게 걱정하지 않았다. 조금 흥분된 상태지만 그렇다고 긴장이라 부를 수 있는 상태도 아니었다. 오래 기다렸다. 척위준을 달래느라 진이 빠졌을 정도로. 조금만… 조금만 참아.

'우리의 이야기는 이제부터 시작이니까.'

덜컥, 한 번 흔들린 서랍은 알겠다는 대답일까? 확실히 알 순 없지만 지영은 그냥 그렇게 생각하기로 했다.

서소정이 운전하는 차는 서울을 벗어나 달리기 시작했다. 첫 신. 지영이 영화에서 첫 등장하는 신이다. 슈트를 입고 치고받는 건 좀 나중이고, 오늘은 산속에서 촬영이 이루어진다. 속세와 연을 끊은 무신의 후예.

무(武)를 숭상하고, 심신(心身)을 단련하는 신. 물론 그것만 찍는 건 아니었다. 오늘 산에서 찍을 신은 전부 찍을 예정이니까.

서울을 벗어나 한 시간을 더 달려 촬영장에 도착했다. 산의 초입에 세워져 있는 수많은 차량. 기자들도 벌써 와서 진을 치고 있었다. 스태프의 안내를 받아 좀 더 안쪽으로 들어가 차량을 세운 서소정.

지이잉.

자동문이 열리고, 지영은 차에서 내렸다.

"흐읍, 후우."

산이라 그런지 공기가 확실히 달랐다. 보통 지영의 나이대에 그런 걸 느끼기는 쉽지 않지만 지영은 너무 확실히 느꼈다. 평소보다 조금 빠르게 뛰던 박동이 두어 번의 심호흡으로 바로 가라앉았다.

지영은 저 멀리 보이는 분주한 촬영장으로 이동했다.

도착하니 먼저 도착한 스태프들이 촬영 준비를 하고 있었고, 배우들도 신을 맞추고 있었다. 하지만 없어도 될 사람들도 보였다. 특히 저기, 떡 벌어진 어깨와 스치기만 해도 중상을 입을 것 같은 팔뚝을 가진 금발의 사내와 오늘은 신이 없는데도 촬영장

한구석에서 기웃거리는 칸나와 레이 옌이 그 주인공들이었다.

지영은 일단 척에게 먼저 갔다.

"오랜만이에요, 캡틴."

"오, 이제야 왔군. 잘 지냈나?"

"네, 잘 지냈죠. 그런데 어쩐 일이에요?"

"후후, 새로운 히어로의 첫 촬영인데 와서 응원해 주는 게 예의 아니겠어?"

"하하, 고마워요."

척 에반스.

전에도 얘기했지만 그가 캡틴 역에 가지는 애정은 상당했다. 그리고 실제로 알버트 주니어와 함께 히어로들을 물심양면으로 챙겼다. 최연소 히어로이면서 서브 스토리에서 본 스토리에 합류할 예정인 지영이니, 어쩌면 이런 관심도 그에게는 당연한 일이었다.

"컨디션은?"

"최고예요."

"좋군. 오늘 촬영, 기대해도 좋겠지?"

"네, 물론이에요."

하이!

지영이 대답하기 무섭게 저 멀리서 붉은 기가 감도는 금발을 휘날리며 레이샤가 다가왔다. 오늘은 레이샤도 신이 있었으니 이상한 일은 아니었다. 감독인 루소 형제와 다가온 레이샤는 힐끔 지영의 여기저기를 살폈다.

"이런, 레이샤. 인사도 안 하고 살펴보는 건 무슨 예의예요?"

"그사이 또 자란 것 같은데?"

송지원 만큼이나 마이 페이스인 그녀다.

지영의 말은 예쁘게 씹어 드시고, 자기 할 말을 하는 레이샤에 지영은 고개를 설레설레 저었다. 물론 기분 나쁜 건 아니었다.

"그리고 어제 봤잖아, 우리?"

"그건 어제잖아요?"

"봤으면 된 거지, 뭘!"

그녀의 말처럼 어제 아침에 레이샤는 한국에 도착했고, 레이샤와 오후 여섯 시쯤 만나 저녁을 먹었다.

"컨디션은?"

"캡틴한테 물어봐요. 저는 준비 좀 하고 나올게요."

"야, 같이 가!"

졸졸졸.

피식피식 웃는 척과 레이샤가 지영을 졸졸 따라왔다. 저 멀리서 칸나가 움찔하는 게 보였지만 감히 따라오진 못했다. 레이 엔도 마찬가지. 그녀는 오히려 지영 말고 액션 배우들이 합을 맞추는 것에 시선을 고정시키고 있었다.

텐트로 들어온 지영은 바로 상의부터 벗었다.

그러자 드러나는 지영의 상체.

완벽, 말 그대로 완벽했다.

철저한 식단 조절과 웨이트로 만들어낸 근육은 정말 상상 이상의 무서움과 아름다움을 동시에 뿜어냈다.

거기다 실제 무술 훈련까지 같이하며 만든 몸이다. 말 그대로 무예, 무술에 특화된 지영의 육체였다.

"와우!"

레이샤의 탄성이 들렸지만 그 정도는 가뿐히 무시한 지영은 바로 오늘 입어야 할 의상으로 갈아입었다.

한복.

시작 신은 무신의 후예인 척위준이 전기도 들어오지 않는 험지에서 혼자 살아간다는 콘셉트였다. 그래서 복장도 한복이었다. 한복이야말로 한국이라는 국가의 옛 시절의 복장을 가장 잘 설명할 수 있기 때문이었다.

또한 한복을 입고 산속에 있다는 것 하나만으로 오지, 험지에서 세상과 단절된 채 살고 있다는 표현을 가장 빠르고 확실하게 전달할 수 있었다.

가림막 안으로 들어가 바지까지 갈아입고 나온 지영. 영락없는 옛날 시골 소년의 복장이지만 얼굴에 부티가 너무 났다. 은정 백화점 CF를 찍으면서 받은 메이크업 때문이었고, 의자에 앉자마자 바로 담당인 이성은이 다가와 메이크업을 지웠다.

그리고 다시 스킨과 로션, 에센스와 미백 효과가 적은 선크림까지 바르는 걸로 메이크업은 끝났다.

"아쉽다."

"세상과 단절된 채 사는 소년이 얼굴에 분칠이라니, 말도 안 되는 소리죠."

"그래도……."

"여기서 찍는 것만 끝나면 밖으로 나가니까 그때 실컷 해봐요. 바른 듯, 바르지 않은 듯하다는 그 메이크업요."

"오케이!"

이어서 부수수하게 머리카락을 휘날려 놓는 것으로 촬영 준비는 전부 끝났다. 첫 신이기도 하고, 대사도 사실 그리 많지 않다. 그저 나무를 하고, 밥을 지어 먹고, 옛날 서적을 보는 신. 그리고 심신을 단련하는 장면들까지. 대사보다는 몸을 주로 쓴다. 데모니악(Demoniac)에서 쇠못을 박으러 온 졸개들과 만나기 전까진.

오늘 사용할 무기가 한쪽에 거치되어 있었다. 그냥 특별할 것 없는 가검과 손때 가득 묻은 목검. 가검은 연출 팀이 직접 주문해 제작한 거고, 목검은 지영의 개인 물품이었다.

일단 지영은 몸부터 풀고 검을 쥐었다.

손에 검을 쥐는 순간 눈빛은 물론 기세까지 변했다. 배우 강지영과 영웅 척위준이 동화하는 과정에서 생기는 변화였다.

"와우."

"흠……"

레이샤와 척이 다시 탄성을 흘렸다.

여러 번 봤지만 이런 지영의 모습은 정말로 신기했다. 특히나 목검으로 사과를 네 조각 내던 모습은 그들의 생에서 단 한 번도 본 적이 없는 신기(神技)였다.

"후우……"

좋아, 완벽하다.

강지영의 감정 상태를 정확히 유지하면서, 척위준의 무예(武藝)에 관한 기억을 몸에 장착시켰다.

지금 당장은 이 상태가 딱 좋다.

완벽한 동화는 아직은 아니고, 본편에서 보여줄 테니까.

지영은 눈을 감고 좌선에 들어갔다.

그런 지영의 모습을 본 척이 눈치를 주고는 자리를 비워줬다. 텐트 안에 혼자 남은 지영은 한참을 그렇게 시간을 보냈다. 후읍, 후우. 후읍, 후우……. 들숨과 날숨을 통해 정신을 최대한 세웠다.

이 상태에서 다시 척위준이 아닌 본인의 정신으로 날을 세워야 했다. 이 부분은 지영이 많이 고민했던 부분이었다.

처음부터 척위준의 모습이 드러나면 관객들은 익숙해질 거다. 그러면 마지막 신에 척위준과 완전한 동화를 이뤄도 큰 감흥을 받지 못할 거라는 예상에서 나온 스스로의 단련. 송지원과 루소 감독에게 상의를 해본 결과 나쁘지 않다는 의견들이 건너왔다.

그 결과가 지금, 지영의 모습이었다.

그렇게 30분.

배우 스텐바이 사인이 떨어졌다.

*　　　　　*　　　　　*

후우, 후우.

"아, 오늘은 이상한걸."

어깨에 멘 물지게가 오늘따라 유난히 요동쳤다. 철이 들고 전부터 멨던 물지게다. 양 끝에 달린 통에 담긴 물은 평소라면 거의 흔들림이 없었을 텐데 오늘따라 이상하게 잔파문이 일어났다.

위준(衛準)은 이런 상황이 정말 마음에 들지 않았다.

10년을 넘게 지게를 들었는데 아직도 이렇게 파문이 일어난다는 건 그만큼 수련이 부족하다는 의미였기 때문이다. 그게 아니라면 심신의 평정이 무너졌다는 뜻이거나. 하지만 어디 특별히 아픈 곳을 느끼지 못한 위준이다. 그러니 남은 건 수련이 부족하다는 것뿐.

하지만 그래도 다시 한번 심호흡을 하고, 지게를 지고 끝까지 올라온 위준은 식수통에 물을 붓고는 평상에 주저앉았다. 땀을 잔뜩 흘려 몸에 착 달라붙은 상의를 벗어 빨랫줄에 널어놓은 뒤, 그냥 드러누웠다.

햇빛이 조각 나 얼굴로 쏟아졌다.

매앰, 매앰, 매앰.

산속의 여름은 시원하기만 했다. 밤이 되면 오히려 추웠다. 물론 위준의 '경지'는 이미 추위를 타지 않는 '수준'까지 올라갔기에 상관은 없었다.

"웃차."

잠시 쉬었던 위준은 다시 일어났다.

할아버지의 유언이 있었다.

'척' 씨 성을 가진 남아라면 눈을 떠 있는 순간 전부가 수련이 되어야 한다고. 위준은 두 해 전 돌아가신 할아버지가 항상 강조하던 말씀을 지금까지도 철저히 지켰다.

파바박!

지면을 박찬 위준은 산을 타기 시작했다. 허벅지와 종아리에 바짝 힘을 준 위준의 신형은 그야말로 바람 같았다. 전설의 축지법(縮地法)이라도 쓰는 것처럼 번쩍번쩍 산을 타는 위준의 모습을 육상 선수 관계자가 봤다면 침을 질질 흘렸을 정도로 엄청났다.

"훅! 훅! 훅!"

호흡을 일정하게 조절해 달리기를 30분. 위준은 산 정상에 도착했다. 정상에서 내려다보는 정경은 산과는 완전히 달랐다. 때 묻지 않은 대자연만 보였다. 그래서 위준은 이곳이 좋았다. 태백 산맥의 정기(正氣)가 한데 모인다는 이곳. 구름과 가장 가깝게 맞닿았다고 해서 '척' 가의 후예가 수련하기 가장 적합한 장소라고, 돌아가신 할아버지가 말했었다.

하지만 그런 이유 말고 위준은 그냥 이곳이 좋았다.

하루 일과라고는 수련, 수련, 수련밖에 없는 나날이지만 위준은 그런 현재의 삶에 매우 만족하고 있었다. 그래서 속으로는 오지 않기를 바라고 있었다. 때가 올 것이라는 유언. 그 유언에서 말한 때가 오는 날을 말이다.

"하지만 할아버지는 빈말을 하실 분이 아니시지……."

위준의 기억 속의 있는 할아버지는 언제나 옳으신 말씀만 하셨다. 비가 온다면 비가 오고, 눈이 온다면 눈이 왔다. 날이 흐리다면 그날은 반드시 흐렸고, 손님이 온다면 산짐승이든 길을 잃은 심마니든, 꼭 그날이 지나기 전에 초가를 찾았다. 그렇게 했던 말은 반드시 이루어졌다.

어떻게 그게 가능하냐고 물었더니 그저 인자한 웃음으로만 답하셨다.

그런 할아버지가 확고한 표정으로 말하셨으니 그때는 아마도 위준 본인이 살아 있는 한, 반드시 올 거라 생각됐다. 하지만 그

또한 어쨌든 나중 일이니 위준은 그때까지 수련만 착실하게 하고 있으면 된다고 생각했다.

한 시간을 산 정상에서 보낸 위준은 근처에서 나물을 따 상위에 돌돌 말아 어깨에 멘 다음, 다시 내려갈 채비를 했다.

준비, 땅!

파바바박!

올라갈 때보다는 느리지만 범인은 절대로 쫓을 수 없는 속도로 내달렸다. 초가에 도착한 위준은 나물을 바로 손질하고 줄에 널어놓았던 말린 고기를 꺼내왔다. 나물과 말린 고기가 오늘의 저녁이었다.

솥에 물을 받으려 움직이는데 부스럭, 부스럭거리는 소리가 들렸다.

"음?"

동작을 멈춘 위준은 청각에 의식을 집중했다. 근처에서 들려온 소리는 아니었다. 남들보다 몇 배는 예민한 청각이 아주 멀리서 들려오는 소리를 잡아냈다. 수풀 건드리는 소리와 함께 작지만 익숙한 목소리들이 들려왔다. 그 목소리들의 주인이 어느 나라의 족속인지 파악한 순간 위준의 눈빛은 단번에 변해 버렸다. 이곳에 절대로 발을 들여서는 안 되는 나라에서 온 자들이다.

결코 길을 잃은 자들은 아닐 터.

"……."

그래서 위준의 눈빛은 단번에 차갑게 가라앉았다.

스윽.

조용히 동작을 멈춘 위준은 한쪽의 창고로 들어가 맞춰 두었던 무복으로 갈아입었다. 그리고 그 옆에 세워둔 검을 허리에 맸고, 나무창도 등에 걸었다. 마지막으로 쇠를 손등에 덧댄 장갑까지 긴 뒤, 기척을 싹 죽인 채 소리가 난 진원지로 움직이기 시작했다.

깡!

까앙!

반쯤 갔을 때부터 들려오는 쇳소리.

위준의 눈빛은 차분해지다 못해 얼음장처럼 차가워지기 시작했다. 사해가 이미 어둠에 먹혔지만 위준은 정말 소리 하나 내지 않고 근처까지 도착했다.

깡!

까앙!

주기적으로 들려오는 소리.

힐끔 수풀 사이로 보니 일단의 무리가 쇠못을 박아 넣고 있었다.

얼음장이었던 위준의 눈빛에 지옥의 겁화보다 뜨거운 불길이 치솟게 만드는 장면이었다.

"컷!"

어딘가 들뜬 안센 루소의 외침에 지영은 천천히 상체를 세웠다.

"후……."

들썩이는 척위준을 다시금 서랍 안으로 밀어 넣는 과정에서 나온 한숨에는 상당히 많은 감정이 들어 있었다. 쇠못. 대한민국 역사에 쇠못은 참으로 아픈 단어다. 당시 일본 제국이 한민족의 정기를 단절시키겠다고 국토 곳곳에 박아 넣은 게 바로 쇠못이고, 이 시절이 바로 일제강점기다. 치욕(恥辱) 오욕(汚辱)의 역사의 증거가 되는 게 바로 쇠못이다.

척위준의 기억이 그런 걸 용납할 리가 없었다.

도적, 마적도 싫어하지만 해적이라 할 수 있는 왜구도 정말 싫어했다. 아니, 그냥 백성을 괴롭히는 그 모든 것을 증오했다.

그래서 결코 용납하지 않았다.

척위준은 그런 삶을 살았기 때문에 쇠못만 보고도 지영이 가진 기억과 동화, 분노와 슬픔을 느끼고 있었다. 하지만 아직은 그런 척위준의 감정을 풀어줄 수 없었다. 이유야 당연히 컷 사인이 떨어졌기 때문이다.

"완벽해!"

얼굴에 숨길 수 없는 기쁨의 미소를 그린 채 그렇게 외치는 안센 루소와 조지 루소를 보면 더더욱 풀어줄 수 없었다. 지영은 감정과 기세를 갈무리하고 둘에게 다가갔다.

"잘 나왔어요?"

"그럼! 퍼펙트야!"

"다행이네요."

"하하, 이렇게만 가자고!"

그 말에 고개를 끄덕이는 지영.

지영은 서소정이 가져다준 패딩을 입고는 다음 신을 준비 중인 액션 배우들에게 다가갔다.

"지영이 왔냐?"

"네, 오늘도 삼촌이 담당해요?"

"그래야지. 대규모 신 준비 때문에 관장님은 요즘 정말 잠도 안 자고 준비 중이다."

"아이고, 그래도 쉴 땐 쉬어야죠."

피식.

지영의 말에 이강석이 어이없다는 웃음을 흘렸다.

"니 입에서 그런 말이 나와? 우리 애들도 질리게 만들 정도로 몸을 만든 놈이?"

"하하, 저야… 입장이 있으니까요."

"우리도 입장 있어, 인마. 그러니 그런 소리 하는 거 아니다?"

"죄송해요, 삼촌."

"그래그래. 합은? 맞춰봐야지?"

"네, 해야죠."

합은 어제도 맞춰봤다.

무려 다섯 시간이나.

오늘 찍을 액션 신은 솔직히 복잡한 건 없었다. 시작 부분이라 금방 퍽퍽퍽, 끝나는 신이다. 하지만 초반이니만큼 화려한 액션이 나와야 해서 잘못 맞으면 여기저기 찢어지고, 어디 하나 똑! 하고 부러지기 쉬운 신이기도 했다.

실제 목검을 사용하는 건 아니다. 지영이 가져 온 목검은 실제 지영이 쓰는 거니 감정을 잡는 용도고, 신을 찍을 때는 역시 맞아도 크게 다칠 위험 없는 제작품을 쓴다. 하지만 액션 신을 찍는 장소가 산이다. 비탈을 굴러야 하는 배우도 있고, 나무에 있다가 떨어지는 배우도 있었다.

게다가 설정상 밤에 찍는지라 조명도 최소화한 채 찍는다. 그러니 주의를 확실히 기울여야 했다.

"다들 준비됐지?"

"네!"

이강석의 말에 배우 다섯이 다부진 표정으로 대답을 내놓았다. 지영은 한 명씩 고개 숙여 인사를 했다. 위험한 신을 찍을 배우들이니 감사하는 마음을 담아 전달하는 인사였다.

첫 번째 액션.

쇠못을 두들기는 데모니악(Demoniac)의 졸개들에게 지영이 먼저 달려든다. 적의 숫자는 총 여섯. 하나는 나무 위에서 경계, 둘은 지상에서 경계, 셋은 돌아가며 정을 두들기는 역할이다. 지영은 가장 먼저 정을 들고 있는 졸개에게 달려들었다.

순식간에 거리를 좁힌 다음 여기저기 이가 나간 철검(鐵劍)을 쭉 찔러 넣는다. 첫 번째 졸개는 여기서 사망이다. 철검이 정확히 옆구리를 쑤시고, 위로 쭉 그어 올려 버릴 거니까. 그렇게 하나를 잡는 동안 지척에 있던 둘이 바로 지영을 공격해 온다. 옆구리, 가슴. 무기는 소지하기 좋은 접이식 단검.

여기서 지영이 순식간에 두 걸음 물러나고, 그동안 다시 지상에 경계를 서던 이들까지 합세한다. 지상 넷, 나무 위에 하나. 짧은 대치 상황이 이어졌다가, 나무 위에 있던 적이 손목에 찬 석궁으로 대치 상황을 깬다.

이런 식으로 이루어지면서 마지막으로 나무 위에 있던 적을 잡으며 끝나는 액션 신이다.

합은 순식간에 맞췄다. 짧은 호흡으로 파바박! 하는 느낌으로 끝나는 액션 신이었고, 그렇게 합 맞추는 게 끝나자 스태프들이 오오… 하는 감탄과 함께 짧게 박수를 쳤다.

"좋아, 잘했어. 본편에서도 그 정도만 하자. 알았냐? 그래도 긴장 풀지 말고!"

"네!"

이강석의 칭찬에 배우들의 얼굴에 활기가 돌았다. 다들 배우 경력 7년 이상 된 베테랑이지만 한순간의 방심은 반드시는 아니지만 높은 확률로 사고를 일으킨다. 그리고 그 사고는 대형 사고가 될 확률이 아주 높다.

그래서 액션 배우는 3D 업종이라고들 한다.

"여기."

"아, 고마워요."

서소정이 가져다준 물로 목을 가볍게 축이는 지영. 이런 물도 많이 들어가면 움직일 때 출렁이는 느낌을 줘서 동작을 부자연스럽게 만들 위험이 있었다. 밤이 깊어 가니 아직 4월인데도 피부로 느껴지는 추위가 상당했다.

거기다 산이다.

모든 스태프들이 패딩을 입을 정도로 날씨 조건은 아주 최악이었다. 지영도 관절이 굳는 걸 염려해 몸을 계속해서 움직였다. 힐끔, 한쪽에서 척과 레이샤가 놀란 표정으로 대화를 나누고 있었다. 귀를 열어 무슨 소린가 들어보는 지영.

"알버트가? 그 고집쟁이가 여길?"

"응, 이거 봐봐. 지금 한국 도착했는데? 심지어 두 시간 전이야."

"그럼 오고 있겠는데?"

알버트?

알버트 주니어?

현재까지 나온 미블 코믹스 히어로의 양대 축이 바로 알버트 주니어가 맡고 있는 히어로, '아이언'이었다. 단어 그대로 강철을 뜻하는 최첨단 과학 갑옷을 입고 활약하는 히어로다.

"관심 없는 척하더니 궁금하긴 했나봐? 쿡쿡!"

레이샤가 고양이 같은 웃음을 흘리며 말을 끝맺자, 척은 그에 맞춰 느릿하게 고개를 끄덕이는 걸로 공감한다는 제스처를 취했다. 지영은 둘의 대화에서 신경을 끊었다.

'오면 오는 거고, 말면 마는 거지, 뭐.'

사실 지영은 알버트가 그리 마음에 들진 않았다. 레이샤가 전해주길, 그는 지영의 영입에 그리 찬성을 던진 이가 아니었다. 연기력은 충분히 인정하지만 너무 어리다. 멘탈 부분에서 걱정이 된다. 이러한 이유였다.

실제로 지영이 이정숙과의 사건이 있고 난 뒤, 척과 레이샤는 지영을 옹호하는 글을 SNS에 썼지만 알버트는 반대로 거봐라, 멘탈이 아직 불안정하단 식의 글을 SNS에 올렸다. 그리고 그 글은 지영도 봤다.

하지만 지영은 그런 글을 봐도 아무런 감흥이 없었다.

현재는 정말 대단한 배우일지 모르나, 지영 본인이 살아온 삶이 더욱 대단했기 때문이다. 지영은 다시금 삶이 시작되면 그 이전 생의 자신은 제3자라 인식한다. 그 어느 하나 시시했던 삶이 없었다.

영화로 나와도 아주 충분할 정도로 지영은 고난과 역경을 밟아가며 여기까지 왔다. 그런 자신의 삶에 비하면 알버트의 존재는 건방지게 표현하면 보름달 앞에 반딧불이나 마찬가지였다.

그리고 지영은 어쩐지 알 것 같았다.

알버트는 겉으론 크게 내색 안 하고 있지만 어쩌면 그는 자신이 동양인이라서 선입견을 가지고 보고 있을 것 같다는 사실을.

'알려지기론 백인우월주의 사상을 가지진 않았다고 했지만… 또 모르는 거지.'

철저하게 숨기고 있는 건 아닐지 말이다.

거기까지 생각한 지영은 고개를 짧게 흔들어 알버트에 대한 생각을 털어냈다. 보아하니 슬슬 준비가 끝나가고 있는 것 같았다.

이제는 연기에 집중해야 할 때였다.

드르륵.

반 정도 열리는 기억 서랍.

'자, 다시 시작해 보자.'

우웅.

평소 사용하던 목검을 손에 쥐고 눈을 감자, 지영의 기세는 이번에도 확 변해 버렸다. 순식간에 피부로 느껴지는 것 같으면서도, 아닌 것 같은 무형의 기세가 지영을 중심으로 조금씩 퍼져 나갔다.

영웅.

단지 그의 서랍을 여는 것으로 이렇다.

"후우······."

지영에게 다가오려던 레이샤와 척은 그런 지영의 변화에 바로 발걸음을 멈추고, 진지한 눈빛으로 관찰을 시작했다. 그들도 배우. 지영 정도의 연기는 진지하게 봐줘서 나쁠 게 하나도 없었다.

　"스읍, 후우… 스읍, 후우……."

　단 두 번의 심호흡.

　서랍이 열리며 쿵쾅거리던 심장이 천천히 진정이 되어갔다. 다시 눈을 떴을 때는 실제로 빛이 나는 건 아니지만 왜인지 새파란 기세가 머문 것 같은 착시를 일으키는 눈빛이 되어 있었다.

　그런 상태에서 이윽고 내려오는 레디 사인.

　감정을 완벽하게 잡는 순간, 타이밍 좋게 큐! 사인이 떨어졌다.

*　　　　　*　　　　　*

　어둠 속에 숨어 있던 위준은 소리 나지 않게 이를 갈았다. 할아버지에게 들었었다. 바다 건너 섬나라에서 쳐들어온 악적들이 이 땅의 맑고, 웅혼한 정기를 해치려 쇠못을 국토에 박아 넣었다는 얘기를.

　어렸던 위준은 그게 큰 잘못인가 잘 몰랐었지만 이어져 들려온 일제강점 역사를 듣고서는 그 어린 나이에도 분노했었다.

　'저들은… 악적이다.'

　데모니악(Demoniac).

　어둠이 내려앉았지만 팔목에 그려진 붉은 삼성(三星)의 문신은 그들이 일본, 한국, 중국을 무대로 활동하는 초거대 범죄 집단이라는 사실을 증명했다. 이들은 아주 먼 옛날부터 맥을 이어 내려온 조직으로 국가의 일까지 관여하는 거대한 범죄 집단이었다.

그리고 이들은 웬만해서는 그 꼬리를 잡을 수 없는데, 만약 이들이 전면으로 나서는 때가 온다면 척가의 후예는 반드시 이들을 멸해야 하는 사명을 가졌다.

'할아버지가 말하셨던 때가 오늘이군.'

운명을 느낀다고 해야 할까?

위준은 지금 이 순간, 만인에게 숨기던 척 씨의 성을 붙여야 하는 순간이라는 걸 느꼈다. 위준, 척위준은 오래 고민하지 않았다.

"후우……."

호흡이 말려 들어가고 멈추면서 근육을 압축했다. 그리고 분사.

파바바바박!

어둠을 바람처럼 가른 척위준은 손에 쥔 철검을 깡! 하고 정으로 쇠못을 때린 놈의 목으로 찔러 넣었다.

"헙!"

헙은 무슨!

푹!

미처 반응할 시간도 주지 않고 박혀 들어간 철검. 척위준은 손끝에 감각에 이를 살짝 악물었다. 죄책감? 그런 건 없었다.

이건 척가의 후손으로 태어난 이의 사명이니까.

'뇌리에 각인된 천명이니까!'

척위준은 그 천명을 곧이곧대로 받아들였다.

마땅히 해야 할 일이라면! 척가의 사명이 만백성을 보살피는 것이라면! 마땅히 그 길을 따르기로!

부우욱!

손에 쥔 철검을 그대로 그어 올리며 뺀 척위준은 곧바로 두 걸음 물러났다. 숙! 숙! 짧은 접이식 단검이 방금 척위준이 있던 공간을 푹푹 찔렀다. 애꿎은 칼질이었다.

"……"

"……"

확실히 어떤 모종의 수련을 거쳤는지 동료가 칼에 베여 쓰러 졌는데도 놀라는 기색이 하나도 없었다.

'하나, 둘, 셋, 다섯.'

총 여섯이 올라왔고 방금 기습으로 하나를 잡았다. 남은 적은 다섯. 힐끔, 나무 위에 있는 놈이 손을 앞으로 슬그머니 내미는 게 보였다. 척위준은 무신의 핏줄을 이었다. 그 핏줄은 선조 중 한 분이 범접할 수 없는 업적을 남겼던 순간부터 범상치 않아졌 으며, 그 피는 척가의 사명을 지키는 한, 사라지지 않았다.

그래서 근력은 물론 오감 전체가 남들의 배는 되는 척위준이 다.

'손목 부착형 석궁이군.'

골치 아픈 무기다.

물론 척위준이 범인이었다면 말이다.

퉁!

볼트가 튕겨 나오는 둔탁한 소리.

그 소리에 짧은 대치 상황이 깨졌다.

폭!

옆으로 한 걸음 움직이기 무섭게 볼트가 지면에 박혔고, 그 순간 셋이 전방, 좌와 우를 점하며 달려들었다.

흡!

호흡을 당긴 척위준은 공간을 빠르게 접었다. 산 정상을 향해 '땅을 접듯이' 뛰어 올라가던 그 보법이었다. 갑자기 척위준이 눈앞에 나타나자 정면의 적이 놀라 다리에 제동을 걸었다. 이놈은 칼을 뻗어 척위준을 공격할 동작의 전부가 끝나지 않았다. 칼을 쥐고 사람을 해치는 동작에는 거의 대부분 예비 동작이 필요하다. 특히 수련받은 자들이면 더욱 그렇다. 그 예비 동작을 마친 후에야 근육에 힘이 제대로 전달되어 원하는 궤적, 원하는 수준의 상처를 만들어낼 수 있기 때문이다.

하지만 척위준은 지금, 그런 예비 동작 자체를 빼앗았다.

일명 호흡 뺏기.

빠각!

으적!

땅을 접듯이 달려 나간 척위준은 그대로 몸을 날려 무릎으로 가슴을 찍었다. 칵! 하는 소리와 함께 뒤로 몸이 날아갔다. 비명 전에 들린 뼈가 주저앉는 소리로 보아 저 정도면 즉사다.

쉭! 쉭!

빡!

두 개의 단검을 상체를 엎드리듯 구부려 피하면서 손에 쥔 철검을 그대로 뒤로 당기듯이 베었다. 그렇게 뒤로 끌려나온 철검은 오른쪽에 있던 적의 오금 안쪽을 때렸고, 그대로 무너지게 만들었다.

그리고 다시 뒤로 빠지며 앞 발바닥으로 턱을 위로 쭉 밀어 찼다.

빡!

우득!

목이 뒤로 꺾이면서 가서는 안 될 각도까지 갔다. 뒤통수가 등에 붙었다는 표현이 아마 적당할 것 같았다.

으득!

남은 적은 셋.

쉬익!

뒤로 한 바퀴 구른 척위준은 막 자신이 있던 자리에 칼을 찔러 넣는 놈의 관자놀이를 철검의 면으로 후려쳤다.

퍽!

휘리릭!

어찌나 힘이 셌던지 머리를 맞은 그놈은 무슨 나무장작 돌리듯이 몸이 회전한 뒤에야 지면에 쿡 처박혔다.

'둘.'

흠칫.

서늘한 한기와 뜨거운 불길이 공존하는 눈빛을 마주한 놈은 몸을 움찔 떨더니, 한 걸음 뒤로 물러났다. 슉, 척위준은 그 한 걸음을 쫓아갔다. 그리고 상체를 한번 털어 호흡을 다시 빼앗았다.

파바박!

푹!

공간을 쭉 접은 뒤, 검을 그대로 가슴에 꽂아 넣고는 등에 메고 있던 창을 뽑아 그대로 뿌렸다.

푹!

어둠을 가른 창이 막 등을 돌리던 마지막 남은 적의 등짝에 박혔다. 팍, 콱콱콱. 바닥에 떨어져 비탈을 굴러 떨어지는 데모니악의 마지막 졸개.

"……."

모든 소음이 멎고, 정적이 찾아왔다.

척위준은 손바닥을 한번 바라봤다. 시기 좋게 달빛이 내려와 손바닥만 잠시 밝혀주고는 떠났다.

푸스스스.

뒤이어 바람이 한차례 세차게 불었다. 척위준은 반쯤 박힌 쇠못을 그대로 잡아 뽑았다. 일반인이라면 불가능하지만 척위준에게 이 정도야 나뭇가지를 드는 것처럼 쉬운 일이었다. 잠시 빤히 쇠못을 보던 그는 휙, 산으로 던져 버렸다.

"하산해야겠네."

나무에 가려 보이지 않는 달빛을 올려다보며 나직하게 말을 뱉은 척위준은 손에 묻은 피를 옷에 스윽 닦고는 몸을 돌렸다. 푸스스슷. 다시 불어온 바람이 척위준을 찾았지만 어느새 그의 신형은 그 자리에서 사라져 있었고, 아쉬움이 한차례 그 자리를 돌던 바람이 다시 다른 곳을 찾아 떠나고 나서야, 산은 고요함을 되찾았다.

이번에도 컷! 사인이 나는 순간 지영은 서랍을 닫고, 숨을 골랐다. 눈을 감은 채 후우… 몇 번의 심호흡이 이어지자 척위준의 영향이 조금씩 가셔갔다. 스태프들이 분주히 뛰어다니며 쓰러진 배우들의 상태를 체크했다. 지영도 눈을 뜨고 배우들을 향해 얼른 움직였다. 신은 합을 맞췄던 그대로 깔끔하게 끝났지만 혹시 또 모르는 부상이 있을지 모르기 때문이다.

지영이 느끼기에 합을 맞춰 액션을 하면서 손끝이나 발끝에 실제로 남는 감각은 없었으니 크게 다친 이들은 없겠지만 쓰러지면서 화려하나, 무리한 동작을 취했던 몇몇 배우는 걱정이 됐다. 특히 나무에서 떨어져 산비탈을 구르는 역할을 맡은 배우는 좀 걱정이 됐다.

"아, 후우……."

그런 걱정은 하지도 말라는 듯이 나무에서 떨어진 배우가 웃으며 위로 올라왔다. 다친 곳은 없는 모양인지 얼굴은 매우 밝아 보였다. 올라오자마자 오케이죠? 하고 살짝 흥분한 목소리로 이강석에게 물어 더욱 안도감이 들었다.

그래도 지영은 다가갔다.

"형, 괜찮아요?"

"그럼, 내가 누구냐. 여기 에이스 아니냐, 하하."

나무에서 떨어진 배우, 정연우가 웃으면서 하는 말에 지영은 조금이나마 남아 있던 걱정을 모두 털어냈다. 그런 정연우에게 이강석이 '이 새끼가, 내가 있는데 니가 에이스하게?' 하는 농담을 들었을 땐 작게 미소도 지었다.

"와우."

짝짝짝.

딱, 외국인 발음으로 탄성과 함께 박수 소리가 들려 고개를 돌려보니, 레이샤와 척, 그리고 익숙한 외국인 사내가 지영을 향해 박수를 치고 있었다. 척에 비해서는 작은 신장. 그러나 척보다 짙은 마스크.

미블의 대표 히어로, '아이언' 역의 알버트 주니어였다. 역시, 한국에 온 이유는 이곳을 찾기 위함이었던 것 같았다.

지영은 액션 배우들에게 인사를 하곤 셋에게 다가갔다. 중간에 서소정이 준 수건과 패딩을 입은 뒤에 인사를 했다.

"반가워요, 강지영입니다. 알버트."

"반가워, 알버트 주니어네."

스윽.

건너온 손을 가만히 잡는 지영. 키는 대략 비슷해서 눈높이는 비슷하다. 지금 지영이 집신 같은 걸 신지 않았다면 아마 아예 비슷해졌을 거다. 지영은 건너 온 손을 마주 잡았다. 가벼운 악수.

그러나 지영은 이 악수가 가볍게 다가오지 않았다.

혹시 손아귀에 힘을 줘서?

아니었다.

'얼… 씨구?'

입가에 그려진 시원한 미소.

하지만 지영은 알아봤다. 그 미소 속에 숨어 있는 모종의 감정. 천 번의 환생을 겪은 지영이다. 그 누구보다 사람의 본질을 느끼고, 파악하는 것에 있어서는 솔직히 자신이 최고라고 장담할 수 있었다.

그런 감각은 환생자에게 주는 일종의 특혜, 혹은 능력 비슷한 거라고 봐도 좋았다. 기억 서랍처럼 말이다. 그런 감각이 딱 잡아냈다.

'이것 봐라?'

알버트의 눈빛 너머 내면에 잘도 숨어 있는 오만함 섞인 우월감이 보였다.

완벽하게 숨기고 있다고 생각하는 것 같지만 지영은 느낄 수 있었다. 알버트가 자신을 바라보며 악수까지 하고 있긴 하지만 그 웃음 뒤에 우월감을 숨어 있음을 말이다. 물론 호의도, 적의도 아니다.

이쪽 사람들 특유의 고집스러운 감정이 내면 깊은 곳에 숨어 있었다.

'그저, 아직 난 널 인정하지 않았어. 이런 속내겠지.'

그리고 저런 감정은 이렇게 부를 수 있을 것이다.

백인우월주의.

저 주의는 지영이 누구보다 잘 알고 있었다.

미합중국이라는 거대한 국가가 탄생하기 전, 지영은 그 시대를 살았었다. 1861년에서 65년까지 전쟁 이름처럼 미국의 남부와 북부의 내전이 벌어졌다. 이 내전은 4년간 지속되었다가 종전했고, 지영은 딱 그 1년 뒤에 북아메리카에서 태어났다.

흑인으로.

백인 농장주의 노예였던 흑인의 아들로 태어났을 때, 지영은 정말 뼈저리게 느꼈다. 그 이전에도 북아메리카에서 태어났던 적이 있었지만 그 시절이야 인디언이 살아가던 시대였다. 그것도 아직 대항해시대 훨씬 이전이라 열강의 침략이 시작되지 않았던 시대, 그런 시대였기에 인종 차별은 겪지 않았었다.

'아, 이걸 여기서 또 느낄 줄이야…….'

신을 사고 없이 마무리해서 얻은 기분 좋은 감정이 순식간에 자취를 감췄다. 그와 동시에 악인을 앞에 둔 척위준처럼 들썩이는 하나의 서랍. 그 시절, 현 쿠바 출신 아버지와 어머니를 뒀었고, 인권 운동가의 삶을 살았던 '호세'라는 이름을 가진 기억 서랍이었다. 지영이 본능적으로 알버트의 우월감을 읽자마자 '호세'의 서랍이 자연스럽게 공명한 것이다.

'이것 참……'

그래도 경멸감이 아닌 걸 다행으로 생각해야 하나? 만약 우월감이 아닌, 경멸감을 담은 눈빛이었다면? 최악의 첫 만남이 됐었을 거란 예감이 들었다. 지영은 여전히 입가에 미소를 그린 채로 조용히 다시 입을 열었다.

"촬영장을 찾아줘서 고마워요."

"하하, 이 두 친구가 있던 스케줄도 빼서 이곳에 왔단 소리를 듣고 궁금해서 참을 수가 있어야지. 하지만 오길 잘했어. 이 둘에게 듣던 그대로야. 아니, 그 이상이라고 봐도 좋겠어. 좋은 액션이었고, 좋은 눈빛이었어."

"과찬이에요."

거짓말하네.

타인은 읽기 쉽지 않겠지만 지영에겐 보인다. 선, 후천적으로 길러진 감각이 정확하게 우월감을 잡아내고 있었다. 물론 저 말에도 진심은 한… 70%쯤? 그 정도는 담겼을 거다.

'나머지는 아직까진 인정하기 싫은 본인의 감정이 차지하고 있겠지.'

겉과 속이 다른 전형적인 이들이 있지만 알버트는 그래도 그 정도는 아니었다. 그리고 그래도 우월감 정도이니 진짜 인정만 하게 되면 편견 없이 봐줄 것 같단 가능성은 보였다. 경멸감이 아니라, 우월감이었으니까 말이다. 만약, 경멸감이었다면? 그건 진짜 답이 안 나온다.

말했듯이 머릿속 깊이 박힌 백인우월주의가 얼마나 무서운지, 그건 지영이 가장 잘 아니까 말이다.

손을 놓자 레이샤가 다가와 지영을 안았다. 표현이 자유로운 레이샤는 거의 하루에 두어 번씩 지영을 안았다. 그리고 척의 두툼한 손을 지영의 머리에 올렸다. 완전 애 취급이지만 아직은 애인지라, 지영은 그냥 군말 없이 있었다.

물론 알버트를 직시하면서.

"고생했어, 으이구! 액션 죽이던데?"

"고마워요, 어땠어요, 척? 캡틴이 보기에도 괜찮았나요?"

"굿."

"하하, 다행이네요."

지영은 슬쩍 어깨를 비틀어 레이샤를 털어내고는, 카메라에 시선을 고정한 채 꼼짝도 안 하고 있는 루소 형제에게 다가갔다. 거물 알버트 때문에 잠시 시간을 끌었지만 그래도 영상을 확인하기 위해서였다. 두 루소의 머리 사이로 쏙 고개를 넣는 지영.

"어때요?"

지영의 목소리에 힐끔 얼굴을 확인한 루소 형제가 엄지를 척, 동시에 내밀었다. 물론 얼굴엔 미소가 가득한 채였다.

"굿, 굿!"

"나이스했어. 이건 편집하면 아주 화려하게 잘 산 장면이 될 거야."

"다행이네요. 다친 사람도 없고."

"원테이크로 이 정도라니, 진짜 왜 이제야 내게 온 거야?"

"맞아, 왜 이제야 온 거야? 응? 늦게 온 만큼 앞으로 쭉 같이 가는 거지?"

"하하, 안셴이 늦게 절 찾았을 뿐이죠. 그동안 다른 작품도 있었고. 저야 뭐, 미블에서 버리지만 않으면?"

헉!

루소 형제의 표정이 악귀처럼 변했다.

"미블에서 그랬다간 내가 널 데리고 딴 곳으로 넘어가겠어!"

"농담이에요, 루소. 그런 표정 지으면 스태프들 놀라요."

"하하, 나도 조크였어, 지영."

피식.

손을 쭉 내밀어 하이파이브를 하곤 지영은 다음 스케줄을 물어봤다. 하지만 역시 오늘은 퍼펙트! 지영이 깔끔하게 신을 끝냈기에 추가 촬영은 없었다. 패딩을 여미며 뒤로 빠지자 서소정이 얼른 다가와 핫팩 두 개를 주머니에 넣어줬다.

좋다, 이런 센스.

핫팩의 온기만큼 마음도 온기가 조금씩 스며들기를 바랐지만 그럴 틈을 주지 않는 이들이 있었다.

여태껏 덜덜 떨며, 자기 촬영도 없는데 여기서 개고생한 칸나와 레이 옌이었다. 아, 레이 옌은 떨지 않았다. 그녀에게 아마 이런 추위쯤이야 익숙한 정도가 아니라, 추위 정도라 느끼지도 않을 테니까. 다만 칸나는 두꺼운 패딩을 입고도 덜덜 떨고 있었다.

그래도 영화를 위해 이렇게 고생하는 둘이니, 끝까지 모른 척할 수만은 없었다.

"왜 추운데 고생하고 있어요?"

"이잉… 지영 상… 아니, 지영 씨 연기를 꼭 두 눈으로 보고 싶었어요!"

"저도… 같은 마음이에요."

아이고…….

분명 둘은 서로 다른 이유로 지영의 연기를 두 눈에 담았을 것이다.

칸나는 순수한 팬심.

레이 옌은 무인의 호승심.

레이 옌의 마음은 묻지 않았으나 그녀가 지금 여기에 있는 이유는 그걸 빼면 설명할 길이 없었다.

"어땠어요?"

"최고! 최고였어요!"

전보다 더 좋아진 발음으로 칸나가 방방 뛰며 대답했다. 그런 칸나의 반응에 지영이 시선을 슬쩍, 어깨 너머 뒤로 던져보니 그녀의 매니저가 에휴, 한숨을 내쉬고 있는 게 보였다. 지금 이런 칸나의 행동은 사진으로 찍히기라도 하면 100% 열애설 기사의 사진으로 쓰일 게 분명했다.

지영이 너무 어린 게 문제도 되지만 더 큰 문제는 일본 영화계에서 그녀가 이 영화에 참가했다는 사실 자체를 고깝게 본다는 사실이 더 큰 문제였다. 그럼 분명 영화계 자체의 지시를 받고 안 좋은 기사가 나갈 거고, 칸나의 경우 일본에서의 입지가 좁아질 수밖에 없었다. 아무리 천년돌이라고 하지만 그녀는 아직 일본에서 절대 버릴 수 없는 탑 배우가 아니었으니 말이다.

레이 옌의 경우도 마찬가지겠지만 그녀야 애초에 배우가 아닌 무도가에 가깝다. 특이하게 지영이 보여준 한 방에 매료되어 오디션에 참가했지만 그녀는 배우가 되고픈 마음이 솔직히 별로 없었다. 그런 그녀를 당장이라도 때려치우게 만들 방법이 있다.

'제대로 한번 붙어주면 촬영이 끝나고 미련 없이 주산군도로 돌아가겠지.'

레이 옌.

지영이 보기에 그러고도 남을 여인이었다.

"지영!"

자신을 부르는 소리에 고개를 돌려보니, 레이샤가 다시 한번 더 크게 외쳤다.

"알버트가 쏜다는데!"

"네, 갈게요!"

저런 호의는 거절하면 숨겨났지만 그놈의 백인우월주의 때문에 자존심 상할 게 분명하니 지영은 거절하지 않았다. 그리고 다시 칸나와 레이 옌에게 고개를 돌리는 지영은 예의상, 물을 수밖에 없었다.

"같이 갈래요?"

"네! 갈래요! 저도 꼭 가고 싶어요!"

"…허락한다면 참석하고 싶어요."

에휴.

거절 좀 하지.

…란 속마음을 당연히 입 밖으로 내지 않았고, 얼굴에 띄우지도 않은 지영은 고개를 끄덕이고는 가서 물어볼 테니 잠시 기다리란 말을 남기고 레이샤에게 돌아갔다.

"알버트, 저기 있는 숙녀분들도 영화의 주연들인데 함께할 수 있을까요?"

"물론 숙녀와 함께하는 식사는 언제나 환영이지, 하하."

"고마워요, 알버트."

환영 같은 소리하네.

고마워요, 하면서 속으로는 전혀 다른 생각을 하는 지영이다. 물론 칸나와 레이 엔의 앞에서처럼 표정에 속내를 띄우는 초보적인 실수 따위는 없었다.

지영은 돌아서서 빤, 자신을 바라보는 둘에게 오라고 손짓했다. 그다음 서소정도 불렀다. 식사 메뉴는 벌써 골랐는지 레이샤가 불고기! 불고기! 를 외치고 있었다.

"누나 들었죠?"

"알았어, 맛 죽이고 조용한 곳으로 찾아볼게."

"부탁할게요."

"응, 맡겨둬."

이런 부탁은 역시 서소정에게 할 수밖에 없었다. 그녀가 바로 여기저기 전화를 돌려 이 근처에서 가깝고 맛있는 곳을 섭외하기 시작했다. 얼마 시간이 걸리지 않아 서소정의 탐색이 끝났다. 산에서 내려가 차로 30분. 각자 매니저들에게 장소를 전달하고, 산에 내려온 지영. 실제로는 등산로가 편하게 있어 내려가는 데 불편함은 없었다.

솔직히 높은 산은 아니었다. 그냥 동네 뒷산보다 조금 더 높은? 그 정도였다. 산 정상에서 지영이 보는 대자연이야 어차피 CG 처리할 거라 큰 문제는 없었다.

산에서 내려와 차를 타고 달리기를 딱 30분. 사위가 어둠에 잠겼는데 홀로 불이 켜져 있는 기사 식당 하나가 보였다. 그런데 어째 주차하는 중에 보니까 외간이 좀 별로였다. 레이샤와 척은 보니까 그리 깔끔 떠는 편은 아닌데, 알버트 그 인간은 좀 걱정이 됐다. 촬영장도 멀쩡한 슈트 차림으로 찾아왔으니까.

"외관은 저래도 안은 리모델링 싹 해서 깔끔하다니까, 괜찮을 거야."

"아, 누난 역시 눈치가 너무 빨라요, 하하."

"척하면 척이지!"

차에서 내려 슬쩍 안을 보니 확실히, 안은 건물 외관과는 전혀 다르게 깔끔하게 리모델링이 끝난 상태였다.

그런 기사 식당으로 차가 줄줄이 입장했고, 매니저와 배우들이 안으로 들어갔다. 서소정이 안에서 분주히 움직이며 배우들을 안내했고, 주문도 도맡아서 바로바로 시켰다. 미리 전화를 하고 와서 밑반찬은 이미 전부 차려져 있었다.

지영은 화장실에 가려고 움직이는데, 따라서 일어나는 누군가의 기척을 느꼈다. 아, 누군지 알겠다.

'뭔 말을 하시려고?'

당연히 알버트였다.

신발을 신고 움직이기 무섭게 알버트가 옆으로 지나가며 잠깐 얘기 좀 하지? 하고 식당 밖으로 나갔다.

피식.

보이지 않게 웃어준 지영은 그냥 조용히 그의 뒤를 따라 나갔다. 식당 밖 자갈을 밟으며 도로까지 걷고 나서야 멈춘 알버트. 지영은 그런 알버트의 옆에 섰다. 슬쩍 보니 그는 입술을 꾹 다물었다.

"……"

"……"

뭔 말을 하려고 이렇게 폼을 잡을까?

시선을 앞으로 고정하고 있던 알버트가 입이 열린 건, 지영이 따분함에 자갈을 툭 쳤을 때였다.

처음 인사할 때와는 다른, 오만함이 가득한 목소리가 들려왔다.

"아직은 아니다. 그러니 이 영화로 나를 인정시켜 봐라."

뭐?

지금 뭐라는 거야?

'이 새끼가……'

지영은 이 말이 나오려는 걸 겨우겨우 막았다.

중2병이라도 걸린 건가? 아니, 이런 말은 초6병 걸린 애들도 안 하겠다!

'하, 하하하… 뭐, 이런…….'

속으로는 진짜 헛웃음이 나왔다. 뭐 이런 예쁜 구석이라고는 솜털만큼도 없는 개소리가 다 있지? 지영은 잠시 멍했다가, 피식 웃고 말았다.

그 웃음에 꿈틀, 알버트의 안면 근육이 꿈틀거리는 게 보였다. 이런 대접, 호세의 기억 속에서는 너무나 익숙했던 상황이다.

'아니, 아니지. 훨씬 심했지.'

그 당시 흑인에 대한 인종 차별은 정말 말도 못 했으니까. 지금 시대에서도 인종 차별은 완전히 사라지지 않았다. 그렇게 폐쇄적인 성향이 아닌 헐리웃에서 동양계 배우들이 죽을 쑤는 이유도 솔직히 인종 차별도 적은 지분이지만 확실하게 자리 잡고 있었다. 그리고 이건 비단 영화계만이 아니었다. 가장 대표적인 예가 바로 스포츠 쪽이다. 정말 타고난 재능을 소유한 극소수의 선수를 빼면 아시아계 선수들은 찾아보기도 힘들었다. 게다가 그들도 실력이 있어도 제대로 된 출전이 보장되질 않았다. 그 외에도 음악, 미술 등등 실력도 실력이지만 저런 우월감은 아직도 인류 사회 전체에 뿌리 깊게 박혀 자리 잡고 있었다.

한마디로 설명하자면 '그들만의 리그'라 할 수 있고, '텃세'라고도 할 수 있을 거다.

"지금 비웃은 건가?"

"이봐, 알버트."

"뭐……?"

단어의 선택과 어조가 변했음을 알자 알버트의 눈매가 대번에 꿈틀거렸다. 물론 대답에도 당연히 불쾌감을 담고 있었다. 하지만 지금의 지영에게 그런 건 안중에도 없었다. 알버트 주니어? 그래, 안다.

캡틴과 더불어 아이언은 미블 히어로의 양대 산맥이고, 수없이 많은 팬 층을 거느렸고, 아이들에게는 그 존재 자체로 히어로라는 사실을.

그런데 그게 뭐.

지영은 그 안에 조금도 들어가지 않았다.

그래서 나가는 말은 조금도 곱지 않았다.

"예전에 척에게도 얘기했던 적이 있었는데, 그건 못 들었나봐?"

"척에게?"

"그래, 감히 나를 판단하려 하지 말라는 말."

"하, 하하하."

알버트가 나지막하게 웃음을 티뜨렸다. 하지만 손바닥으로 얼굴을 감싸는 걸 보니 결코 좋은 기분은 아니어 보였다. 그리고 그건 지영도 느꼈다. 웃음이라고 하지만 그건 반대로 '조소'라고 봐도 과언이 아니었다. 감각이 좋다 못해 예민한 지영이 그걸 못 느꼈을 리가 없었다.

"당신이 대단한 사람인 건 인정해. 하지만 그렇다고 나에게 남들이 당연하다는 듯이 해주는 대접을 바라진 마."

"어이가 없군. 이런 건방진 꼬맹이를 척이 용케도 받아들였어. 노망이라도 난 건가, 이것 참."

피식.

얘기 안 하려고 했는데, 자신을 좋게 보는 사람까지 같이 싸잡아 모욕했다. 이런 걸 그냥 넘어갈 지영이 아니다.

"그놈의 백인우월주의."

지영이 그 말을 꺼내자마자, 조소로 들썩이던 알버트의 어깨가 우뚝 멎었다.

"…뭐?"

"용케 잘 숨기고 다니나 본데, 알버트. 나를 속일 생각은 버려. 당신이 가진 백인우월주의 따위, 나는 아주 잘 알고 있으니까."

"……."

거기서 침묵해 버리면 그냥 인정하는 꼴이잖나, 쯔쯔. 척이 있었다면 아마 이렇게 얘기하지 않았을까? 지영은 그런 알버트의 반응이 그저 우스웠다. 전혀 예상치 못했던 말이었는지 너무 굳어서 오히려 애처로울 뿐이었다.

알버트의 시선이 어둠을 가르고, 지영의 눈으로 정확히 날아왔다.

"어떻게 알았지?"

그리고 이 물음으로 알버트는 깔끔하게 인정했다.

하지만 그렇다고 지영의 날 선 말이 끝나는 건 아니었다. 그러기엔 호세가 너무 날뛰는 중이었다.

"보면 알아. 당신은 나와 처음에 인사할 때도 그랬어. 눈은 웃고 있었지만 그 안에는 우월감이 숨어 있었지. 그걸 알고서도 내가 왜 가만히 있었는지 알아? 그래도 경멸감은 아니었기 때문이야. 만약 경멸감이었다면 당신과 나, 이렇게 마주 서 있을 일도 없었어."

"미치겠군. 그게 보였나?"

"보였으니 얘기하지. 왜, 못 믿겠어?"

"음……."

이건 정말 안 믿을 수가 없는 상황이다. 제대로 턱에 꽂히는 카운터처럼 들어간 지영의 말에 이미 평정을 잠시 잃어버렸으니 말이다. 알버트의 눈빛은 이내 진정을 찾았고, 깊어갔다. 무슨 생각을 하고 있는지, 무슨 말을 하고 싶은지도 지영에겐 다 보였다.

"그래도 뭐, 걱정은 마. 이걸 어디 가서 떠벌리고 다니진 않을 테니까. 말해도 믿지 않을 사실이기도 하고. 안 그래? 모두의 우상 아이언! 그가 백인우월주의를 가진 사람이었다는 사실을 말이야."

"너… 능숙하군. 이런 경우가 처음이 아니야."

"나를 이 나이 또래 애처럼 대할 생각이라면 일찌감치 버리라고 충고해 주겠어. 잘 생각해 봐. 척은 어땠을지. 그리고 지금 대화로 결과를 예상해 봐. 답 나오지? 척도 그렇고 레이샤도 그렇고, 괜히 나를 인정한 게 아니야."

"큭……."

크흐, 큭큭큭큭!

억눌린 웃음을 토해내는 알버트를 보며, 지영은 이제 그가 다신 '까불지' 않을 것 같다고 생각이 들었다. 그래도 다행인 게 모멸감을 느끼는 수준의 우월주의는 아니었고, 지금의 대화로 그 자신이 처음에 시비조로 얘기했던 인정시켜 보라는 말도, 이미 어느 정도는 충족됐을 게 분명했기 때문이다.

알버트도 신사다.

그러니 더 이상의 텃세나 시비는 없을 거라 예상됐다.

"넌 정말 그 나이처럼 보이지 않는군."

"하도 많이 들어서 지겨운 말이지만 그래도 칭찬으로 듣겠어. 더 있다가는 의심 살지도 모르니 먼저 들어가지. 알아서 시간 때우고 들어와."

"그러지."

척과 아주 똑같은 전철을 탔다. 하지만 보니까, 이걸로 알버트는 더 이상 자신에게 태클을 걸진 않을 것 같았다.

'차라리 저렇게 나와 줘서 다행이지. 질질 끌면 분명 짜증났을 테니까.'

그런 생각을 하면서 지영은 알버트를 남겨두고 안으로 들어갔다. 문을 열고 들어가자 벌써부터 간이 된 고기가 지글지글 익으며 나는 달달한 냄새가 코로 훅! 들어왔다. 코, 자고 있던 식충이들이 죄다 냄새에 벌떡! 일어났는지 허기가 밀려왔다.

안으로 들어가 자기 자리에 앉아 식사를 시작하는 지영. 그런 지영의 얼굴은 밝았다. 잠시지만 날 선 대화를 나눴던 사람이라고는 생각도 못 할 정도로 말이다.

"와우!"

지영보다 좀 늦게 들어온 알버트가 불고기를 크게 한 쌈 싸서 입에 넣고는 과장된 몸짓으로 엄지를 척! 서소정에게 건네자 분위기는 더욱 밝아졌다.

식사는 이후 한 시간가량 더 이어졌고, 늦은 시간이라 식당 앞에서 적당히 얘기하다 흩어졌다. 집에 도착하니 딱 자정이었다. 알버트와의 만남이 예상외였긴 했지만 그래도 첫 촬영을 무사히 끝냈다.

'다음 촬영이… 삼 일 뒤였나?'

이제 송지원의 신이 집중적으로 이루어진다. 그 다음 다시 지영의 차례. 이번엔 대규모 전투 신이 있을 예정이라, 지영은 이틀은 액션 스쿨에서 살아야겠다고 생각했다. 배가 든든해서 그런가, 침대에 눕자마자 잠이 솔솔 오더니 어느새 지영은 잠에 빠져들었다.

그리고 아주 간만에 전생을 꿈꿨다.

호세.

인권 운동가였던 호세의 꿈이었다.

            *   *   *

경리단길.

서울 이태원에 있는 핫 플레이스다. 관련청엔 이미 협조를 얻어 낸 상태라, 아침부터 분주하게 촬영 준비를 하고 있었다. 일반 시민들이 꺅꺅거리는 걸 스태프들이 진정시키는 거리를 뚫고 도착한 지영.

지영은 오늘도 일찍 도착했다.

하지만 한 시간이나 일찍 왔는데 배우 중에서는 꼴찌 도착이었다. 알버트와 척은 돌아갔고, 레이샤도 돌아갔다. 그녀는 신이 있지만 오늘 찍는 건 아니었다. 블랙 맘바는 극 중반부터 등장해 함께하기 때문이다.

도착해서 대기 장소로 가니 역시 기합이 잔뜩 들어간 송지원이 보였다. 합을 숙지하며, 최고의 액션 신을 만들어내기 위한 노력. 지금의 여배우 송지원이 있는 이유가 저기에 고스란히 담겨 있었다.

지영도 준비된 의상으로 갈아입고, 밖으로 나왔다. 오늘 액션 신은 무신에서 처음으로 송지원과 함께 찍는다.

할아버지가 유언으로 남긴 지명으로 찾아가는 척위준. 가는 도중 척위준은 데모니악에서 쫓아온 이들과 거리에서 마주쳤고, 바로 전투에 들어간다. 전투가 중반까지 흘렀을 무렵 '정미수'가 등장, 함께 싸우게 된다. 그 과정에 정미수와 친분을 맺고, 전투가 끝난 뒤 우연찮게 척위준이 찾아가려 했던 곳이, 정미수의 지인이 대대로 운영하던 찻집이라는 걸 알게 된다. 그리고 산에서 내려온 이유를 찻집에서 설명, 정미수의 조언을 듣는다.

오늘 찍을 신은 여기까지였다.

여기도 극 중 초반인지라 정미수는 아직 자신의 진정한 정체가 한민족을 '수호'하는 구미호라는 걸 얘기하지 않는다.

하지만 척위준이 알아서 어느 정도 눈치챘다는 설정이다.

탁.

오늘 찍을 신을 전부 다시 한번 살펴본 뒤 대본을 덮은 지영은 몸을 풀었다. 짧은 전투 신이지만 굳은 몸을 잘못 움직이면 사람이 다친다. 송지원과 합류해 합을 맞추는 지영. 오늘은 시민들도 있는 상황에서 하는 신이기에 특히 조심해야 했다. 물론 진짜 시민은 아니고, 시민 역으로 캐스팅된 단역들이었다.

그렇게 준비는 끝났고, 촬영장엔 슛 들어가기 전의 긴장감이 살포시 내려앉기 시작했다.

＊　　　＊　　　＊

척위준은 그날, 산에서 내려왔다. 할아버지가 남겨 주신 돈으로 읍내에 나가 대충 옷을 사 입었고, 내려갈 때 펼쳐보라는 상자에 있던 쪽지에 적힌 지명으로 출발했다.

서울시, 용산구, 이태원동.

구미(九微)찻집.

비뚤비뚤한 글씨로 써진 곳으로 척위준은 무작정 출발했다. 일단 시작은 서울로 어떻게 가야 하나, 이것부터 해결해야 됐지만 그 정도는 길 가던 초등학생들에게 물어보니 바로 해결이 됐다.

버스.

바퀴가 네 개 달린 철제 상자?

세상에 처음으로 나오는 척위준이 버스에 대한 감상이었다.

"오……."

시간이 되자 바퀴 달린 철제 상자─버스가 움직였다. 척위준은 우웅, 허리에서 느껴지는 미묘한 진동에 인상을 쓰면서도 입으로는 탄성을 흘렸다. 버스는 빨랐다. 슝슝, 직선으로 쭉 뻗은 길에서는 자신이 탈진할 각오로 '최고'로 내달렸을 때의 속도와 비슷할 정도였다.

슝슝 지나가는 경치를 보며 감탄, 또 감탄하길 한참. 어느새 익숙해져 용산구 이태원동에 도착한 척위준. 세상에는 처음 나오나, 문물 이용에 대한 습득은 매우 빨랐다. 터미널에서 내려, 알아서 택시를 타고 이태원까지 올 정도로 말이다.

"이제 어떻게 찾아간다?"

구미찻집.

구미(九微).

아홉 개를 숨기다.

숨긴 개 아홉 개다?

작은 개 아홉 개다 등등.

비슷하지만 여러 가지 뜻을 가진 이름이다. 지금까지 여까지 오면서 척위준이 느낀 바, 이 땅은 산보다도 훨씬 크고, 복잡하다는 것이었다. 평정을 유지하는 '재주'가 없었다면 아마 혼란에 빠졌을 정도로 사람도 많고, 길도 복잡했다. 척위준은 미간을 좁혔다.

'공기가 너무 안 좋아.'

정기가 모이던 산에 비하면 이곳의 공기는 그야말로 최악이었다. 버스라 불리던 것과 비슷한 것들이 뿜어내는 시꺼먼 연기에 오염되어 있었다.

"하지만 적응해야겠지."

척위준은 성큼성큼 걷기 시작했다. 일단 무작정 여기저기 물어보면서 길을 걸었다. 특이하게 이곳엔 색목인들이 많이 보였다.

'이 땅을 둘러싼 바다를 건너면 나온다는 거대한 대륙에서 산다는 이들. 머리색도, 눈동자색도, 체형도, 언어도, 생활 풍습도 다르다던 이들이 정말 많구나.'

처음 세상에 나온 척위준이다 보니 외국인들 또한 신기했다. 하지만 그러한 내심을 겉으로 티내진 않았다. 내심을 얼굴에 띄울 정도로 수양이 얇지 않기 때문이었다. 그렇게 한 시간쯤 물어보며 돌아다녔을 때였다.

"야, 야, 그냥 구미찻집 갈까?"

"구미?"

"응, 간만에 꽃차 한잔 마셔주자!"

"그럴까?"

"고고!"

곁을 스쳐 지나가던 여성 둘의 대화에 척위준은 귀가 정말 쫑긋! 섰다. 그리고 바로 신형을 돌려세우며 팔을 잡았다.

"저, 저! 잠시 말씀 좀 묻겠소!"

"아, 뭐… 예요?"

척위준이 팔을 잡자 짜증스레 얼굴을 구기며 돌아섰던 여자가 그의 얼굴을 확인하곤 목소리를 굴을 파고 기어들어 가는 것처럼 작아지기 시작했다. 이유야 당연히 척위준의 외모가 이 시대의 미의 기준으로 매우 뛰어났기 때문이었다.

예를 들자면 여자보다 예쁜 얼굴?

남자는 남자인데, 남성미보다 지나치게 여성스러운 미가 숨 쉬는 외모다. 앞머리가 살짝 가리고 있는 눈빛에는 몽환적인 분위기가 생생하게 숨 쉬고 있었다.

그런 외모이니 여자의 목소리가 기어들어 가는 것도 이상한 일은 아니었다.

"구미, 구미찻집이라고 했소?"

"아… 그, 그랬는데요?"

"거기가 어디에 있는지, 알려주실 수 있겠소? 내 오늘 꼭 거길 찾아가야 한다오."

"아……."

킥킥.

지나가던 사람 몇몇이 말투가 왜 저래?

왜 혼자 사극 찍음? 하면서 비웃으며 지나갔다. 하지만 산에서 할아버지와 함께 살았고, 대화 상대라고는 할아버지가 전부였던 척위준이다. 그래서 말투도 당연히 할아버지가 평소 쓰던 말투였다. 교본으로 삼을 말투가 할아버지밖에 없었으니, 이런 말투는 어쩔 수 없었다. 물론 그런 말들을 척위준도 들었지만 그걸 내색할 정도로 수양이 얇진 않았다.

"그… 저, 저희 그쪽으로 갈건 데… 같이 갈래요?"

"네! 저희 지금 딱! 거기 가려고 했거든요! 같이 가요! 네?"

아…….

지나가던 외로운 사내들이 들었다면 더러운 외모주의 세상! 이라고 할 상황에 척위준은 잠시 얼떨떨했으나, 고개를 끄덕였다. 이 정도 페이스에 흔들릴 척위준이 아니었다.

"그래주시면 내 꼭 사례하겠소."

다부진 표정으로 척위준이 고개를 끄덕이며 대답하자, 여자 둘이 깔깔 웃었다.

"킥킥, 사례하겠소래, 사례하겠소. 히히히!"

"가요! 근데 어디서 왔어요?"

"산에서 왔소."

"엑! 진짜요?"

"그렇소. 오늘 처음 내려왔다오."

어느 산에서 내려왔는지 말해줄 수 없었다. 하지만 구미찻집을 데려다 주니, 대답을 해주는 게 도리라 생각했다. 척위준의 말에 놀란 여자들은 꺅꺅거리기 시작했다. 지리산? 청학동? 이러면서 물었지만 척위준은 이번엔 그냥 웃음으로 대답을 대신했다. 대신 척위준은 화제를 돌려보려 두 사람이 웃느라 말이 없는 사이 입을 열었다.

"구미찻집까지는 한참 걸리오?"

"이십 분? 그 정도만 가면 돼요. 근데 우와… 팔뚝 봐!"

얼굴에 뭘 많이 발라 새하얀 피부를 가진 여자가 척위준의 팔을 은근슬쩍 쓰다듬었다. 하지만 척위준은 담담했다. 할아버지에게 들었기 때문이다. 척가는 대대로 여인들에게 인기가 많았고, 세상에 나가게 되면 이런 일들은 비일비재할 거라고. 다만 선은 함부로 넘지 말라고. 그 선이 뭔지도 척위준은 잘 알고 있었다.

하루 종일까지는 아니겠지만 어쨌든 시간을 많이 절약시켜준 두 사람에게, 이 정도 호의는 베풀어줄 만하다고 척위준은 생각했다. 그렇게 또 걷고, 또 걸었다. 골목으로 들어갔다 나와서 다시 골목으로 들어가길 여러 차례, 척위준은 걸음을 멈췄다.

"산에서 살았다더니… 어머!"

"왜요? 왜 섰어요? 저 골목만 넘으면 데는데요?"

두 여자가 갑자기 멈춰 선 척위준을 눈을 동그랗게 뜬 채 올려다봤다. 하지만 척위준은 전방을 바라볼 뿐이었다. 아니, 쏘아

봤다.

'이놈들……'

복장은 다르지만 이 안으로 들어서기 무섭게 적의(敵意)가 송 곳처럼 날카롭게 변해 사방에서 날아들었다. 데모니악에서 나온 놈들이 곳곳에 숨어 있는 게 분명했다.

'구미찻집의 존재를 안다?'

함정인가?

아니지, 척위준은 고개를 저었다.

할아버지가 유언으로 남겨 놓은 장소였다.

그런 곳이 함정일 리는 절대로 없었다.

그렇다면 답은 하나.

이놈들, 정보력이 무시무시한 수준인가 보다.

chapter18
구미호(九尾狐) 정미수

"내 뒤로 오시오."

손을 뻗어 두 여인을 힘으로 등 뒤로 오게 한 뒤, 척위준은 한 걸음, 앞으로 내디디며 고개를 슬쩍 숙였다. 쉭! 머리 위를 지나가는 쇠침이 깡! 소리를 내며 바닥에 부딪쳐 힘을 잃고는 떨어졌다.

쇠침의 존재를 확인한 척위준의 눈빛에 불길이 일렁거렸다.

'이놈들, 백성들이 이리 많은 곳이건만…….'

조금만 궤적이 틀어졌어도 쇠침은 바닥이 아닌, 일반 사람의 몸에 박혔을 거다. 손가락 한 마디 정도 되는 침이 몸을 파고들면 그 뒤야 안 봐도 빤하지 않은가. 척위준은 등에 메고 있던 봇짐 형태의 가죽 가방에서 길쭉한 목검을 꺼냈다. 벽조목으로 만든 목검이다. 산이었다면 철검을 꺼냈겠지만 사람들이 있으니 피를 볼 수는 없어 대신 꺼냈다.

"내 말 잘 들으시오. 지금 이곳은 전장으로 변할 거요. 그러니 어서 다른 곳으로 피하시오."

척위준은 예까지 데려다준 두 여인이 고마워서, 묵직한 인사를 건넸다.

"네? 어머, 민정아, 들었어? 전장이래, 피하래! 호호호!"

"혹시 몰래카메라예요? 일반인 대상으로 하는? 그런 거면 이제 걸렸으니까 인터뷰나 하게 해주세요!"

"저도! 저도요! 근데 엠씨는 누구예요?"

당연히 믿지 않았다.

깔깔, 호호거리는 두 여인에 잠시 미간을 찡그린 척위준은 저벅저벅, 넓은 대로 중심으로 걸어가기 시작했다. 지나다니는 사람이 워낙에 많아 부딪치는 게 아닌가 싶었지만 단 한 번도 그러지 않았다. 살랑살랑 마치 버들가지가 흔들리는 것 같은 걸음이었다.

"갈⋯⋯!"

쩌렁!

그리고 갑자기 화포처럼 터진 거대한 일갈. 정말 근처에 있던 이들의 귀에선 쾅! 소리처럼 들렸을 것이다. 그 소리에 여자들은 꺄악! 하며 소리를 질렀고, 사내들은 으악! 시발, 뭐야! 하며 욕설을 내뱉었다. 하지만 공통된 게 있다면 놀라 주저앉았다는 점이다.

그만큼 거대한 외침이었다.

모두가 주저앉은 그 공간에 홀로 서 있는 척위준.

차가운 얼음과 뜨거운 불길이 공존하는 눈빛으로 척위준은 어느 한 곳을 응시하고 있었다.

"그대가 수장인가? 숨어 있지 말고 나오라."

길거리 자판 앞에서 먹거리를 팔던 사내에게 날아간 말이었다. 그 사내는 허리를 접고 어깨를 움츠리긴 했는데, 언제고 움직일 수 있게 하체를 굽히고 있었다. 그리고 분명 감각이 범상치 않은 자라 걸러줬는데, 그 사내에게서만 적의가 날아오지 않았다. 그 뜻은 하나다. 기세의 갈무리가 가능한 자.

즉, 수준이 일정 경지에 도달한 자.

삑!

사내가 엄지와 검지로 입술을 모아 소리를 내자, 쉭! 쉬익! 공기가 갈라지는 소리가 연달아 들려왔다.

"흥!"

깡! 까앙!

하지만 척위준은 이번에도 목검을 가볍게 휘둘러 쳐냈다. 힘을 잃고 바닥에 떨어져 근처에 있던 사람의 허벅지에 콕, 찔리는 쇠침.

"앗, 따가워!"

"자, 자기야 괜찮아?"

…하는 연인들의 대화 소리가 들려 척위준은 다시 인상을 썼다. 이들은 아직 상황을 제대로 파악하고 있질 못했다. 지금 이게 추레한 복장의 미친놈이 벌이는 촌극이 아니라, 서로의 목숨을 노리는 실전 전투의 전초전이라는 것을 말이다.

파바박!

척위준은 몸을 쭉, 공간을 접듯이 날렸다.

목표는 가판대 앞에 있던 우두머리다.

선수필승이고, 그 선수에 우두머리를 잡으면 전투는 훨씬 쉬워지는 법이다.

쉭!

엎어져 있던 사내의 몸을 그대로 뛰어넘어 목검을 내려찍었다. 쾅⋯⋯! 그래도 한 수는 있는지, 놈은 용케도 몸을 빼서 피했다. 꽈작! 덕분에 목검에 맞은 나무 가판대만 반으로 쪼개졌다. 그걸 본 사람들이 헐? 하고 놀랐을 때, 놈이 반격을 해왔다. 제법 빠른 속도지만 그래봐야 인간의 한계를 벗어나진 못했다.

휘, 스륵, 우드득!

칼을 쥔 손목을 그대로 감아, 뽑고, 비틀었다. 팔꿈치가 빠지면서 돌아가선 안 되는 각도로 돌아갔다. 반발티를 입고 있어 팔꿈치의 피부가 비틀려 있는 것까지 적나라하게 보이고 나서야 사람들은 상황을 파악했다.

"으악!"

"꺄악!"

가볍게 설명하면 저 두 가지로 대변되는 비명들이 난무한 뒤에야 사람들은 흩어졌다. 그걸 보며 척위준은 놈의 어깨를 밟아, 그냥 뽑아버렸다. 우득! 고통에 부르르 떠는 모습을 보던 척위준은 음, 어찌할까 잠시 고민하다 팔을 내려놨다. 할아버지의 교육이었다. 산에서 내려가면 살인은 되도록 삼가라고. 특히 사람들 앞에선 더더욱. 그 말을 잘 따르는 척위준이었다.

팔을 놓고 돌아서는 척위준의 눈빛은 정말 끝내줬다. 순진하던 모습? 악(惡)을 앞에 뒀다. 이건 척가의 후예로서 당연한 눈빛이었다. 이곳까지 안내해 줬던 여인 둘이 자신을 보며 덜덜 떨고 있는 게 보였다.

놀랍고, 당황스러우리라.

이해했다.

그래서 마음이 상하거나 그러지 않았다.

이 또한 스승이자 가족인 할아버지에게 들어서 알고 있었기 때문이다. 파바박! 숨어 있던 적들이 이제야 제대로 모습을 드러냈다. 학습 능력이 없는 걸까? 이번에도 삼면에서 포위 공격을 해왔다.

하지만 전과는 달랐다. 전엔 짧은 접이식 칼이었다면 이번엔 제대로 된 도였다. 소태도. 알기 쉽게 대태도로 분류되는 일본도의 축소판이라고 보면 된다. 하지만 찔리면 사람의 몸쯤은 가볍게 꿰뚫을 길이를 가지고 있었다.

쉭! 쉭!

쉬익!

어느새 뒤집어 쓴 복면 속에 비치는 살의. 고맙다. 차라리 그렇게 나와주는 편이 좋다. 척위준은 오히려 안으로 파고들었다.

푹! 가볍게 찔러 들어간 목검이 명치에 제대로 박혔다. 그 순간 이미 척위준은 검을 회수했고, 세 놈을 지나쳤다. 애초에 육체가 낼 수 있는 한계가 달랐다. 지금 척위준은 자신의 본신 무력을 반도 끄집어내지 않았다. 그런데도 이 정도 차이가 났다.

획!

빠박!

이번에도 가볍게 휘두른 목검이 멈춰 선 둘의 뒤통수를 연달아 갈겼다.

어른이 아이를 가지고 노는 것처럼 너무나 손쉽게 셋을 쓰러뜨리는 순간 쉭쉭! 쇠침이 다시 날았다.

'쯔, 연수 합격의 기본도 모르는 조무래기들이구나.'

척위준은 이 전투가 탐탁지 않았다. 연수 합격이란 기본적으로 연환이 이루어져야 한다. 특히 지금처럼 원거리 지원이 있다면 최소한 목표의 움직임을 방해하는 정도는 지원을 해줘야 한다. 하지만 이것들은 그런 게 없었다. 근접으로 오고, 원거리에서 공격해 오고, 다시 근거리, 다시 원거리. 이런 식으로 끊어서 쓰고 있었다.

'간 보기.'

척위준은 어리석지 않았다.

어제 밤에 산에서 이 땅의 정기를 해치려는 데모니악의 졸개들을 죽였다. 그리고 아침에 하산해 오늘, 서울로 왔다. 그런데 벌써 따라붙었다? 자신에게 당했다는 걸 알고 나서 움직인 것치곤, 굉장히 빠른 움직임이다. 이건 아직 파악 못 한 정보 전달 수단이 있음이 분명했다. 하지만 왜일까.

수준이 어제와 비교해서 전혀 나아지질 않았다.

이런 놈들은 다섯이나, 열이나, 스물이나, 서른이나, 백이나 똑같았다. 정리하는 데 들어가는 시간만 다를 뿐이다.

"뭐야, 이 새끼들은? 왜 남의 구역에서 쌈박질이야!"

그때 괄괄한 목소리가 들려왔다.

하얗게 샌 머리를 질끈 묶었고. 검은색 안경. 깔끔한 정장.

그리고 여성.

빠각!

그 여자는 막 척위준에게 달려들던 데모니악의 졸개 하나의 정강이를 그대로 후려 찼다. 그러고 나서 엎어지는 놈의 턱에 다시 한 방. 그러자 픽, 하고 졸개가 쓰러졌다. 외부인의 등장에 잠시의 침묵, 그리고 대치 상황이 이어졌다.

이제는 완전히 모습을 드러낸 데모니악. 수는 총 서른 정도였다. 열 명이 빠져 여인에게 달려들었고, 남은 놈들은 다시 척위준을 향해 왔다.

척위준은 목검을 털고 다시금 움직였다. 아니, 움직이려 했다.

빡……!

"……."

바닥에 철퍼덕 쓰러진 여인만 아니었다면 말이다.

*　　　　　*　　　　　*

"컷!"

드륵, 탁! 서랍이 급속도로 닫혔다. 그리고 지영은 바로 송지원에게 달려갔다. 소리가 제대로 났다. 게다가 쓰러진 그녀는 지금 미동도 안 하고 있었다. 바람처럼 달려 송지원에게 향한 지영은 그녀를 안아, 호흡, 그다음 눈자위를 살폈다.

호흡은 큰 문제가 없었다.

눈자위는? 아주 그냥, 제대로 풀렸다.

송지원의 이번 신은 주먹을 피하고, 그 뒤로 날아오는 돌려차기도 피하는 것부터 시작됐다. 그런데 두 번째 돌려차기를 피하지 못했다. 그 결과 관자놀이에 제대로 들어갔다. 그래서 맞는 순간 의식이 끊어지면서 비명도 지르지 못하고 쓰러진 거다.

"누나, 누나! 누나 괜찮아요?"

"……."

지영은 일단 송지원의 뺨을 때리면서 그녀를 불렀다. 하지만 아직 의식이 돌아올 생각은 없어 보였다. 덜덜, 그녀 앞에 있던 액션 배우가 덜덜 떨고 있었다. 혹시 몰라 여성 액션 배우를 캐스팅했다. 그리고 그게 진짜 천만다행이었다. 만약 남자 배우였다면 지금처럼 기절로는 끝나지 않았을 것이다.

애초에 육체가 가진 힘이 다르니까 말이다.

스태프들이 우르르 모여들었다.

그녀의 매니저가 급히 다가와 물을 얼굴에 조금씩 뿌렸다.

"어으……."

그러자 미약한 신음과 함께 꿈틀거리는 송지원. 바로 의식이 돌아오는 걸 보니 큰 문제는 없어 보였다. 하지만 이런 타격은 후유증이 남을지도 모르니, 바로 병원으로 보내는 게 좋을 것 같았다.

"정신 들어요?"

"아으, 뭐야… 나 왜 이러고 있어?"

"제대로 맞았어요, 여기에."

지영이 부은 송지원의 관자놀이에 슬쩍 손을 대자, 그녀가 대번에 인상을 찌푸렸다. 피부에서 느껴지는 화끈함보단, 지영의 말에 잘려 나갔던 필름이 복원되는 과정에서 나온 찌푸림이었다.

"죄, 죄송합니다! 제가 그만……."

액션 배우가 울먹이며 연신 허리를 숙였다. 그렇게 사과를 해 오자 송지원이 상체를 세웠다. 손을 뻗어 김윤경의 손에서 물병을 낚아 채 벌컥벌컥 마신 뒤, 비틀거리지만 자리에서 일어났다.

"아니야. 내가 합을 잊었어. 두 번째가 돌려차기였는데, 왜 주먹질로 생각한 거지……. 지윤이 네 잘못 아니야. 언니가 잘못한 거지."

"죄송합니다, 죄송합니다……."

"고개 들고, 너 제대로 했다니까? 아으, 시작부터 제대로 맞았네, 이거?"

송지원이 털털하게 나오자 지윤이라 불린 배우의 얼굴이 조금 풀리긴 했지만 당연히 완전히 가신 것도 아니었다. 송지원이다, 송지원. 몸값이 억! 소리 나는 송지원. 그런 그녀의 머리통에 제대로 돌려차기를 먹였다. 만약 각이 조금이라도 안 맞아 턱이라도 갈겼으면? 뺨이나? 그건 정말 바로 잘려도 할 말이 없는 일이었다. 그게, 송지원의 잘못이었더라도 말이다. 하지만 송지원은 이 일을 지윤 배우에게 잘못을 돌릴 마음이 조금도 없었다. 괜찮으냐고 물어오는 루소 형제에게 웃음으로 고개를 끄덕여 준 뒤, 이강석에게 고개를 돌렸다.

"강석 형, 이거 내 잘못."

"괜찮냐?"

"웅, 좀 멍하긴 한데 이 정도야 뭐, 한두 번 맞아보나?"

피식.

지영도 이강석도 그 말에 풀썩 웃고 말았다.

"어쨌든 내 잘못이다?"

"알았다, 알았어. 얼른 병원이나 가봐라."

"무슨 병원이야, 이 정도로. 나 송지원이야. 이 정도론 끄떡없거든!"

"야, 후유증 남으면 우리가 죽는다. 너 우리 다 죽이고 싶냐?"

"아 괜찮다니까?"

"야! 송지원!"

지원이 고집을 부리자 이강석을 바로 눈을 부라렸다. 그는 배우의 몸을 최고로 본다. 아무리 아름다운 액션 장면이 카메라에 담겨도, 그게 배우의 희생을 기본 베이스로 깔고 들어가는 장면이라면 억만금을 줘도 사양하는 사람이다. 아니, 오히려 그렇게 나온 신을 쓰레기라고 취급할 정도다.

그러니 지금 송지원을 향한 이강석의 고함은 그를 아는 사람이라면 충분히 이해할 수 있는 고함이었다.

하지만 문제는 송지원도 그걸 알면서 받아들이고 싶은 마음이 없다는 데 있었다. 그녀는 원래도 자신 때문에 촬영에 지장이 생기는 걸 극도로 싫어했다.

항상 일찍 도착해 준비하고, 그 이전에도 자신의 신에 대해서는 철저하게 분석, 연구한 뒤에 몸에 완전히 익도록 연습한다. 건강 문제도 마찬가지다. 감기 걸려서 촬영을 못 한다? 이건 그녀에게 절대로 인정할 수 없는 부류였다.

"알잖아, 내 성격?"

"그래도 후유증 남으면 너 나중에 고생한다니까! 다른 곳도 아니고 뇌가 흔들렸어, 이것아!"

"흔들리고 만 거잖아? 지금 시야도 괜찮고, 발음도 괜찮고, 몸 움직이는 것도 괜찮은데 뭐가 문제야? 그리고 오빠, 내가 빠져서 촬영 접으면? 지윤이는 어쩌게?"

움찔.

지윤의 이야기가 나오자 이강석은 움찔할 수밖에 없었다. 슬 픈 얘기지만 송지원의 말은 정답이었다. 만약 이대로 송지원이 병원으로 향하면 당연히 오늘 촬영은 접어야 했다. 그러면 여태 껏 준비한 것들은? 시민 통제까지 했는데? 다음에 또다시 찍어 야 하고, 관련청에 협조문도 다시 넣어야 했다.

이래저래 시간도 오래 잡아먹고, 번거로워진다는 소리다.

그리고 그걸로 끝일까?

송지원이 말했던 것처럼 지윤이란 배우에게 따가운 눈초리가 가는 건 말 안 해도, 기정사실이었다.

'대단하다, 진짜.'

지영은 송지원이 배우로서의 마음가짐이 정말 대단하다고 생 각했다. 이건 감탄을 넘어, 솔직히 말해 존경해도 될 정도였다. 스태프를 챙기는 마음, 영화를 생각하는 그 마음 자체가 자신과 비교할 수도 없을 정도로 높은 곳에 있었다.

지영 본인과는 다르게 이 여자는 아주 순수하게 '연기'에 미친 여자였다. 어떤 한 분야에 미친다는 것은 옛날부터 인정받아 왔 었다. 그런 걸 아는 지영은 나서기로 했다.

"지원 누나 말대로 해요. 준비했던 것들도 있고, 저 누나도 곤 란해질 테니까요. 대신 이제부터 엔지 없이 빠르게 클리어하고, 누나는 바로 병원으로 가는 걸로. 오케이?"

지영의 절충안에 이강석은 고민, 송지원은 냅다 콜을 외쳤다. 결국 이강석도 고개를 끄덕였다. 김윤경이 고개를 절레절레 저었지만 나서진 않았다. 연기에 대한 욕심을 누구보다 잘 알고 있는 그녀다 보니 나서봐야 소용없다는 걸 잘 알고 있었기 때문이다. 그래서 그는 그냥 루소 형제에게 가서 유창한 영어로 셋의 대화를 설명했다. 그 얘기를 듣고 껄껄 웃은 둘은 다시 자리로 돌아갔고, 조감독이 분위기 환기를 위해 박수를 쳤다.

짝짝짝!

그 박수는 신호였다.

다시 촬영 준비하자는.

모든 배우들은 이 대화를 여과 없이 들었기에 빠르게 제자리로 가서 섰다. 지영도 자신의 자리로 가면서, 송지원에게 한마디를 남겼다.

"누나, 이번엔 조심해요."

"……"

대답은 들려오지 않았다.

슬쩍 보니, 송지원은 어느새 배역에 몰입, 정미수가 되어 있었다.

피식.

참으로 대단한 여자.

제자리로 돌아온 지영도 심호흡 뒤, 큐! 사인에 다시 서랍을 열었다.

서른이 넘던 적을 다 해치우는 데 걸린 시간은 고작 10분 남

짓이었다. 이후 정미수는 척위준에게 척 노인이 보내서 왔지? 하고 물었다. 그 질문에 고개를 끄덕이자 그녀는 척위준의 손목을 잡고, 빙빙 거리를 돌기 시작했다. 골목으로 들어갔다가 나오고, 다시 들어가고 빙빙 거리를 돌더니, 원래 가기로 했던 구미찻집이 아닌 '구미쉼터'로 그를 데리고 갔다.

문을 열고 들어가자 굉장히 익숙한 풍경이 펼쳐졌다.

마당이 있고, 중간에 앉아 쉴 수 있는 마루가 있었다. 신기하게 우물도 있었고, 복숭아나무 한 그루가 우물 옆에 뿌리 내리고 있었다. 그리고 백미는 초가집이었다. 척위준이 살던 집과 아주 흡사한 형태였다. 그러다 보니 옛 정취가 그대로 느껴졌다.

땅에서 올라오는 흙냄새가 척위준의 마음을 사르르, 풀어줬다.

"잠시 앉아 있어."

"그러겠소."

"겠소? 너 오늘 하산했어?"

"그렇소."

"아이고, 세상 물정은 하나도 모르겠구만. 척 노인, 그 양반이 그래도 생각이 있었으니 지금까지 잡아두고 있었겠지. 어쨌든, 기다려 봐."

자기 할 말만 하고 초가집 안으로 들어가는 여인의 뒷모습을 빤히 바라보는 척위준. 척위준은 느끼고 있었다. 상대가 결코 범상치 않은 존재라는 것을.

'인간이… 아니군.'

인위적인 향은 바람결에 실려 오지만 인간에게서 나는 체향 자체는 아예 없었다.

'흰머리라……'

하나의 '설화'가 떠올랐다. 하지만 속단하기는 이른 상태였다. 여인, 정미수가 찻잔 두 개를 들고 나왔다. 잔에서 풍기는 향이 코를 간질였다. 산에서 자주 마셨던 '꽃차'였다.

"자, 마셔."

"감사하오."

"아이고, 말투부터 가르쳐야겠네. 그런데 척 노인은? 왜 혼자 왔어?"

"편히 쉴 곳으로 가셨다오."

"…음, 그래. 쉴 때가 되었지."

여인, 정미수의 얼굴에 순간 그늘이 졌다가 사라졌다.

"그보다 할아버지와 관계가 어떻게 되시오?"

"제자."

"허, 제자 말이오? 설마 할아버지가 제자였소?"

"응. 물론 무예를 가르친 건 아니야. 대대로 척가의 후예들이 너처럼 첫 하산을 하면 내가 맡아서 세상 물정을 가르쳤지."

"음……."

그 정도면 이해가 간다.

그리고 이번 대화에서 척위준은 정미수의 정체를 어느 정도 확신할 수 있었다. 할아버지가 타계하기 전 나이가 칠십 하고 하나다. 그런데 정미수는 그런 할아버지에게 세상 돌아가는 걸 가르쳤다고 말했다. 바로 앞에 앉아 있는 정미수의 나이는 많아봐야 스물 중반에서 서른 초반이다.

외모에서 보이는 나이가 완전히 맞질 않는데, 너무나 당당하게 가르쳤다고 한다. 그렇다고 정미수의 말이 거짓말처럼 들리지도 않았다. 그래서 척위준은 물어보기로 했다.

"혹시……."

"쉿. 대충 파악했으면 그냥 그 정도로 알고만 있어."

"흠… 알겠소."

꺼내지도 못했다.

씩 웃은 정미수가 이번엔 척위준을 살폈다. 요목조목 살펴보더니 큼큼, 기침을 두 번 했다. 그리고 눈도 두어 번 깜빡깜빡했다가 다시 뜨니 눈동자 색이 변해 있었다. 평범했던 눈빛이었는데, 지금은 샛노란 기운이 서려 있었다.

'아까 대대로라고 했으니, 확실하군…….'

샛노란 짐승의 눈빛.

그리고 백발.

이 정도면 이 여자의 정체를 알 수 있는 단서가 꽤나 많이 나왔다.

정미수는 확실히 '인간'이 아니었다.

그녀는 분명 고대로부터 내려온 설화의 주인공이 분명할 것이라 척위준은 확신했다. 쉬익. 그가 그런 확신을 했을 때, 정미수의 눈빛이 다시 평범하게 돌아오며 입가에 미소를 척, 그려 넣었다.

"너도 설화를 이었구나?"

"그걸 본 것이오?"

"그럼, 그 정도야 보였지. 제세주의 설화라……. 골치 아프겠는데. 데모니악 놈들은 제세주가 등장하면 앞뒤 가리지 않고 달려 드니까."

"음… 할아버지께 대충 들었소. 하지만 단편적인 이야기들뿐 이었소. 그렇게 위험한 놈들이오?"

"위험하지. 암, 위험해. 너 혼자 감당은 하겠지만 그 대신 네 주변은 초토화가 될 정도로 위험해. 놈들은 수단과 방법을 가리 지 않거든."

"음……."

오늘 참, 침음을 많이 내뱉는다 생각하면서 척위준은 미간을 찌푸렸다. 고민할 때 나오는 특유의 행동이었다. 정미수는 그의 고민을 깨지 않고 차를 한 모금 음미하면서 잠자코 기다렸다.

'할아버지는 문제가 생기면 이곳으로 가라고 했지. 그건 눈앞 에 이 여자가 내 조력자란 뜻인가? 아니면 그냥 이번만 도움을 주고 말 사람인가.'

이런 고민이었다.

하지만 척위준은 이런 고민을 가장 빨리 해결할 방법을 알고 있었다. 고민을 끝내고 고개를 들었다.

"그대는 내 조력자요?"

"아니."

"아니오?"

"그래, 난 너의 스승이 되어야 하니까."

"스승… 말이오?"

"그렇다. 제세주의 천명을 타고난 아이야. 너의 무력은 인간의 범주 안에 있는 그 누구도 감당치 못하겠지. 하지만 인간이 만들어낸 무기는 다르단다. 오면서 처음 봤던 것들은 그저 생활 과학의 일부분일 뿐이다. 진짜 위험한 것들은 따로 있지. 저기 저, 높은 건물을 단번에 무너뜨릴 무기도 있고, 저기 저 멀리서 너와 네 주변을 공격할 수 있는 무기도 존재한다. 너는 무기에 대한 기본 정보들을 배울 것이다."

"……."

척위준은 말없이 고개를 끄덕였다.

할아버지는 읽고, 쓰고, 말하고를 빼면 거의 가르친 게 없었다. 그 외엔 전부 몸을 쓰는 법만 가르쳤다.

달리는 법, 뛰어넘는 법, 치는 법, 찌르는 법, 베는 법, 던지는 법.

따라서 척위준은 그 존재 자체로 인간 흉기 수준이었다. 현대 과학의 무기가 없었다면 아예 인간 전술 병기로 분류되고 남을 수준이었다. 그런 척위준이 정미수의 정체를 알아낸 건, 읽는 법을 배우고 나서 초가에 있던 서적을 시간 날 때마다 틈틈이 읽어서였다.

정미수는 말투를 근엄하게 바꾸고 말을 이었다.

"하지만 그리 시간이 많지 않아. 데모니악에는 시빌(Sibyl)이 있다."

"시빌? 그게 뭐요?"

"무녀다. 예언가라고도 불리지. 그 존재는 분명 네가 태어났을 전부터 너의 탄생을 알았을 것이다. 그리고 그런 시빌의 예언을 통해, 너의 존재를 데모니악은 알고 있었어. 하지만 태어난 장소까지는 몰랐던 거다. 그런데 아직 듣진 못했지만 네가 하산하게 된 일 때문에 너의 소재를 파악해 버렸지. 이제부터 이 주변은 데모니악 놈들로 가득찰 것이야."

"음, 귀찮게 구는구려."

"후후, 귀찮다? 그 이상일 거다. 데모니악은 오랜 시간 동북아시아에 존재했었다. 한, 중, 일. 이 세 나라에 이미 뿌리 깊게 파고든 상태지. 그 결과, 세 나라는 계속해서 어둠 속을 향해 걷게 만들 만큼 집요하고, 간사하단다. 그런데 그런 순간에 내가 태어난 거다. 제세주가 될 아이야. 놈들은 절대로 널 가만두지 않을 것이야."

집요하고, 간사하다.

척위준이 할아버지에게 들은 것과 비슷했다.

'음험하고, 요사하다 하셨으니까.'

어쨌든 뜻은 대충 통한다.

하지만 척위준은 크게 걱정하진 않았다. 제세주의 천명을 타고 났지만 태생부터 그는 척가의 후예다. 이름까지 고려 중후기 백성들을 위해 영웅의 길을 걸었던 척위준(拓衛準)의 이름을 그대로 물려받았다.

"그러고 보니 아직 이름도 듣지 못했군."

"척 씨 성의 위준이오."

"호… 그거 우연이군. 아니, 우연일 리가 없지. 혹시?"

"맞소. 할아버지는 백성의 영웅이셨던 분의 이름을 그대로 내게 주셨소."

"하하하."

아하하하!

정미수가 갑자기 크게 웃었다.

척위준은 그런 정미수의 웃음에 영문을 몰라 그녀를 빤히 바라봤다. 그녀는 한참을 웃었다.

"천기를 짚을 줄 알게 됐다더니, 아주 제대로군. 좋다. 너의 그 이름은 현 시점에서 최고의 이름이다."

만백성의 영웅, 척위준.

척가(拓家)의 무신, 척준경(拓俊京)의 무(武)를 온전히 이어받은 유일한 후손이었다. 그리고 현 시대의 척위준은, 그런 척위준의 직계 혈통이었다. 이게 뭔 소리냐 하면 21세기에 태어난 척위준 또한 척준경의 무(武)를 이었다는 뜻이었다.

그런 척위준에게 지금 필요한 건 현대사회의 정보와 그런 정보를 이용한 전투 방법이었다. 정미수의 말이 이어졌다.

"무력이야 이미 충분하다 못해 차게 지녔으니까, 기본 상식부터 시작하자. 보아하니 머리는 매우 총명해 보이는구나."

"할아버지도 그러셨소. 오성(悟性)이 뛰어나다고."

"다행이야. 우둔하지 않으니. 기다려 봐라. 나도 지금 조사 중인 일이 있어 당장은 너를 가르칠 수 없다. 그러니 널 도와줄 사람을 좀 불러야겠다."

품에서 네모난 물건을 꺼내더니 손가락으로 톡톡 건드렸다. 그리고 귀에 가져다 대는 정미수. 저 물체가 뭔지 모르지만 척위준은 그냥 잠자코 봤다.

"나야, 미수. 맡아줄 친구가 생겼어. 응, 새하얘. 순수한 백지 상태 그대로니 얼마 안 걸릴 거야. 머리도 좋고. 그럼, 페이야 당연히 챙겨줘야지. 시간당 십? 너무 센데. 칠로 하지. 팔, 좋아. 계약 성립. 쉼터로 와, 지금 당장."

"……."

빤히 정미수의 말을 들은 척위준은 저 네모난 게 타인과 얘기를 가능케 해주는 물건이라는 정도로 이해했다. 정미수가 미쳐서 혼자 일인 극을 펼친 건 아닐 테니 말이다.

"밥은?"

"하산한 이후로는 아직이오."

"그래, 그런데 너 말투부터 빨리 고쳐야겠다. 이래서야 원, 어디 데리고 다니지도 못하겠어. 머리도 좀 자르고, 옷도 좀 사고. 돈은?"

"할아버지께서 남겨놓으신 건 다 가지고 내려왔소."

"그건 가지고 있고. 제자가 된 첫날이니 이번엔 선물이라 생각하고 준비해 줄게."

"알겠소."

"다른 건 됐고… 좀 기다리고 있어. 간단하게 상 차려 나올 테니까."

척위준이 고개를 끄덕이자 정미수는 다시 안으로 들어갔다. 척위준은 다시 주변을 살펴봤다. 이제 산에서 내려와 이곳에서 생활을 하게 된다. 뭔가 감회가 새로울 것이라 생각했으나 지니고 있는 사명 때문인지 마음이 무겁기만 했다.

'지키리라.'

만백성을, 이 땅을 해치려는 자들에게서.

그러한 사명도 물론 잊지 않았고, 그걸 지키기 위해 척위준은 다시 각오를 다졌다.

　　　　*　　　　　*　　　　　*

　"컷! 오케이!"

　찰진 본토 발음의 사인을 들은 후 지영은 서랍을 닫았다. 척 위준은 조용히 다시 서랍 안으로 들어갔고, 긴장이 풀린 지영은 후우, 짧은 한숨을 내쉬었다. 초가집에서 정미수, 아니, 송지원이 걸어 나왔다.

　그녀는 만족한 미소를 그린 채 바로 지영에게 걸어오며 손바닥을 내밀었다.

　짝!

　"고생했어!"

　"누나도요. 머리는요?"

　"조금 욱신거리는 건 있는데, 이 정도야, 뭐."

　"영상 확인하고 바로 병원으로 가요. 약속했죠?"

　"그래, 걱정 마. 꼭 갈 테니까."

　지영은 송지원을 잡아 카메라를 뚫어져라 바라보고 있는 루소 형제에게 갔다.

　"잘 나왔어요?"

　"그럼! 완벽해!"

　지영의 말에 안셀 루소가 뒤도 돌아보지 않고 엄치를 척! 내밀었다. 지영과 송지원은 그런 반응에 웃음을 머금고 카메라를 바라봤다. 확실히 어색함 없이 아주 잘 표현됐다. 둘이 있는 신에서만 배려를 받아 한국어로 대사를 쳐 훨씬 매끄러웠다. 루소 형제는 한국어를 모르지만 대신 눈빛, 분위기, 구도, 몸짓 등을 살펴봤다. 이런 모든 게 둘의 기준으로 모든 게 완벽했다.

그리고 고용한 전문가가 대사상 문제는 하나도 없다는 말까지 해줬다.

두 사람을 배려해 영상을 처음부터 다시 보여주는 루소 형제. 구미쉼터 문을 열고 들어가서 평상에 앉아 대화를 나누고, 마지막으로 정미수가 다시 초가집으로 들어가는, 5분이 넘는 신이다.

물론 중간에 끊고, 이었다가, 다시 끊고, 다시 이어가며 완성된 신이기도 했다.

"음, 좋네."

"그러게요."

마지막까지 영상을 확인한 송지원의 감상평에 지영도 동의했다. 배경도 좋았다. 미술 팀이 정말 제대로 꾸며 났다. 영상미도 아주 괜찮았고, 그 속에 둘의 연기는 물 흐르듯 자연스러웠다. 여기서 더 찍는 건 지영이 생각해도 쓸데없는 체력, 심력 낭비가 분명해 보였다.

그래서 힐끔 송지원을 바라봤다.

피식.

"알았어, 간다, 가. 저 먼저 가보겠습니다!"

꾸벅, 꾸벅!

송지원은 바로 감독과 스태프들에게 인사를 했다. 김윤경이 다다다 달려와 낚아채듯 그녀의 팔을 잡아끌었다.

"아, 언니!"

"빨리, 빨리 따라와 이것아!"

"골, 골 흔들려!"

"넌 흔들려도 싸!"

그런 촌극을 벌이며 송지원이 퇴장했고, 지영도 서소정에게 갔다. 오늘 찍을 신은 끝났다. 이제 지영도 퇴근할 시간이었다.

꼬르륵, 한바탕 몸을 움직이고 난 뒤라 그런지 배 속에서 우렁찬 소리가 들렸다.

"배고파?"

"네, 에고……."

"출발하기 전에 뭐라도 사올까? 여기 간식 맛있는 거 많은데."

"아니요. 참았다가 집에서 저녁 먹으려고요. 그냥 가요."

"그럴래? 괜찮겠어?"

"그럼요, 제가 두말하는 거 본 적 있어요?"

"없지. 그럼 가자."

벤에 타자 우르르, 지영의 팀이 따라 탔다. 조잘조잘 오늘 찍은 신에 대한 얘기의 꽃을 피우는 걸 듣던 지영이 서소정에게 물었다.

"누나, 은정 백화점은 어때요?"

"은정 백화점? 기사회생……? 그 단어가 가장 어울릴걸?"

"그래요? 다행이네요. 후우……."

"후후, 누가 메인으로 섰는데? 매출이 열 배 이상 뛰었다더라. 에이급 브랜드에서 매점 요청하는 것도 늘어나고 있고."

백화점은 기본적으로 브랜드가 점포가 들어선다. 은정 백화점은 끽해봐야 중저가 소비자들을 위한 브랜드가 대부분이었는데, 지영이 백화점의 메인 모델이 되자 그 효과를 받으려는 대형 브랜드들이 늘고 있었다.

하지만 과연 정미진이 그걸 받을까?

어떤 결과가 나왔을지 빤하지만 지영은 그래도 서소정에게 물어봤다.

"받았대요?"

"아니, 그러면 기존에 있던 점포를 비워야 하잖아? 그렇게 되면 거기서 일하던 직원들 실직할 수도 있고. 힘들어도 자리 지켜 준 기존 점포들에게 할 짓이 아니라 생각해서 정미진 대표님이 다 거절하는 모양이야."

"하하."

역시였다.

역시 피는 못 속이는 법이라 생각하며 지영은 더 이상 물어보지 않고, 눈을 감았다. 집으로 가는 길. 지영의 입가에 그려진 미소는 지워지지 않았다.

chapter19
운명처럼 품 안에

경리단길 촬영을 마친 지영에게 일주일의 휴가가 주어졌다.
물론 촬영을 아예 멈춘 건 아니었다. 일주일간 촬영은 중국과 일
본에서 진행된다. 시빌의 첫 등장과 레이 옌의 첫 등장들을 포
함한 해외 신을 찍기 위해서였다.

지영은 여행 겸, 같이 가자는 감독의 제안을 당연히 거절했다.
그리고 다시 은정 백화점의 2차 CF 미팅 때문에 지영은 오랜만
에 보라매에 출근했다. 회사에 도착해 나와 보니 송지원이 먼저
와 소파에 앉아 있었다.

"아야야……."

"아니, 머리도 욱신거리다면서 여긴 왜 왔어요? 집에서 좀 쉬
시지."

"집은 심심해……. 그리고 감도 떨어지고."

"에휴."

지영처럼 송지원도 휴가였다. 그런데 어제 병원에 갔던 사람이 아침 일찍 사무실에 찾아와 죽치고 있어 타박했지만 그녀의 대답에 지영은 그냥 한숨과 함께 고개를 절레절레 저었다. 소파에 늘어진 송지원을 보던 시선을 테이블에 산처럼 쌓인 시나리오로 옮기는 지영.

"아주 산이네, 산. 나보다 더 들어오는 것 같다?"

"전 세계에서 날아들고 있으니까요."

"나도 리틀 사이코패스 이후 각국에서 들어오거든?"

"뭐, 제가 어려서 더 끌리나 보죠."

"야!"

실제로 지영에게 날아오는 시나리오의 국적은 정말 다양했다. 그냥 찔러나 보자라는 식으로 들어오는 건 서소정 선에서 걸러내고 있는데도, 거의 하루에 열 개 이상씩 들어왔다. 지금 눈앞에 산처럼 쌓인 건 영화 산업이 활발한 나라들의 메이저 제작사를 통해 온 시나리오들이었다. 그래서 걸러지지 않고, 저렇게 먼지를 맞으면서 방치되고 있었다.

"음……."

지영은 휙, 휙 속독으로 시나리오를 분류했다. 끌리는 시나리오는 사실 별로 없었다. 지영이 이번에 초대형 상업 영화를 찍는다지만 솔직히 이쪽은 지영의 스타일이 아니었다. 몸을 쓰는 것보다 감정을 표현하는 게 솔직히 더 지영의 스타일에 가까웠다. 히어로라는 단어에 척위준이 반응하지만 않았다면 지영은 분명 '무신'을 찍지도 않았을 거다. 1시간에 걸쳐 시나리오의 반이 줄

어들었다. 소파에서 일어나 고로롱, 소리를 내며 잠든 송지원을 힐끗 본 지영이 소리 없이 화장실에 다녀왔다.

그리고 다시 대본을 손에 쥐었는데, 처음으로 마음에 드는 제목을 가진 시나리오가 등장했다.

가제 – '폭군'

겉면에는 이렇게 적혀 있었다. 폭군이란 단어에 아주 오랜만에 하나의 기억이 들썩였다.

"알았어. 본다, 봐."

대본은 폭군이란 타이틀을 단 것답게, 조선왕조의 폭군 중 하나였던 수양대군을 다룬 얘기였다. 그런데 재밌는 건, 시나리오에 나와 있는 수양대군이 지영이 첫 작품이었던 숙 왕야와 아주 흡사했다. 입가에 자그마한 미소를 그린 채 대본을 보던 지영은 거의 끝장에 가서야 확신할 수 있었다.

'캐릭터를 아에 거기서 땄구나.'

아무리 봐도 수양대군의 모티브는 숙 왕야였다. 제국인가 사랑인가에서 숙이 보여줬던 그 광기 어린 눈빛, 거기에 더해 광기 속에 숨어 있는 차가움까지. 절제된 광기. 수양대군의 본래 삶 자체가 폭군이라 여겨지긴 했다. 문종이 죽자, 단종을 폐위시키고 본인이 그 자리에 오르기 위해 일으킨 계유정난(癸酉靖難)만 봐도 성정이 어땠을지 짐작이 갔다. 본디 무(武)에 관심이 많고 병법을 더 즐겨 읽던 성격이니, 충분히 예측할 수 있는 난이기도 했다.

게다가 애초에 조선왕조 자체가 처절한 가족사를 지니지 않았나.

그러나 지영이 재미있게 생각한 건 숙 왕야의 캐릭터를 수양 대군으로 잡았다는 것에 있었다. 캐릭터 모방이 될 수 있겠지만 그거야 연기하는 것에 따라 충분히 달라질 것이다.

'하지만 내가 찍기에는 나이대가 맞지 않는데? 그것도 생각 안 하고 용케 나한테 보냈네.'

실제로 수양대군이라 봉해졌을 때가 그의 나이 스물일곱 때였다. 그 뒤에 문종이 왕위를 물려받고, 다시 단종이 물려받을 때쯤엔 나이 서른을 훌쩍 넘겼을 거다. 그런데 이제 6학년인 지영에게 수양대군 역할을 맡기고 싶다는 건, 이건 아무리 생각해 봐도 무리수였다. 아무리 분장으로 지영의 나이를 많아 보이게 한다 해도 아직 변성기도 안 온 목소리나 배우가 가진 나이 이 미지 자체를 없애긴 무리였다.

고로롱, 고로롱.

"으음⋯⋯."

송지원이 몸을 처음으로 뒤척였을 때 지영은 거절할 대본들 위에 폭군도 올려놨다. 조금 아쉽지만 지영이 맡기에는 아직 무리인 역할이었다. 그 뒤로 또 한참 살펴보는 지영. 반 이상이 외국에서 넘어온 대본이었다. 암살자 역할, 건 액션, 별의별 역할이 참 많았지만 지영의 마음을 끄는 폭군 정도의 작품은 없었다. 그렇게 두 시간. 거의 다 읽었을 때, 손때 가득한 마지막 시나리오 하나가 지영의 손에 마침내 들렸다.

가제 ─ '피지 못한 꽃송이여'

한글로 굵직하게 적혀 있는 제목에서 오는 강렬함이 지쳐가 던 지영의 의식을 순식간에 일깨웠다. 대번에 맑고 초롱초롱한 눈빛이 되진 않았지만 그래도 일단 흥미가 생겼다. 사락. 그런 마음에 조금은 기대하면서 대본을 넘기는 지영. 중간에 헐? 한 다음에는 점점 손이 빨라졌다. 그리고 그만큼 입가에 걸린 미소는 점점 진해졌다.

'이것 봐라……. 아직 날 기억하는 사람이 있었어?'

운명인가?

은정 백화점 CF 미팅을 하는 날, 정은정과 함께했던 자신의 삶을 담은 작품이 손에 들어왔다.

임은이(林隱利).

여성의 삶이었고, 철저하게 자신을 숨겼던 독립운동가였으며, 친우였던 유관순과 정은정을 구하려다 실패하고 마감했던 삶의 이름. 그 이름이 바로 임은이였다. 그런데 지금 이 대본은 어떻게 알았는지 당시 정은정과 유관순과 임은이의 삶을 담아내고자 하는 의지가 철철 넘치고 있었다.

그리고 기가 막히게도 임은이 역할을 자신에게 부탁했다.

'내가 하게 되면 여장해야 되는 걸 알 텐데?'

보통 남성 배우에게 '여인'의 역할을 맡기진 않는다. 여장을 시키긴 해도, 그냥 여인 자체를 한 작품 속에서 끝까지 연기해 달라고 하진 않는다는 소리다. 그런데도 이 작품은 정확하게 임은이 역할을 지영에게 부탁하고 있었다. 그리고… 그래서 더 끌려가고 있었다.

이쯤 되면 당연히 운명이란 예감이 들 수밖에 없었고, 그런 예감이 들다 보니 입가에 아주 즐거운 미소가 자리 잡았다.

"하암……."

늘어지게 자던 송지원이 하품을 하며 일어났다.

"잘 잤어요?"

"응… 아 역시 이 소파가 자는 덴 진짜 최고야. 아무래도 나도 이거 하나 사서 집에다 놓을까 봐."

"소파 산 지 얼마 안 됐다면서요."

"나눔 하지 뭐. 시나리오는 다 봤어?"

티 안으로 손을 집어넣어 배를 북북 긁으며 나온 송지원의 말에 지영은 빨리 무신의 촬영이 끝나고, 형 송지원이 아닌 누나 송지원이 됐으면 좋겠다는 생각을 했다. 물론 그걸 입 밖으로 내뱉는 실수는 하지 않았다. 그런 내심을 마음속 한구석에 꼭꼭 숨긴 채 지영은 가볍게 대답했다.

"네, 좀 전에."

"괜찮은 건 있어?"

"이거요."

지영이 건넨 대본을 송지원은 눈을 몇 차례 비비곤, 다리를 척! 꼬고 나서 읽기 시작했다. 송지원은 지영보다 훨씬 더 오래 걸렸다. 지영은 그 시간 동안 조용히 생각을 정리했다.

임은이의 삶은 짧았다.

무호적자였지만 지영이 기억대로라면 임은이의 나이 열아홉에 삶이 끝났으니 절대 길다고는 말 못 할 것이다. 하지만 그만큼 강렬했던 삶이기도 했다. 특히 두 친구가 생기고 나서 얻은 마음의 안정과 감정의 교류, 그리고 마지막에 들었던 그 미안함과 죄책감이 한데 어우러져 아주 강렬하게 타올랐다가, 끝난 삶이다.

지영은 문득, 궁금증이 생겼다.

'어떻게 알았을까……?'

임은이의 삶을 살 때 지영은 정말 독립운동을 위해 철저하게 자신을 숨겼었다. 사람과의 교류 자체도 유관순과 정은정, 이 두 사람이 거의 전부였다. 그래서 그의 이름을 아는 사람은 솔직히 거의 없다고 봐도 과언이 아니다.

정은정을 다뤘던 역사 다큐에서도 임은이는 등장하지 않았다. 제작진이 그 시절을 재조명하기 위해 수없이 조사를 했을 텐데도 말이다.

'은진이를 통해 전해졌나?'

그녀는 정은정의 동생이자, 은정 백화점의 창업자다. 만약 그렇다면 가능성은 좀 있긴 했다. 정미진도 임은이를 기억하고 있었으니까. 하지만 첫 번째 CF 미팅 때 물어봤었고, 정미진은 임은이에 대한 것은 구두로 전해 들었을 뿐, 문서로 남아 있는 건 없다고 했다. 그리고 어디서 얘기하지도 않았다고 했다. 실제로 만약 그녀가 얘기했다면 아마 다큐에 등장했을 것이다. 그러니 정미진에게서 나왔을 가능성은 없었다.

'누구지? 누가 임은이를 기억하는 거지? 궁금하네, 이거…….'

어떻게 그때의 일을 저렇게 소상하게 알고 있을까? 이게 참 궁금했다. 그런 생각을 하고 있을 때쯤, 송지원이 대본을 테이블에 살짝 소리 나게 내려놨다.

"이거 하려고?"

"네, 좀 끌리는데요?"

"잠깐 하는 여장도 아니고, 아예 그냥 여인 역할인데? 임은이? 픽션의 존재잖아. 게다가 메인도 아니고."

픽션 아니다. 가상의 존재도 아니다.

분명히 있었던 사람이고, 그 사람이 바로 지영 본인이었다. 하지만 지영은 그런 내색 없이 바로 대답했다.

"메인 아니어도 돼요. 그런 건 굳이 따질 생각도 없고요. 그냥, 좀 재밌어 보여서? 지금 아니면 제가 언제 여인 역할을 해보겠어요?"

지영은 벌써 170에 가깝게 컸다.

분명 여기서 더 크게 되면 외모도 변하게 될 가능성이 높았다. 지금이야 이게 남자야 여자야? 하는 몽환적인 미가 자리 잡고 있지만 분명 크게 되면 남성적 이미지가 어쩔 수없이 비중을 더 차지할게 분명했다. 그러니 찍으려면 지금이 적기였다. 신장도 그렇고, 목소리도 아직 변성기를 지나지 않았으니 말이다.

하지만 왜인지 송지원은 좀 탐탁찮은 표정이었다.

"왜요, 별로예요?"

"그건 아니지만… 음."

"에이, 표정 보니까 별로처럼 보이는데요? 왜요? 이유가 뭔데요?"

"이건 내가 낄 구석이 없잖아……."

"……."

아…….

지영의 머릿속에서 탄성이 자연스럽게 일어나 흘렀다.

확실히 그건… 그렇다.

송지원의 지금 나이… 는 서른 중후반. 지영과 만났을 때가 딱 서른이었으니, 나이야 충분히 유추가 가능하다. 요즘 바빠서 관리를 잘 안 하긴 했지만 절대 그 나이대의 외모는 아니었다.

물론 원래 동안이기도 하고.

하지만 극 중 배역 나이는 열여섯에서, 열아홉까지다. 과거도 찍어야 하니, 못해도 스물 초반의 배우나, 아직 중고생의 배우들이 아마 캐스팅될 것이다.

"안 돼요. 누나, 이건 포기해요, 그냥."

"아… 싫은데."

"누나, 이번까지 벌써 세 작품 연달아 같이하고 있잖아요? 이제 저 좀 놔주세요……."

지영의 농담 섞은 진담에 송지원이 눈 끝을 뾰족하게 찢었다. 누가 봐도 서운해하는 모습이었다. 하지만 당연히 저 모습은 연기였다.

"나랑 연기하는 거 싫어?"

"아니요. 그건 당연히 아닌데요. 그래도 이제 다른 배우들과 찍고도 싶어서요."

"답답해서 미칠걸? 너 연기 따라올 애들이 몇 이나 되겠어? 이 배역 나이에서 캐스팅된 애들 중에서."

"그거야 뭐… 제가 알아서 할 거고요. 누나는 이번엔 빠져줘요."

"진짜 그냥 찍을 거야?"

"네."

마음이 섰다.

가제, '피지 못한 꽃송이여'가 제작된다면 임은이 역할은 누구에게도 주기 싫었다. 기억 서랍을 열어, 999번의 삶 중 하나를 꺼내 연기하는 지영이다.

첫 번째 제국인가 사랑인가에서 숙 왕야는 폭군 이건이었고, 두 번째 리틀 사이코패스에서 제이는 사십구 호였다. 세 번째 매화유정이란 소설을 썼을 당시는 조현이었고, 지금 찍는 네 번째 'Mushin: The birth of hero'에서는 척위준이었다.

다섯 번째가 될 '피지 못한 꽃송이여'에서는 임은이가 될 것이고, 연기를 위해 열 서랍의 주인공 또한 임은이가 될 것이다. 이러니 지영이 운명을 느꼈던 거다.

전생의 나를 현생의 내가 연기한다.

웃음도 안 나오는 상황이지만 그렇기 때문에 절대로 포기할 수 없었다. 나를 다른 누군가가 연기한다는 것은 절대 용납할 수 없다는 마음 때문이었다.

그렇게 마음을 굳힌 지영을 보며, 송지원이 피식 웃으며 말했다.

"너 이 작품이 정말 마음에 드는가 보구나?"

"네, 정말 마음에 들어요. 만약 보라매가 말리면 보라매를 나가서 찍고 싶을 정도예요."

"그건 걱정 안 해도 될걸? 너 때문에 들어오는 수익이 지금은 나보다도 많은데 미쳤다고 니가 영화를 찍겠다는 데 반대하냐?"

"그렇겠죠?"

"그래, 그런 정신 나간 놈이 운영하는 회사였으면 여기까지 오지도 못했어."

"하긴, 그것도 그러네요."

송지원 덕분에 이해가 확 됐다.

그리고 그녀는 갑자기 고양이 앞발처럼 손을 모아 입을 가리고 웃었다.

"기대되는데? 너 여장한 모습."

"아… 누나보다 예쁠지도 몰라요. 제 외모가 생각보다 많이 여성스럽잖아요?"

"야, 그건 아니지! 내가 그래도 여신 송지원으로 불리거든?"

"훗, 두고 봐요. 아, 시간 됐다. 누나, 저 일어나요."

시계를 힐끔 보니 벌써 미팅 시간이 다 되어가고 있었다. 타이밍 좋게 지영아? 하면서 서소정이 사무실로 들어왔다. 자리에서 일어난 지영을 향해 손을 휘휘 젓는 송지원.

"도망 가냐? 칫, 얼른 갔다 와. 누나 배고프다."

"네, 형."

"야!"

빽 소리 지르는 송지원을 피해 잽싸게 사무실을 나서는 지영. 언제 들었는지 손에는 '피지 못한 꽃송이여'가 들려 있었다. 그리고 마지막에 봐뒀던 감독의 이름을 곱씹으며, 얼른 그를 만나보고 싶었다.

'어떻게 알았을지… 기대되는데?'

이렇게 운명처럼 또 하나의 운명적인 작품이 지영의 품에 안겼다.

4월 말, 날씨가 이상하게 많이 오른 일주일 휴가의 마지막 날.

지영은 오전에 액션 스쿨에 갔다가, 훈련을 끝내고 서소정과 함께 서울을 벗어나고 있었다. 차에서 시나리오를 보낸 장재원 감독의 전작들을 패드로 보던 지영은 서소정에게 물었다.

"연락 닿은 거 맞죠?"

"응, 장 감독님도 참 웃겨? 먼저 시나리오를 보내놓고 잠수라니."

"설마 되겠어, 하는 마음으로 보냈나 보죠."

"그렇긴 하겠지만 그래도 폰을 꺼놓는 건 좀 아니잖아?"

"사정이 있다고 했으니까, 그건 가서 듣기로 해요. 얼마나 걸려요?"

"한 시간. 좀 쉬고 있어."

"네. 좀 쉴 테니 도착하기 전에 알려줘요."

"그래."

'피지 못한 꽃송이여'의 시나리오를 보낸 사람은 장재원이란 감독이었다. 시나리오를 처음 본 날, 미팅이 끝나고 지영은 서소정에게 바로 얘기했다. 시나리오를 건네주며, 지영으로서는 이례적으로 반드시 찍고 말겠다는 의사를 밝혔다.

그런 지영의 말에 서소정은 잠깐 놀랐다가, 얼른 시나리오를 살펴보고, 장재원 감독에게 연락을 취했다. 하지만 웬걸? '전화기가 꺼져 있어 소리샘으로 연결합니다'라는 안내 멘트만 주구장창 듣다가, 오늘 아침에야 겨우 연락이 닿았다.

지영도 옆에서 들었는데 굉장히 힘이 없는 목소리였다.

잠에서 깬 목소리도 아니고, 그냥 무언가를 놓은 자의 목소리. 지영은 뭔가 안 좋은 일이 있나? 이렇게 생각했을 정도였다.

이후 서소정이 만날 수 있겠냐고 물었더니 재밌게도 지금 당장은 어렵단 말을 들었다. 헐, 서소정이 헛웃음을 흘리곤 지영을 봤고, 지영은 찾아가겠다는 의사를 다시 밝혔다. 오늘이 휴가 마지막 날이고, 내일부터 다시 촬영이 시작되는지라 시간적 여유가 없었다. 그 촬영 기간 동안 임은이 역에 누가 캐스팅되어 버리면?

'그건 절대로 용납할 수 없지.'

어떻게 임은이의 삶을 알았는지 궁금하기도 하고 해서, 지영이 직접 움직이고 있었다. 지금이 딱 목마른 자가 우물을 판다는 말이 아주 잘 어울리는 상황이었다.

한 가지 재밌는 건 임은이의 서랍은 고요했다.

그때 딱 한 번 덜컥였을 뿐이고, 그 이후로 지영이 종일 '피지 못한 꽃송이여' 대본을 보는데도 아주 가만히 요조숙녀처럼 조용히 있었다.

'짧지만 강렬했던 삶이었고, 한도 많았던 삶인데……. 신기하네.'

폭군 이건과 척위준에 비하면 정말 신기할 정도로 조용했다. 그래서 그런가? 지영은 이 작품을 진짜 꼭 하고 싶었다. 그래서 오늘 당장 결판을 볼 생각이었다. 서울을 빠져나간 차가 신나게 달려갔다. 녹음이 진 들판을 보니 임은이의 삶을 살 때가 자연적으로 떠올랐다.

그때야 당연히 고층 빌딩도, 시멘트로 만든 건물도 별로 없던 시절이었다. 서울을 조금만 벗어나도 전부 허허벌판이었다. 당시 나라 자체가 암울했던지라 지금처럼 들판에 벼며, 각종 농작물들을 많이 심지도 못했었지만 그래도 비슷하긴 했다.

서소정이 말했던 대로 창으로 밖의 풍경을 보며 달리다 보니 약속 장소인 목적지까지 딱 한 시간 딱 걸렸다.

예빈산(禮賓山).

장재원 감독과 만나기로 했던 목적지였다. 차를 주차장에 대고 밖으로 내리는 지영. 발아래 자갈의 감촉을 느끼며 지영은 주변을 두리번거렸다. 평일이라 그런지 사람들은 별로 없었다. 주차장 입구에서 인터넷으로 검색해 얼굴을 익혀뒀던 장재원 감독이 다가오고 있었다. 특이하게도 등산복을 입고 있었다.

그것도 상당히 두꺼운.

그래서 첫 인상으로 아, 더위를 안 타는 사람인가? 하는 생각을 했을 때 장재원 감독이 서소정에게 손을 내밀었다.

"서소정 팀장님 되십니까?"

"네, 제가 서소정이에요."

"반갑습니다. 그리고 먼 길 오시게 해 죄송합니다. 감독 장재원입니다."

"호호, 저야 뭐."

가볍게 악수를 한 뒤에 손을 놓고, 장재원 감독은 지영을 돌아봤다. 일단 신장이 대단히 컸다. 180은 가뿐히 넘고, 7에서 8 정도? 하지만 덩치 자체는 별로 크지 않았다. 오히려 굉장히 호리호리해 보였다.

나쁘게 설명하면 키만 큰 멀대? 그런 느낌이었다.

"먼 길 오셔서 감사합니다. 장재원 감독입니다."

"배우 강지영입니다."

"일단 자리를 옮기실까요?"

"네, 그러죠. 주차장에서 얘기를 할 순 없으니."

빤……. 장재원 감독의 눈빛이 지영의 두 눈으로 순식간에 꽂혔다가, 사라졌다. 그건 굉장히 잠깐이었고, 범인이라면 그 안에 어떤 감정을 담았는지 알아차리기 힘들 정도로 옅게 떠올랐다가, 다시 가라앉았다.

'재밌는 사람인데?'

감정 컨트롤이 엄청나다는 뜻으로 볼 수 있기에 지영은 첫 인상이 나쁘지 않았다. 누군가 자신을 탐색하는 건 싫어한다. 하지만 장재원 감독은 전혀 다른 탐색이었다. 그걸 구체화해 본다면… 아마 이 정도일 거다.

어울릴까?

임은이 배역에 말이다.

분명 자신이 확신이 있었거나, 꼭 캐스팅하고 싶었으니 시나리오는 보냈겠지만 그래도 직접 본 건 아니니, 지금 잠깐 살펴본 것 같았다. 아니면 다른 이유가 있던가. 물론 지영은 마음을 굳혔지만 일단은 얘기는 나눠봐야 했다.

작품이 꼭 하고 싶어도, 사람이 지랄이라면… 캔슬 놓는 게 맞으니 말이다.

장재원의 안내로 등산로 초입에 있는 통나무로 지은 카페로 들어갔다. 세 사람 다 허브티로 통일하고, 차가 나올 때까지는 말을 꺼내지 않았다. 카페 주인으로 보이는 나이 지긋한 여성이 차를 가져다주고, 한 모금 마시고 나서야 대화가 시작됐다.

"제 시나리오를 긍정적으로 읽어주셨다 들었습니다."

"잠깐, 그 전에 궁금한 게 있습니다. 그 궁금증을 풀고 작품 얘기를 해도 괜찮을까요?"

건방지다 할 수 있겠지만 지영은 일단 대화를 끊었다. 지금 가장 먼저 알고 싶은 건 임은이의 삶을 어떻게 알았는가. 이 부분이다.

"말씀하세요."

다행히 장재원 감독은 지영이 말을 끊은 걸 별로 기분 나쁘게 받아들이지 않은 것 같았다. 눈빛을 잠시 들여다보는 지영. 깡말라 그런지 분위기는 힘없고 허약해 보이는 기질을 풍기지만 눈빛만큼은 아니었다.

'꽤나… 깊은데?'

어딘가 포기했으면서도 또 어딘가 통달해 보이는 그런 눈빛. 굉장히 여러 가지 감정을 담은 눈빛이었다. 사람 자체에게 호기심도 생기지만 지금 당장 중요한 건 그게 아니니까…….

"임은이, 이 사람은 가공의 인물입니까?"

"아닙니다. 실존 인물입니다."

"시나리오를 보고 공부를 좀 했습니다. 극 중 등장하게 될 유관순, 정은정의 친분 관계는 예전에 역사 다큐를 통해서도 나왔으니 검증은 됐지만 임은이 이 이름은 인터넷, 서적을 뒤져봐도 찾을 수가 없었습니다."

"실존 인물 맞습니다."

지영의 말에 장재원은 같은 톤으로, 여전히 많은 감정이 담긴 눈빛으로 바로 대답했다. 지영은 그런 장재원을 빤히 바라봤다. 그러자 이번엔 장재원의 입이 열렸다.

"혹시, 실존 인물이 아니라면 배역에 대한 관심이 떨어집니까?"

"아니요. 그런 건 아닙니다만 그저 알고 싶은 겁니다. 어떻게 역사책에도 안 나오는 임은이를 실존인물이라 할 수 있는지."

"음… 잠시만요. 제 차에 관련 서적이 있습니다."

드륵.

의자를 밀며 자리에서 일어나 바로 움직이는 장재원. 지영은 그런 장재원을 바라보지 않았다. 머릿속에 그가 일어나며 한 말이 맴돌고 있었기 때문이다.

'관련 서적이 있다고……?'

어떻게?

그럴 리가 없는데?

당시 임은이가 왜 철저하게 자신을 숨겼냐면 비선 조직망을 연결하는 임무를 맡았었기 때문이다. 그리고 그 비선들은 자신이 비선인 걸 모르게끔 해야 했다. 그래서 철저하게 지켜보며 스스로 검증해야 했고, 접선하더라도 자신의 이름을 밝힌 적도 없다. 독립을 위해 자체적인 정보 조직을 꾸리려는 임무를 줬던 정무선 조차도 임은이의 실명을 알지 못했다. 왜냐면 그 임무도 직통으로 임은이에게 전달한 게 아니라, 자신의 동료를 통해 임은이에게 전달했기 때문이다.

유관순과 정은정이 임은이의 본명을 알았던 건, 그녀로 살 때 유일한 친우였기 때문이다. 친우가 무엇인가. 모든 걸 털어놓을 수 있을 정도는 되어야, 친우라 할 수 있지 않겠는가. 그런데 본명도 말하지 않고 어찌 친우라 부를 수 있겠는가. 당시 그런 마음에서 절대 발설하지 말아달란 부탁과 함께 본명을 얘기해 줬다.

지금이야 솔직히 임은이의 존재가 튀어나오든, 말든 상관은 없는 상황이긴 하다. 왜? 다시 태어났고, 광복 또한 이루어졌다.

그러니 임은이가 재조명되도 상관은 없었다.

하지만 궁금했다. 도대체 어디서, 어떻게 알았는가.

누가 나에 대해, 서술(敍述)해서 후세에 남겼는가.

서소정은 지영이 생각에 잠겨 있자 아무 말도 안 했다. 대신 인터넷으로 임은이. 이름 석 자를 쳐 넣어 검색하지만 당연히 당시 슬픈 시절을 살았던 임은이는 나오지 않았다.

장재원이 들어와 다시 자리에 앉았고, 한눈에 봐도 오래되 보이는 서책 하나를 지영에게 밀었다.

지영은 그걸 받아, 조심스럽게 열었다.

장무언 일기(蔣無言日記).

'장무언?'

기억에 없는 이름이다.

한 사람의 일기장으로 보이는 책을 조용히 읽어가는 지영. 한문으로 되어 있었지만 아예 지워지진 않았고, 한글도 꽤나 있어 읽는 데 문제는 없었다. 일기장은 좀 길었다. 하지만 누구도 지영을 방해하지 않았다.

"하……."

반쯤 읽었을 때, 드디어 임은이의 이름이 나왔다. 그 이전에 유관순, 정은정의 이름도 나왔다.

어떻게 알고?

이런 궁금증이 일지만 이 일기장을 쓴 주인의 직업이면 알 수 있었다.

교도관.

그것도 당시 정말 악명 높았던, 한민족의 슬픔이 너무나 깊게 잠들어 있는 서대문형무소(西大門刑務所)의 교도관이었다.

서대문형무소.

유관순을 포함해 정은정, 그리고 임은이가 모진 고문으로 인해 삶을 마감한 곳이었다. 그 교도관이, 옥중 정은정이 임은이의 처절한 비명과 잡혀 왔던 당시에 너무 놀라 이름을 불렀고, 임은이의 이름은 그렇게 장무언이란 교도관의 귀에 들어갔으며, 이후에 일기에 적혀 후세에 전해졌다.

빠득!

하지만 지영은 이를 갈면서 책을 찢을 뻔했다.

그 당시 서대문형무소의 교도관이면 장무언이란 사람은… 친일파다. 하지만 장무언이 친일파였지, 장재원이 친일파는 아니다. 오히려 그는 입봉 이후 찍은 모든 작품에서 상당한 수입을 거뒀고, 그 돈을 위안부 지원에 대부분 썼다는 기사까지 있던 사람이었다. 선대의 죄를 되갚음인가? 어찌 됐든, 사람 자체는 나쁘지 않았다. 그리고 지영은 그 부분을 정확히 구분할 줄 알았다.

"후우……."

지영이 감정을 털어내려 한숨을 내쉬자, 장재원이 입을 열었다.

"이제 믿을 수 있습니까?"

"네, 아주 잘."

이렇게 남았구나.

이렇게 예상치 못한 상황이 있었구나.

피식.

웃음이 나왔다.

그 웃음은 기분 좋은 웃음도, 기분 나쁜 웃음도 아니었다.

"이제 믿음이 간다면 영화 얘기를 해도 되겠습니까?"

"물론입니다."

"시나리오를 보내며 남긴 메모처럼 저는 강지영 배우님에게는 임은이 역할을 맡기고 싶습니다."

"어째서죠? 극 중, 아니, 실존 인물 임은이는 여성입니다. 꽃다운 열아홉에 생을 마감한. 제가 어울릴까요?"

"음… 그게. 후우……."

장재원은 이런 질문을 예상한 얼굴이었다. 하지만 애매한 대답처럼 다시 난감한 얼굴이 됐다. 그리고 눈가를 스쳐가는 수심.

"그 이유를 듣고 싶습니다. 아시겠지만 남자 배우가 아예 여인 역할을 하는 건 쉬운 도전이 아니에요. 타당한 이유가 있다면 임은이 역할을 수락하겠습니다."

거짓말.

이미 할 생각이었다.

다만 궁금해서 물어본 것뿐이었다.

도대체 어떻게 임은이 배역이 자신에게 왔는지.

잠시 고민하던 장재원이 결국 입을 열어 진실을 밝혔다.

"딸아이가 있습니다. 어렵게 얻은 딸이고, 낳고 바로 아이 엄마도 힘들어 먼저 갔을 만큼, 정말 어렵게 얻은 딸입니다."

"……."

지영은 잠자코 들었다.

갑자기 가정사를 밝혀 동정심을 얻어낼 심성을 가진 사람은 아니라고 생각했기 때문이다. 그리고 결정적으로 말을 꺼내기 시작할 땐 슬픈 눈빛이었다. 그리고 그가 사정이 있었다고 말했던 게 아마 이 얘기일 것 같았다.

"그런데 몇 해 전부터 아이도 아픕니다. 이제 겨우 열셋, 강지영 배우님과 같은 나이지만… 반대로 매우 아픕니다. 도심에서는 살 수도 없을 정도로, 병원에서도 포기했을 정도로 아이가 많이 아파요. 그 아이가 원했습니다. 아빠가 이런 영화를 찍을 건데, 누가 좋겠니? 하고 물었더니 임은이 역엔… 지영 배우님을 말하더군요. 하하."

"……."

"아, 딸아이가 지영 배우님 팬입니다, 하하."

웃고는 있지만 눈은 거의 울기 직전이다.

눈빛에 담겼던 슬픔이 이해가 갔다.

"그래서 혹시나 하고 보내봤습니다. 하지만 솔직히 이렇게 만나게 될 거라는 기대는 정말 일 푼도 없었습니다."

"안타까운 일이네요. 좋습니다. 그럼 다른 역엔 누굴 염두에 두셨나요?"

"유관순 역에는 고은성, 정은정 역에는 김새연을 생각하고 있습니다."

음… 잠시 두 여배우를 떠올려 보는 지영.

고은성은 천만 영화 한강 괴물에 나왔던 배우고, 김새연은 아저씨, 살려주세요에 나온 배우였다.

둘 다 연기력만큼은 나쁘지 않았다.

지영이 이걸 물어본 이유야 당연히 배우가 친우를 연기하기 때문이고, 친우를 연기력 없는 배우가 맡아 망치는 건 용서할 수 없기 때문이었다.

"고은성, 김새연. 둘 다 연기력은 나쁘지 않죠. 김새연 양은 병약한 이미지도 있고."

여태 가만히 있던 서소정의 말에 지영도, 장재원 감독도 고개를 끄덕였다. 확실히 두 배우라면… 나쁘지 않았다. 두 사람의 이미지, 성격이야 지영이 가장 잘 아니 말이다. 잠시 침묵 끝에 지영은 답을 내놓았다.

"좋아요. 저 이 작품 할게요."

번쩍! 그 말에 장재원 감독은 숙이고 있던 고개를 획! 소리 나게 들어 올렸다. 그런 그에게 지영은 다시 한번 확답을 줬다.

"임은이 역할, 무조건 제 겁니다."

"아아……."

그리고 솔직히 애초에 임은이 역은 할 생각이었다. 그렇게 지영이 차기작을 결정지은 순간, 덜컥, 여태껏 조용히 있던 임은이의 서랍이 한 번 들썩였다. 살짝 열린 틈에서 사르르 흘러나온 따스한 감정이 가슴으로 스며들었고, 그 온기를 느끼며 지영은 입가에 만족스러운 미소를 그렸다.

그날 저녁, 지영은 또 꿈을 꾸었다.

그 꿈속에서 지영은 친우들과 즐거운 시간을 보냈다.

또르르.

꿈을 꾸는 지영의 눈에서, 아니, 임은이의 눈에서 눈물 한 방울이 흘러내렸다.

　6월. 유례없는 폭염이 또 찾아왔다.

　고작 6월밖에 안 됐는데도 벌써 영상 30도에서 33도를 웃도
는 살인적인 더위였다. 뉴스에서는 연일 이상 기후에 관련된 말
들을 떠들어댔지만 현실적으로 도움이 되는 건 거의 없었다. 이
런 더위 덕분에 촬영에 지장도 생겼다. 스태프들은 물론 배우들
도 예상치 못한 더위에 지쳐 버린 거다. 게다가 영화 특성상 액
션 신이 많았다. 송지원은 물론 액션 배우들, 촬영 스태프, 그리
고 천하의 지영까지 지쳐 퍼졌을 정도였다.

　슈트를 입을 때가 많이 없었던 지영은 사정이 그나마 나았다.
송지원과 액션 배우들은 몸에 착 달라붙는 슈트를 입고 신을 찍
을 때도 있었는데 이때 탈진해서 쓰러진 배우만 넷이나 나왔을
정도였다.

　"와… 미치겠다. 진짜."

　대기 중이던 지영이 멍하니 이런 말까지 내뱉었을 정도였다.
송지원은 아예 옆에서 널브러져 있었다. 그만큼 날씨가 진짜 미
쳤다.

　"더워요……."

　일본에서 자신의 신을 다 찍고, 이제 한국에서 자신의 차례가
와 넘어온 칸나도 송지원의 옆에 앉아 헥헥거리고 있었다. 하필
이면 야외 신이다. 오늘은 데모니악을 탈출해 척위준을 만나러
오는 시빌을 구하게 되는 신을 촬영한다. 그래서 영화 중반부에
서 가장 규모가 큰, 반전 액션 신을 찍어야만 했다.

데모니악 전투 요원 일백.

그중엔 단체 이름처럼 빙의(憑依)가 가능한 요원이 열이 포함
되어 있다. 나중에 이 열 명의 배우와 정말 거칠고, 격렬한 신을
찍어야 했다. 그리고 그다음은 레이 엔과의 단독 대결 신까지.
아주 그냥 사람 잡기 딱 좋은 일정이었다.

지잉.

메시지가 와서 슬쩍 봤더니, 레이샤에게 온 메시지였다.

[Help (me)!]

이모티콘도 하나 있었는데, 땀을 뻘뻘 흘리는 이모티콘이었
다. 그녀도 인천공항에 도착해 느꼈을 것이다. 지금 한국의 살인
적인 더위를. 이런 날 그녀도, 송지원도, 지영 본인도 슈트를 입
고 대규모 신을 소화해야 한다.

지영은 짧게 '쏘리, 나도 힘이 없어요'라고 적어 보냈다. 그러
곤 폰을 휙 던지고 베드에 늘어졌다. 밖은 준비로 한창이었다.
지금 막 도착했으니 적어도 30분 이상은 걸릴 터, 원래라면 나가
서 합이라도 맞추고 있을 텐데 지금은 그럴 정신적 여유가 도저
히 생기질 않았다.

"이런 날 저걸 어떻게 입냐… 아오."

송지원이 텐트 한쪽에 걸어 놓은 슈트를 노려보며 한 말에 지
영도 대답은 안 했지만 속으론 격렬하게 동의했다. 슈트의 겉면
은 기본적으로 가죽 재질이다. 이런 날 밖의 폭염이 슈트로 쏟
아지면?

대형 선풍기로도 잡지 못할 정도의 폭염이 내리쬐고 있으니까
슈트 안은 아예 사우나 저리 가라 할 정도로 온도가 오를 것이

다. 그걸 생각하니 천하의 강지영도 벌써 두려울 지경이었다.

솔직히 말하면 다른 날에 찍자고 하고 싶을 정도지만 그것도 힘들다. 배우들의 스케줄이 오늘 아니면 안 되는 상황이었다. 칸나도 그렇고, 레이샤도 그렇고. 오늘 찍고, 바로 내일부터 다른 스케줄이 있었다.

그리고 스케줄이 다시 된다고 해도 이 더위가 가셨을 거란 생각 자체가 힘들었다. 지금은 전 세계가 이상 기후로 몸살을 앓고 있으니까.

'차라리 실내 신이었다면……'

그럼 에어컨 바람이라도 실컷 맞을 수 있었을 텐데 말이다.

"아아!"

짜증이 머리끝까지 찬 송지원이 악을 썼고, 그 소리에 칸나가 움찔! 놀라는 게 보였다. 평소라면 절대로 안 했을 행동이었다. 자신의 행동으로 스태프들이나 주변 사람들이 눈치를 보게 될 테니 말이다. 하지만 평소에는 그렇게 바른 송지원이 지금 이렇게 짜증을 내고 있었다.

"누나, 이해해요……. 근데 짜증은 내지 말죠. 나까지 짜증 나려고 해……."

"아오… 미친 날씨, 진짜!"

"그리고 열 내면 더 덥다."

지금 상황이 진짜 그럴 상황이었다.

펄럭.

"저……."

스태프 하나가 들어와서 조심스럽게 말문을 열었다. 멍하니 텐트 천장을 보고 있던 세 사람의 시선이 쪼르르, 먹이를 쫓는 고양이처럼 돌아갔다. 흠칫. 이렇게 뻗어 있을 줄은 몰랐을까? 부스스, 지영이 천천히 몸을 일으켰다. 자신들은 이렇게 텐트 안에서 대형 선풍기를 틀어놓고 쉬고 있지만 저들은 뙤약볕에서 준비를 하고 있었다. 그러니 누워서 듣는 건 예의가 아니었다. 송지원도, 칸나도 지영이 일어나자 바로 몸을 세웠다.

"강석 형님이 합 맞춰보자고……."

여잔데, 강석 형님?

자세히 보니… 아, 지윤이다.

송지원의 머리통을 시원하게 돌려 찬 액션 배우. 그녀는 그 날 이후 송지원만 보면 안절부절, 어쩔 줄 몰라 했다. 그것 때문에 송지원은 자신에게 관련된 모든 심부름을 오히려 지윤에게 시켜 달라고 이강석에게 부탁했다.

미안함이 있는 건 안다. 그걸 모르는 사람은 적어도 여기에는 아무도 없었다. 하지만 그게 너무 과했다. 그래서 송지원이 직접 나서서 지윤의 성격을 개조하기로 마음먹었다. 게다가 액션 배우가 저런 소심한 성격이라니. 그만두지 않고 계속 일하다간 언제고 대형 사고 한번 터질 거란 예감을 받았다고, 송지원이 지영에게 넌지시 얘기해 줬었다.

"슈트 입고 나가?"

"아, 아뇨! 그냥 지금은 합만……."

"알았어, 바로 준비하고 나갈게."

"네……."

스륵, 몸을 돌리려는 지윤.

그러나 그 순간 혀로 입술을 핥는 송지원이다.

"지윤아?"

"네, 네! 네?"

"저 앞으로 가서 서봐."

"저, 저기… 요?"

송지원이 손가락으로 가리킨 곳에는 대형 선풍기가 윙! 윙! 윙!
3단으로 아주 힘차게 돌아가고 있었다. 지영은 피식, 실소를 흘
렸다. 송지원은 이 더운 날 고생한 그녀에게 작은 이벤트를 열어
주고 싶어 했다. 그런데 그걸 보곤 지윤이 화들짝 놀라며 손사
래 쳤다.

"아, 아뇨! 저 괜찮습니다!"

"가서 선다, 실시."

"이잉… 형님……."

"실시!"

그녀가 레이샤와 버금가는 마이 페이스 송지원을 이길 리가
있나. 결국 지윤은 고개를 푹 숙이고 선풍기 앞에 섰다. 그런…
하아……. 옷 사이를 파고드는 선풍기 바람에 흘러나오는 탄성
은 막지 못했다.

쿡쿡.

베드에서 일어나 고양이처럼 웃은 송지원이 물었다.

"좋지?"

"에헤헤."

"좀 쉬다가 나와."

"네에……."

송지원은 그 길로 밖으로 나가자마자 아, 시발… 하고 욕을 흘렸다. 지영도 그녀를 따라 밖으로 나가며 인상을 찌푸리려는 찰나, 호이! 하는 소리가 들려 보니 칸나가 지윤의 뒤로 가서 상의를 슬쩍 들고 아아… 하고 있는 게 보였다.

지영은 얼른 고개를 돌렸다.

완벽하게 안 가려져 허리 쪽 살이 훤히 보였기 때문이다. 칸나가 쳇, 작게 혀 차는 소리는 듣지 못한 채 밖으로 나오자 찬란한… 게 아닌, 더럽게 뜨거운 열기가 대지를 아예 달구고 있었다.

"와……."

"돌겠다……."

텐트 앞에 나란히 선 지영과 송지원은 허탈한 탄성을 흘려야 했다. 그러나 스태프들의 죽을 맞인 표정을 보고는 얼른 이강석에게 갔다. 총 동원 액션 배우 100명. 오늘은 처음으로 있는 대규모 신이다. 실수 한 번 하면… 아오, 언제까지 찍어야 할지 감도 안 잡혔다.

드르륵! 비포장 자갈길을 달려오는 덩치 큰 밴 한 대가 헉헉거리던 사람들의 시선을 단번에 잡아끌었다. 지잉, 문이 열리고 안에서 내리는 늘씬한 적금발 미녀, 레이샤였다.

"오!"

내리자마자 찰진 짜증을 흘린 레이샤가 바로 루소 형제에게 달려갔다.

"다른 날 하자!"

"노노, 레이샤. 스케줄 때문에 안 되는 거 알잖아?"

"알지! 근데 내가 어떻게든 조정해 볼 테니까! 제발, 응?"

"미안하지만 준비는 끝났어, 레이샤……. 준비 끝나면 바로 시작할 거야."

"아……."

레이샤는 털썩, 흔히 오티엘 자세라 말하는 포즈를 취했지만 달궈진 대지의 뜨거움에 앗 뜨거! 하고 바로 일어났다. 그런 그녀의 행동에 스태프들의 하하하, 작은 웃음이 한데 뭉쳐 돌아다니기 시작했다.

터덜터덜 걸어온 풀 죽은 레이샤.

"지영……."

"아까도 말했지만 난 도와줄 수 있는 게 아무것도 없어요."

"그래도 도와줘……. 난 세상에서 더운 게 제일 싫다고."

"참아요, 레이샤. 스태프들은 더 고생하고 있으니까."

"참아서 이 정도야. 여기가 코리아만 아니었어도……."

뿌득!

말을 끝맺지 않고 이를 가는 레이샤였다. 하지만 그녀가 이를 갈아도 진짜 이놈에 더위는 지영이 어떻게 해줄 수 있는 게 아무것도 없었다. 천 번째의 삶을 살아도, 기후를 조종하는 방법은 모르니까 말이다.

지영아!

저 멀리서 이강석이 손짓하는 게 보였다.

"갔다 올게요."

"응……."

연습은 따로 이루어졌다. 100명이 넘는 인원이 척위준에게만 달려드는 게 아니기 때문이다. 오늘은 극 중 구미호를 찾아온 블랙 맘바까지 싸움에 가세한다. 그래서 100 대 3의 신이 연출된다.

하지만 뭐, 둘은 신나게 패고, 척위준은 세이라를 등 뒤에 두고 보호해야 하는 입장이라, 수비를 많이 하게 되어 있었다.

"하나, 둘, 셋, 넷, 다섯."

이강석의 신호에 맞춰 합을 맞춰보기 시작하는 지영. 땀을 줄줄 흘리고 있는 배우가 안쓰러워 지영도 합이지만 최선을 다했다. 그래야 빨리 끝나고 배우들이 조금이라도 쉴 수 있을 테니 말이다.

지영이 먼저 시작하고, 송지원과 레이샤, 막 도착한 레이 옌 순으로 차례대로 합을 맞췄다. 연습이 끝나고 잠시 휴식을 취하는 동안 칸나가 본인의 매니저와 함께 시원한 음료를 사와 여기저기 돌리는 모습이 보였다.

그런 모습을 보며, 지영은 그녀에게 가지고 있던 근본적인 거부감을 조금씩 지워갔다. 그 나라의 역사가 잘못된 거지, 국민 전체가 잘못한 건 아니니까 말이다.

'보면 사람도 괜찮고.'

천년돌로 데뷔해, 아직도 천년돌이란 수식어로 불리는 그녀지만 용케도 겸손함을 잊지 않고 있었다. 싹싹하고, 잘 웃고, 연기할 때는 또 진지하고. 사람 자체로 보면 칸나는 상당히 괜찮은 부류에 속했다.

1시간 지나고.

오후 2시.

더위가 정점에 달했을 때 연출 팀이 오늘 찍을 신에서 쓸 장치를 최종 점검 했고, 이어서 배우 스텐바이 사인이 떨어졌다.

＊　　　　＊　　　　＊

"헉헉!"

시빌, 세이라는 열심히 달려왔다. 그 뒤로 일백에 달하는 데모니악의 전투요원들이 달려왔다. 거리는 대략 100m. 그러나 극 중 시빌은 굉장히 연약하다. 태어나자마자 데모니악 본부에 갇혀 생활했으니 잘 달리면 오히려 그게 더 이상하다.

정미수가 알려준 정보로 이곳에 도착한 척위준은 세이라를 향해 마주 달려갔다.

"악!"

달려오던 중 돌부리에 걸려 넘어지는 세이라. 잔뜩 울상인 채로 다시 일어나 달리기 시작하지만 거리는 순식간에 좁혀졌다.

"흡!"

안 되겠다 판단한 척위준은 등 뒤에서 단창 두 개를 꺼내 그대로 뿌렸다. 슈아아악! 바람을 가르고 날아간 창은 순식간에 칸나의 좌우를 지나쳤다. 푹! 푸욱! 목과 울대에 창이 박힌 두 놈이 그대로 휘릭 몸을 뒤집으며 쓰러졌다.

"더 빨리!"

"헉헉!"

가장 빠르게 달려오던 놈들을 제압해 여유가 있었다. 하지만 척위준은 시빌이 대답할 여유조차 없다는 걸 확인하고는 발바닥에 힘을 줬다. 평시에 주던 힘이 아니었다. '설화'의 전승자로서 평소 걸어놨던 제약을 풀었다.

쾅!

흙이 폭탄이라도 터진 것처럼 비산했다. 그 결과 척위준의 신형은 이미 시빌을 지나치고 있었다.

빡!

무릎으로 그대로 가슴을 찍었고, 손등을 휘둘러 움찔하는 두 놈의 턱을 연달아 갈겼다. 그리고 백스테프. 헉헉거리는 시빌을 안고 뒤로 쭉 물러났다. 순식간에 거리가 다시 100m 이상 벌어졌다.

"괜찮아?"

정미수가 소개해 준 강사 덕분에 이젠 평범해진 말투로 묻자, 시빌은 창백하게 질린 얼굴이지만 그래도 고개를 끄덕였다. 그러곤 다시 연신 숨을 몰아쉬었다.

"척위준?"

가까이 다가온 놈이 그렇게 물어왔다. 지난 1년 간, 자신의 정체야 이미 수차례 교전을 통해 밝혀져 있는 상태였다. 지금은 데모니악의 제거 순위, 공동 1위다. '무신' 척위준, '구미호' 정미수. 이렇게 둘에게는 틈만 나면 데모니악에서 암수를 뻗어왔다. 물론 단 한 번도 제대로 통한 적은 없었다. 인간이 가질 수 있는 선을 아득히 넘은 감각이 그 어떤 암수도 허용치 않았기 때문이다.

"각오는 하고 이 땅을 밟은 거지?"

"그녀를, 시빌을 넘겨라. 그럼 조용히 돌아가지."

"웃기는 소리. 겨우 구했는데, 다시 넘기라고?"

"그녀를 넘기지 않겠다면 전면전을 선포하겠다."

"하시던가."

피식.

이제 와서 시빌을 넘긴다? 척위준의 입장에서는 정말 기도 안 차는 소리다. 한 달 전, 시빌은 데모니악에 정미수가 겨우겨우 심어놓은 조력자의 도움으로 한국의 히어로, '구미호'에게 연락을 취했다. 데모니악에서 도망친다. 한국으로 건너가겠다, 무신을 보내줬으면 좋겠다, 이런 내용이었다. 구미호는 고민하다가, 받아들였다.

영상 속의 시빌의 눈빛, 어조가 거짓 같지 않았기 때문이다. 이 땅에서만 수천 년을 살아온 '구미호'다. 겪은 사람의 수는 그야말로 셀 수도 없었다. 시빌이 아무리 예언가라 하더라도 그녀를 속일 수는 없었다.

그렇게 시작된 시빌의 데모니악 탈출.

하지만 당연히 탈출하고 얼마 지나지 않아 바로 걸렸다. 그래도 우여곡절 끝에 한국으로 들어왔지만 구미호와의 채널은 그 과정에서 끊겨 버렸다. 그래서 구미호는 국정원 정미수 신분을 이용해 모든 채널을 살폈고, 겨우 한국으로 들어와 시빌의 동선을 파악할 수 있었고, 그 결과 척위준이 이곳에 있었다.

우웅!

척위준은 자신이 가진 모든 것을 개방시켰다.

그 결과 바람이 불지도 않는 대지에 한 차례 광풍이 몰아쳤다. 그 광풍은 척위준을 기준으로 광범위하게 퍼져 나갔다.

그리고 광풍이 그쳤을 때, 척위준은 선언했다.

"들어라. 이 땅에 선 이상, 정의로운 마음을 가진 이상, 척가의 후예는 국적을 가리지 않고 누구든 지키겠다고 선언하겠다. 이 선언은, 내 생이 다하는 날까지 반드시 지켜질 것이다."

앞에 선 놈들에게 한 선포이기도 하지만 등 뒤에 있는 시빌에게 한 말이기도 했다. 걱정하지 말라는. 반드시 지켜주겠다는 그런 다짐의 말이었다.

"후회할 것이다."

피식.

후회?

"어디 한번 후회시켜 봐."

스르릉.

척위준은 그 말을 끝으로 입을 꾹 닫고, 정미수가 구해준 비청(裨淸)을 뽑아 들었다.

척위준이 비청(裨淸)을 뽑자, 다시금 전운이 감돌았다. 휘이잉. 이번엔 자연에서 불어온 바람이 전장을 한차례 쓸고 지나갔다. 차자자자장! 다섯 놈이 없어졌으나 아직도 일백에 가까운 데모니악의 요원들이 검을 일시에 뽑아 들었다.

햇빛을 받아 날카로운 예기(銳氣)를 사방에 뿌렸고, 그 예기는 모이고 모여 살의(殺意)로 변해 척위준에게 쏘아졌다. 하지만 이미 기도를 전부 개방한 척위준에게는 어떠한 영향도 줄 수 없었다.

그런 그가 단단히 막고 있어 등 뒤에 있는 시빌에게도 영향을 끼칠 수 없었다.

"으으……."

하지만 시빌은 현 상황 자체에 공포를 집어먹은 상태. 척위준은 그걸 짧은 신음에서 바로 알아차리고는 눈살을 찌푸렸다. 전투 자체에서 피어날 광기가 시빌에게 악영향을 끼칠 게 분명했다. 안 그래도 정신적, 체력적 한계까지 몰려 있는 그녀는 오래 버티기 힘들 것 같았다.

'얼른 와줘야겠는데…….'

정미수는 척위준을 먼저 보냈다.

그러고는 자신은 꼬리 하나를 붙여올 기라 좀 늦는다고 했다. 그 꼬리가 뭔지는 모르지만 일단 나쁜 뜻으로 말한 꼬리는 아닐 거라는 예감이 들었다.

쉭!

쉭쉭!

세 군데서 침이 날아들었다.

까가강!

그걸 비청을 휘둘러 일수에 걷어내고는 바위라도 된 듯이 굳건히 서는 척위준. 그는 움직이지 않았다. 지금은 제압, 섬멸전이 아니었다. 한 사람을 지켜야 하는 방어, 수성전에 가까웠다. 정미수는 산에서 처음 내려온 척위준에게 다양한 전투술을 가르쳤다. 시가전부터 시작해 숲, 산, 강, 바다, 심지어 공중전에 정보전까지.

거기에 기본 상식은 물론 하루 24시간을 타이트하게 쪼개 일어, 중어, 영어, 불어에 이태리어까지 가르쳤다. 또한 변장할 상황을 생각한 각각의 어조까지 전부 분할해서 가르쳤다. 그 모든 걸 척위준은 말도 안 되지만 일 년 만에 거의 대부분을 마스터했다. 애초에 타고난 지성과 오성이 달랐다. 그리고 집중력 또한 완전히 범인과는 달랐다.

셀 수 없는 세월을 살아온 정미수도 그런 척위준의 성장에 놀랐을 정도였다. 그렇게 현대사회에 적응한 척위준은 지금 상황에서 어떻게 해야 하는지 아주 잘 알았다.

다가오면 물러났다.

공격해 오면 방어했다.

아직은 때가 아니니까.

'얼른 와라, 좀!'

정미수만 오면 된다.

그럼 이 답답한 상황은 순식간에 걷힐 것이다. 인내의 시간이 지났다. 놈들은 척위준의 무력을 아주 잘 알았다. 게다가 지금 보호하고 있는 시빌을 통해 척위준이 받고 태어난 설화, '애기 장수'에 대해서도 파악한 것 같았다.

제세주의 의미란 바로 이 설화의 주인공인 애기 장수다. 시대가 어수선할 때 태어나, 대부분 단명(短命)했다. 그러나 척위준은 단명의 운명조차 넘어섰다.

무신의 무력에 인간의 육체를 벗어난 채로 태어난다는 애기 장수.

이 두 가지를 갖춘 척위준은 솔직히 인간이라고 부를 수도 없었다. 인외의 존재, 초인. 그러니 못 달려들고 있었다. 바보 멍청이가 아닌 이상 지금 달려들어 봐야, 모조리 개죽음당한다는 걸 느끼고 있었기 때문이다.

삐익.

인간이 감지할 수 없는 음파가 귀로 들어왔다. 동시에 일어나는 공기의 진동. 움찔. 그걸 시빌도 느꼈는지 움찔거리는 게 느껴졌다.

"쉿. 쳐다보지 마요."

"……."

시빌은 돌아가려는 고개를 겨우 붙잡고, 고개만 작게 끄덕였다.

징미수가 도착했다.

아니, 느껴지는 기세로 보아 정미수가 아닌, 본래 그녀의 모습인 '구미호' 상태로 왔다. 깔끔한 정장 차림이 아닌, 전투 슈트를 착용한 근접 격투의 마스터가 구미호다.

삐이, 익.

다시 한번 신호가 왔지만 한 번 끊어졌다 들려왔다. 구미호가 보낸 신호였다.

시선을 끌라는 신호.

척위준은 그 신호를 착실히 따랐다.

"왜, 전면전을 선포하겠다며? 이게 전면전이야? 꼬리 만 개처럼 빌빌거리는 게?"

느닷없이 날아간 말에 놈들은 그저 묵묵히 거리만 좁혀왔다. 그래도 척위준은 실망하지 않았다. 겉으로 드러나진 않았어도 아마 분명 심적 동요는 있을 테니까.

데모니악. 한중일 삼국을 무대로 활동하는 범국가적인 범죄 집단.

철저하게 어둠 속에서 움직이며, 삼국의 국정에도 관여하는 뿌리 깊은 집단이었다. 지금 온 놈들은 정예처럼 보였다. 하지만 빙의를 쓰지 못하는 이상, 그냥 '인간'인 적이다. 인간이라면 분명 감정을 가지고 있고, 그 감정은 원래 작은 도발에도 흔들리는 법이었다.

그리고 척위준은 이놈들이 설마, 감정의 동요를 일으키지 않는 수준에 있다고는 생각하지 않았다.

삑, 됐다는 신호가 들어왔다.

투두두둥!

슈우우…….

수풀에서 일시에 떠오르는 네 발의 미사일.

그 소리에 시선이 하늘로 향하는 순간, 척위준은 바로 뒤로 돌아 시빌을 안고, 지면을 박찼다. 꺄악! 시빌은 너무 놀라 비명을 질렀다. 지면을 박찬 척위준은 순식간에 100m의 거리를 더 벌렸다.

"산개!"

그때쯤 놀란 목소리가 튀어나오지만 사방을 점한 로켓 미사일은 이미 지면으로 처박히고 있었다.

콰과과광……!

흙이 뒤집히고, 자갈 파편이 사방으로 비산했다. 검은 연기가 자욱하게 올라왔다. 현대전이다. 굳이 칼질하면서 피곤하게 싸우지 않아도 된다. 정미수가 쏜 무기는 특별하다. 그녀가 개인적으로 운영하는 연구소에서 만들었기 때문이다. 이 알라의 요술 봉 네 발이 가져온 여파는 엄청나게 컸다. 매캐한 화연이 가라앉기도 전에 구미호, 정미수가 난입했다. 뒤이어 그녀보다 좀 더 늦게 검은 슈트를 입은 정체불명의 적금발 여인네도 난입했다.

퍽퍽퍽!

특별한 마비산이 담긴 검은 화연은 흩어지지 않고 놈들이 있던 공간에 착 내려앉아 있었다. 그리고 그 안에서, 정말 찰진 소리가 계속 울려 퍼졌다. 분명 정미수가 안에서 놈들을 신나게 두들기며 나는 소리일 것이다. 그렇게 척위준을 뺀 여인네 둘의 일방적인 폭력은.

"크와왕……!"

짐승의 울음이 동시다발적으로 터져 나오기 전까지 계속됐다.

*　　　　*　　　　*

"커어엇!"

안센 루소가 쥐고 있던 메가폰에서 시원시원한 컷 사인이 길게 울렸다.

드르륵! 탁!

"후우… 괜찮아요?"

"아… 네, 히잉."

연기 중에 시빌이 넘어지는 장면은 없었다. 그런데 아까 그녀는 진짜 돌부리에 걸려 넘어졌고, 새하얀 원피스 아래 무릎이 빨갛게 쓸려 있었다. 그런데도 계속 신을 이어간 건 거리가 아직 좀 있었고, 칸나가 NG 사인이 없자 그대로 연기를 이어나갔기 때문이다. 또한 칸나 본인도 이런 폭염에서는 최대한 빨리 신을 소화해야 한다는 걸 잘 알고 있었기 때문에 이 악물고 신을 이 어나갔다.

"가서 약 바르고 와요."

"네에……. 근데 저 연기 잘 나왔어요?"

"네. 이따 확인해 보면 알겠지만 제가 보기에 특별히 어색한 장면은 없었어요."

"히히, 다행이다……."

폴짝 폴짝.

이야… 어쩜 이 나이에 이렇게 애 같을 수가 있지? 하는 생각을 하는데 위이이잉! 아직 남아 있는 연기를 날리기 위해 대형 선풍기 열 대가 동시에 돌아가기 시작했다. 그러자 현장이 좀 보였다.

액션 배우들은 전부 앉아 있었다.

이 신은 대규모 전투 신이지만 계속 치고받는 것 말고 미블스러운 연출이 들어간 신이었다. 미블하면 뭐가 가장 먼저 떠오를까?

사람에 따라 다르겠지만 그래도 거의 세 손가락 안에 들어가는 설정이 바로 화끈함이다. 아주 그냥 도시 하나 자체를 파괴시켜 버린다. 물론 당연히 진짜 터뜨리는 건 몇 신 안 되고, 전부 CG로 처리하지만 그 정도로도 충분히 말초적인 폭력성을 자극한다. 이번 신도 그렇다.

개량형 알라의 요술봉.

정식 명칭은 RPG-7.

물론 진짜 그런 게 있진 않고, 영화 속 정미수가 비밀리에 운영하는 연구소에서 쓰는 마비산을 섞은 무기다. 화염은 물론 폭발 직후 마비산을 넓게 퍼뜨린다는 설정이다. 그래서 나중에 구미호와 블랙 맘바가 뛰어들어 손으로 다 때려눕히는 신을 따로 찍기도 할 거다.

영상을 확인하면서 주연 배우들은 물론 감독들도 고개를 끄덕였다. 딱 보면 그냥 부족해 보이지만 당연히 CG를 입히기 때문에 이 정도만 나와도 아주 좋은 장면이었다. 레이샤가 슈트를 가슴골이 아슬아슬 보일 정도까지 내리고, 천막으로 내달렸다. 그리고 '우와……!' 하는 탄성을 흘렸다.

뭔 소린가 싶어 가봤더니, 이게 웬걸? 근처까지 가자마자 시원한 냉기가 얼굴로 와다다 달려들었다. 안으로 급히 들어가면서, 송지원과 칸나를 불렀다. 들어가 확인해 보니, 휴대용 발전기를 아예 공수해와 작은 소형 에어컨을 틀어버렸다.

"대박……."

송지원이 어허허, 할아버지 같은 웃음을 흘리고는 베드에 털썩 누웠다. 칸나는 벌써 주저앉아 으으, 따가와요… 하고는 묘하게 틀린 것 같은 발음으로 무릎의 상처를 소독해 주는 매니저한테 징징거리고 있었다. 지영도 자신의 자리에 앉았다.

"아……."

절로 탄성이 나올 정도로 천국이 따로 없다.

아무런 문제없이 신이 끝났으니, 잠시 휴식 시간이었다.

슈트를 벗고 싶었지만 대기실엔 전부 여인네들뿐이라, 벗진 못했다. 하지만 그래도 더위는 들어온 지 얼마 지나지도 않았는데,

싹 가셨다.

"맞다. 차기작 결정했다며?"

헐?

레이샤의 말에 지영과 송지원의 시선이 바로 레이샤에게 달라붙었다. 어떻게 알았지? 아직 지영이 '피지 못한 꽃송이여'에 출연 결정을 내렸다는 사실은 보라매 내부에서도 임원진만 알고 있을 정도로 극비 사항이었다.

칸나도 눈을 동그랗게 뜨고 지영을 볼 때, 지영이 참 난처한 웃음을 지으면서 레이샤에게 물었다.

"어떻게 알았어요?"

"후후, 다 아는 방법이 있지. 헐리웃 방식으로 말이야."

"그 헐리웃 방식이 뭐기에 아직 발표도 안 된 정보를 입수해요?"

"그건 영업 비밀."

"······."

와······.

무슨 첩보전도 아니고. 장재원 감독의 딸, 장수영 때문에 아직 준비를 시작하지도 못한 상태라 기사 한 줄 안 나간 정보를 알고 있는 걸까? 이건 매우 신기했다. 따로 고용하는 탐정이라도 있는 건가?

송지원은 그냥 고개를 절레절레 젓고는 베드에 누워 눈을 감았다. 답도 안 해줄 의혹에 시간을 낭비하느니, 조금이라도 쉬겠다는 생각이었다. 그리고 그건 지영도 마찬가지였다.

"어디 가서 말하진 마요."

"후후, 그렇게."

레이샤는 그렇게 말하고 송지원처럼 눈을 감았다. 그리고 당연히 지영도 눈을 감았다. 지금은 조금이라도 쉴 때였다. 지금 당장은 시원한 바람이 부는 대기실에서 쉬고 있지만 현장 정리가 끝나고 빙의요원 열과 소드메이든 역의 레이 옌과 한바탕해야 된다. 그리고 특히 레이 옌과 찍을 신은 위험도가 매우 높았다.

지영이 그녀의 욕구를 채워주기 위해 영화 전체에서 딱 한 번뿐인 대결 신을, 자유 대련으로 찍겠다고 고집을 부려놨기 때문이다. 무신 척위준과 소드메이든은 여기서 처음 만나 대결하고, 대결 후 자초지종을 설명들은 소드 메이든이 무신 척위준 팀에 합류하게 된다. 물론 바로는 아니고, 얼마나 데모니악이 악한 범죄 집단인지 자신이 몰래 뒤를 쫓아 확인한 다음 합류한다. 그러니 둘의 대결 신은 오늘이 끝.

나중에 지영이 따로 받아주지 않는 이상, 레이 옌은 자신의 마음을 풀 길이 영원히 없어진다.

'그래도 먼 길 왔고, 오래 기다렸으니 들어는 줘야지.'

이 말을 전해줬을 때 그 무뚝뚝한 레이 옌의 입가에 미소가 피어나기까지 했었다. 엄청나게 순수한 미소였는데, 무인이라 할 수 있는 레이 옌이 얼마나 지영과의 대결을 바랐는지 알 수 있는 미소였다.

그때 슬쩍 묻기도 했었다.

어떻게 알았냐고.

그러자 레이 옌은 이렇게 답했다.

불시의 위협이었음에도 단호한 눈빛, 아주 정확한 궤적, 확실한 마무리까지. 그건 오랜 훈련과 경험이 없으면 불가능하다고. 완벽한 정론을 듣고는 지영은 피식 웃고 말았다. 이런 말이 있다.

고수는 고수를 알아본다고.

즉, 일정한 분야를 제대로 배운 사람은 동업에 있는 사람을 보면 바로 알아볼 수 있다는 뜻이었다.

솔직히 그때 지영의 한 방을 보고, 레이 옌처럼 느낀 이는 꽤나 많을 것이다. 다만 레이 옌처럼 찾아오지 않았을 뿐이다.

사락.

호랑이도 제 말하면 온다더니, 그녀를 생각하고 있는데 막 도착한 레이 옌이 대기실 안으로 들어왔다. 들어와서 또 무뚝뚝한 표정으로 포권을 쥐곤 인사를 했다. 레이샤가 톡톡 자신의 옆자리를 치는 걸로 대답을 대신 했고, 그녀는 군말 없이 레이샤가 손으로 친 베드로 가서 앉았다.

"덥지? 땀 좀 식혀."

"네, 감사합니다."

"활주로가 녹아서 늦었다며?"

"네."

"와… 얼마나 뜨겁단 거야?"

진짜였다.

항저우에는 정말 유례없는 폭염이 내리 며칠째 이어지는 중이었다. 그런데 하필 샤오산 공항의 활주로가, 그것도 딱 레이 옌이 탄 비행기가 이동할 활주로가 녹아버려 세 시간이나 딜레이가 됐다고 들었다.

기사에도 황당한 유월의 더위! 하는 기사로 나왔을 정도였다.

슥.

레이 옌의 시선이 지영에게 건너왔다. 지영은 눈을 감고 있었지만 그 시선을 정확히 느낄 수 있었다.

철저하게 자신의 기도를 숨길 줄 아는 수준이지만 눈빛에서 느껴지는 호승심에 지영은 얼굴이 뚫리는 것 같았다. 지영은 슬슬 잠이 오는 지라 나른한 목소리로 천천히 입을 열었다.

"그만 봐요. 얼굴 뚫어지겠네."

"죄송합니다."

"이따 제대로 할 거니까 몸 좀 풀어두시고요."

"네."

짧은 대답 뒤에 부스럭거리는 소리가 들렸다. 아마 지영의 말처럼 레이 옌이 일어나 몸을 풀러가며 일어난 소리였다.

"괜찮겠어? 오디션 영상 홈피에 올려놔서 봤더니 장난 아니던데?"

송지원이 눈을 감은 채로 걱정스러운 어조로 물었다.

"저도 장난 아니니까, 괜찮아요."

"와, 자신감 보소."

"근거 있는 자신감이니까 걱정 마요."

"풋, 어련하시겠어요? 그래도 조심하고."

"네."

지영은 그 대답 뒤로, 짧지만 꿀맛 같은 낮잠에 빠져들었다.

"후우."

지영은 데모니악 빙의 요원들과 한바탕 치열한 전투를 찍는 장면을 오케이 받고는 나직한 한숨을 흘렸다. 와, 지영은 정말 체력의 한계를 느끼고 있었다. 너무 뙤약볕이다 보니 체력이 겨우 신 두 개를 찍고 바닥까지 내려왔다.

송지원과 레이샤도 철퍼덕 바닥에 주저앉아 숨을 몰아쉬고 있었다. 레이샤는 이런 액션 신에 이골이 난 배우다. 송지원도 이 영화를 위해 진짜 몇 년을 고강도 트레이닝을 받았다. 그런데 그렇게 이골이 나고 단련한 둘도 바닥에 주저앉아 숨을 몰아쉬고 있었다.

벌러덩.

못 참겠는지 레이샤는 그냥 흙바닥에 드러누웠다. 얼른 스태프가 그녀의 머리 위로 우산을 받쳐줬다.

송지원은 비척비척 걸어 대기실로 들어가 버렸다. 두둑, 두둑. 지영도 목을 풀고는 스태프들을 위해 쳐놓은 천막 아래로 움직였다.

레이 옌과 대결 신은 바로 찍기로 했다. 벌써 오후 다섯 시. 아직 대낮이지만 조금 있으면 해가 슬슬 질 것이다. 그래서 오늘의 마지막 신은, 10분의 휴식 뒤에 바로 이어지기로 했다.

"괜찮습니까?"

오늘 모인 배우들 중 가장 생생한 레이 옌이 다가와 물었다.

슬쩍 얼굴을 보니 미약한 흥분감과 걱정이 같이 감돌고 있었다. 지영과의 신을 기대하고 있는 게 분명한데, 지영이 워낙에 지쳐 보이니 걱정하는 마음까지 동시에 드는 모양이었다.

"네, 아직은 괜찮아요."

"다행입니다."

"뭐가 다행인데요?"

"……."

지영이 그렇게 되묻자, 레이 옌은 침묵으로 답을 대신했다. 피식. 예상치 못한 곳에서 솔직한 레이 옌 때문에 지영은 그냥 웃고 말았다. 그녀가 다행이라고 한 이유야 분명 좀 있을 자유 대련에 대한 기대 때문일 것이다. 지영이 체력이 떨어져 제대로 못 움직이면 그녀로서는 기대하고 또 기대했던 순간을 망치는 게 될 테니 말이다.

이런 쪽에선 또 솔직한 지라, 지영은 레이 옌의 마음을 기분 나쁘게 받아들이지 않았다.

10분은 금방이었다.

"자자! 배우들 준비해 주세요!"

스태프의 외침에 지영은 자리에서 일어났다. 그리고 오늘 스태프가 가지고 온 철검을 다시 손에 쥐었다. 가검. 지영의 요청에 따라 척위준이 사용했던 무기를 제대로 구현해 냈다. 검을 쥐고 지영이 일어나 움직이자 감독들, 그리고 배우들이 모여들었다.

"정말 괜찮겠나?"

"네, 물론이에요."

"다치면 절대 안 되니 옌 양, 꼭 조심 좀 해줘. 알았지?"

"네."

"특히 얼굴!"

"네."

루소 형제가 지영과 레이 옌에게 신신당부를 했다. 특히 지영에겐 계속해서 조심, 또 조심하란 말을 전했다. 레이 옌의 분량은 그리 많지 않지만 주인공인 지영은 다르다. 비중으로 따지면 극 중 원탑이다. 그다음이 송지원이고, 그다음이 주조연이라 할수 있는 레이샤와 칸나, 레이 옌이 나눠먹는다.

그러니 지영이 다치면 촬영 스케줄이 또 잔뜩 꼬여 버린다. 특히나 중후반대 부터는 거의 무신 척위준의 독주이기 때문에 지영이 다치면 촬영이고 나발이고 말짱 꽝이 되어버리는 상황이니 루소 형제의 걱정은 과한 게 아니었다.

설정에 따라 비청이라 이름 붙은 가검을 한번 휘둘러 보는 지영. 손아귀에 딱 맞게 제작된지라, 그립감이 아주 제대로다. 손에 착 달라붙는 느낌에 지영은 희미한 미소를 지었다.

"시작할까요?"

"준비 다 됐어?"

"네."

지영은 대답과 동시에 움직여, 이미 대기 중이던 레이 옌의 앞에 가서 섰다. 레이 옌의 기도는 완전히 변해 있었다. 철저하게 숨기고 있던 존재감을 마음껏 뿜어내고 있었는데 민감한 사람들은 이미 그런 변화에 눈을 동그랗게 뜨고 놀란 표정을 숨기지못했다. 지영도 마찬가지였다.

찌릿찌릿.

거짓말 조금 보태서 정말 피부가 따끔거릴 정도였다. 지금 지영이 갖춘 모든 것은 999번의 환생을 통한 경험으로 만들어졌다. 하지만 레이 옌은 환생자가 아니니, 고작 스물 중반의 나이에 이 정도 경지까지 올라섰다.

'타고난 천재라는 거지.'

어느 시대고 천재는 존재했다. 동서양을 막론하고 천재의 부류에 든 자들은 각 분야에서 말도 안 되는 성과들을 이룩했었다. 그리고 역사에 기술되어 수천 년이 넘도록 그 이름을 알려왔다.

레이 옌도 과학이 발전하지 않은 과거에 태어났다면 반드시 이름을 남겼을 것이다. 1400년쯤, 프랑스 동레미에서 태어났었던 자신처럼.

"준비되셨는지."

레이 옌의 말이 지영의 상념을 깼다.

정중한 어조로 날아온 그 한마디에 지영은 조용히 고개만 끄덕이는 걸로 답했다. 준비야 이미 끝났다. 온몸의 세포가 완벽하게 활성화되었다. 그런 움직임을 전신 곳곳에서 느끼고 있는 상태라 당장 느끼는 컨디션은 최고조였다.

"후우……."

지영은 잠시 눈을 감았다가 떴다.

우웅…….

지영이 척위준의 기억 서랍을 완전히 열어 재끼자, 고요하던 지영의 기세가 순식간에 일변했다. 짜릿한 기파를 사방에 뿌리는 건 물론 눈빛에 담기는 감정 때문에 입가에 짙은 미소가 감돌기 시작했다.

액션!

감독의 사인이 떨어졌다.

지영은 움직이지 않았다.

레이 옌 또한 마찬가지였다.

프리 액션 신.

솔직히 말하면 이렇게 신을 찍는다는 건 정말 말도 안 되는 일이었다. 아니, 그냥 미친 짓이나 다름없었다.

거창하게 프리 액션 신이라고 하지만 이건 그냥 실제 격투나 다름없었기 때문이다. 그리고 손과 발을 주고받는 것도 아니고, 가검이지만 맞으면 분명 타격이 있을 검으로 공방을 주고받는다.

스르릉.

레이 옌이 검을 뽑았다.

검을 뽑은 그녀의 기세는 지영이 장악하고 있던 공간을 단숨에 갈라 버렸다. 중단까지 올라온 레이 옌의 검은 정확하게 지영의 가슴 부분을 노리고, 멈췄다.

지영은 반대로 검을 늘어뜨렸다.

무도의 자연체(自然體)라 부르는 자세에 검을 늘어뜨리니 레이 옌의 눈매가 일순간 꿈틀거렸다. 그녀 또한 전후좌우 팔방으로 즉각 움직임이 가능한 자연체를 모르는 건 아니었다. 하지만 자연체는 보통 투기 무술에 많이 쓰인다. 하지만 검을 들게 되면 상황이 달라진다. 어느 곳으로도 움직임이 가능하다는 장점이 있지만 공격에는 그다지 유용하지 않기 때문이다.

물론 장점은 있다.

'방어에 좋지······.'

상념은 여기까지.

파박!

레이 옌이 달려들었다.

어깨를 미묘하게 한번 터는 동작, 호흡 뺏기의 전형적인 자세 후 달려들었지만 지영은 이미 그녀가 한 보 내디뎠을 때, 반응했다.

까앙……!

쭉 치고 들어온 레이 옌의 검은 정확히 지영의 명치를 노렸다. 날을 벼리지 않아 찔려도 실제로 몸이 뚫리진 않는다. 게다가 슈트까지 입고 있으니 더더욱. 그렇지만 찔리면 당연히 아프다. 둔중한 충격이 육체로 전달되기 때문이다.

검면으로 레이 옌의 검을 튕겨낸 지영은 슬쩍, 한 걸음 물러섰다. 레이 옌의 검이 상단으로 올라왔다. 그러나 움찔할 뿐, 찌르진 못했다. 지영은 그에 슬쩍 웃었다. 루소 형제는 두 사람의 프리 액션 신을 허락하는 대신에 한 가지 조건을 걸었다. 앞으로 촬영이 남아 있으니 얼굴만큼은 공격하지 말아달라고. 주먹이나 발은 몰라도 지금 그들이 들고 있는 검이 아무리 가검이라고 해도 얼굴을 잘못 때리면 분명 쓸리거나 찢길 게 분명했기 때문이다.

그래서 무기로 얼굴은 공격 금지.

이런 제약 때문에 레이 옌이나 지영도 답답하긴 했지만 이건 어쩔 수 없었다. 실전처럼 싸우지만 촬영이라는 전제가 붙어 있으니 말이다.

슉!

움찔한 레이 옌의 자세가 다시 돌아오기 전에 지영이 움직였다. 좀 전 그녀의 공격처럼 간결한 찌르기였다. 하지만 속도는 매우 빨랐다. 게다가 찰나의 타이밍을 노린 공격. 몸이 경직된 상태라 레이 옌은 피하지 않고 자세를 비스듬히 돌려세웠다. 중단을 찔러오는 검의 궤적이 그대로 지나가게 만들 생각이었겠지만 지영은 지금 무신의 서랍을 연 상태였다.

뚝. 뚜둑.

손목을 두어 번 털어 날이 위로 올라오게 만든 다음, 촤악! 자세를 강제로 멈췄다. 허벅지, 종아리가 갑작스러운 제동으로 뻐근하게 뭉쳤지만 이 정도로 찢기거나 하진 않았다.

쉬익!

비틀어 그어 올린 검이 레이 옌의 허리부터 솟구쳤다.

깡!

꿈틀, 눈매를 한번 일그러뜨린 뒤, 자신의 검을 내밀어 지영의 검을 막은 레이 옌은 그대로 다시 몸을 회전시켰다.

휘릭!

옷깃 펄럭이는 소리와 함께 늘씬한 각선미를 자랑하는 다리가 채찍처럼 지영의 어깨를 노리고 날아들었다.

탁!

하지만 지영은 그대로 상체를 빼며 손바닥으로 정확히 정강이를 말아 밀어버렸다. 그리고 그 힘에 다시 레이 옌의 신형이 강제로 돌았지만 지영은 더 공격할 수 없었다. 이번 공격과 방어로 자신의 자세도 무너졌기 때문이었다.

타닥.

두 걸음을 물러나는 순간 레이 옌도 회전을 멈추고 다시 자세를 다잡았다.

"……."

"……."

서로의 시선이 허공에서 부딪쳤다.

휘잉! 바람이라도 불어주면 그럴싸한 장면이 되겠지만 안타깝게도 더럽게 뜨거운 열기만 쏟아질 뿐, 바람은 한 점도 불어오지 않았다.

"후우."

지영은 고작 몇 수의 겨룸이지만 레이 옌이 진짜 대단한 검도 고수라는 걸 다시 한번 자각했다. 솔직히 말해 저 나이에 저 경지까지 이뤘다는 사실 자체가 믿어지지 않을 정도였다.

'하여간 타고난 천재들이란…….'

상식을 벗어나는 괴물들이었다.

지영은 천재가 아니었다. 세상은 그를 천재라 부르긴 하지만 이 모든 건 그저 어떻게 해야 할지 그간의 삶으로 전부 알고 있어 남들보다 훨씬 빠르게 올라왔을 뿐이다. 그러니 타고난 천재는 절대 아니었다. 지영이 혀로 입술을 축이는 순간 레이 옌이 다시 달려들었다.

슉! 슈욱!

두 번의 공격이 연달아 허리, 허벅지를 노리며 연환으로 들어왔고, 지영은 위치를 바꾸며 공격을 모두 피했다.

휙!

그리고 몸을 띄워, 레이 옌처럼 발을 채찍처럼 휘돌려 그녀의 어깨를 노렸다. 퍽! 둔탁한 느낌이 있었지만 공격이 제대로 들어가진 않았다. 레이 옌이 오히려 공간을 좁혀 제대로 발이 펴지기도 전에 어깨로 막아버렸기 때문이었다. 탁, 지영이 바닥에 내려서자 레이 옌은 어깨를 털어 반동을 준 뒤, 주먹을 그대로 지영의 복부로 찔러 넣었다.

퍽!

작지만 매서운 주먹이 송곳처럼 지영의 복부에 꽂혔다. 하지만 주먹이 꽂히는 순간 배를 슬쩍 빼 충격을 최소화한 지영은 두어 걸음 뒤로 물러났다.

'어쭈⋯⋯.'

예상한 공격이었지만 반 박자 빠른 타이밍에 들어왔다. 두 사람이 신체를 움직이는 속도가 비슷하다 보니, 예상했는데도 배를 얻어맞았다. 그래서 지영의 입매가 순간적으로 실룩였다. 레이 옌도 마음에 안 든다는 표정을 짓고 있었다. 분명 제대로 갈길 수 있겠다는 확신을 했겠지만 지영이 그 짧은 틈에 복부를 뒤로 뺐기 때문에 주먹에 남는 감각이·별로였을 것이다.

지켜보던 배우와 스태프들도 전부가 그냥 숨을 꿀걱 삼켰다.

무도의 고수들이 대놓고 펼치는 근접 전투다. 그래서 숨도 못 쉬고, 그냥 지켜볼 뿐이었다.

지영은 한 발자국 내디뎠다.

찌릿.

종아리가 한 차례 경련을 일으켰다.

'음⋯⋯.'

정신적으로는 괜찮은데, 육체는 아무래도 아닌 것 같았다. 특히 이 전에 빙의 요원 다섯과 무식하게 치고받는 신 때문에 근육에 제대로 피로해져 있는 상태였다. 그런 상태에서 레이 옌과 몸을 한계까지 쓰면서 치고받았더니, 근 경련이 일어나기 시작한 것이다.

'끝내자.'

지영은 더 이상 근육에 무리가 오기 전에 여기서 끝내기로 했다. 레이 옌과 더 어울려 주고는 싶지만 피해를 입으면서까지 그녀의 바램을 풀어주고 싶은 마음까진 없었다. 그리고 종아리가 시작됐으면 분명 다른 쪽도 근 경련이 올 게 분명했다.

파박!

마음이 섰으니, 몸이 바로 움직였다.

슉!

검을 찔러 넣으니 레이 옌은 바로 비스듬히 검을 내리쳐 지영의 검을 막았다. 슈욱! 그 순간 지영의 발끝이 벼락처럼 솟구쳤다. 레이 옌은 이 공격에 바로 반응하지 못했다.

"윽……!"

틱.

아쉽게도 턱 끝을 스쳤고, 레이 옌이 입술을 질끈 깨물고 뒤로 물러났다. 아니, 물러나려 했다. 지영이 달려들지만 않았다면. 고개를 들며 발을 피한 그 순간, 지영이 올려 찼던 발을 빠르게 내려 지면을 찍었다. 그리고 상체를 앞으로 쭉 밀어 넣어 그대로 어깨치기.

퍽!

"컥……!"

레이 옌의 몸이 붕 떠 뒤로 날아갔다. 제대로 가슴을 들이받은 어깨치기라 레이 옌의 호흡이 일순간 막혔고, 컥컥거리면서

호흡을 돌리려 애를 썼다. 하지만 이미 지영은 저벅저벅 검을 쥔 채로 걸어와, 레이 옌의 목에 검을 겨눴다.

"……."

"……."

호흡도 안 돌아왔을 텐데 이를 악물며 숨을 참고 지영을 올려다보는 레이 옌. 그러다 잠시 커흐윽… 하고 앞으로 풀썩 쓰러졌다.

"후……."

"컷! 컷컷!"

레이 옌이 쓰러지자 곧바로 감독의 오케이 사인이 떨어졌고, 지영은 레이 옌을 세워 뒤에서 안아 강제로 호흡을 트여줬다.

"컥, 커흐으……. 하아, 하아, 하아……."

레이 옌은 바로 자가 호흡으로 공기를 흡입했다.

"괜찮아요?"

"후우… 네."

레이 옌은 빠르게 신색을 회복했다.

무인답게 호흡 조절 하나만큼은 정말 일반인을 아득히 뛰어넘었다. 레이 옌은 인상을 찌푸린 채 고개를 갸웃했다. 이해가 안 갈 때나 나오는 전형적인 행동이었다. 하지만 지영은 그런 레이 옌의 궁금증을 풀어주고 싶은 마음은 없었다.

마지막 공격 때, 지영도 솔직히 좀 무리한 게 있었기 때문이다. 그래서 허벅지는 물론 종아리, 허리까지 저릿저릿거렸다. 그렇다고 심한 건 아니었다. 오늘 촬영 이후 어차피 삼 일 정도는 휴식이니, 그 안에 충분히 나을 수준이었다.

소속사가 없어 같이 왔다는 레이 옌의 동문이 지영을 스쳐가며 살짝 고개를 숙이곤 지나갔다. 서소정이 얼른 물을 가져다줬다.

"괜찮아?"

"네, 여기저기 좀 저리긴 한데, 심한 건 아니에요."

"바로 병원 갈까?"

"음, 그럴게요."

"알았어, 바로 차 끌고 올게! 짐 다 챙겨놨으니까 확인만 하고 바로 가자."

"네."

과학으로 훨씬 빠르게 치료할 수 있는데, 굳이 그걸 마다할 필요는 없었다. 쉬운 길 놔두고 왜 어려운 길을 걸어가겠나. 레이 옌과의 전투 장면을 확인해 보는 지영. 약 오 분 정도였다. 음… 고민하는 루소 형제에게 지영은 더 이상은 못 찍어요, 라고 못을 박고 싶었지만 그래도 둘이 감독인지라 그냥 잠자코 있었다.

하지만 루소 형제는 고개를 끄덕여 오케이 사인을 줬다.

"후우."

어차피 처절하게 치고 박는 신은 아니었기 때문에 가능한 사인이었다.

"진짜 궁금해서 그런데, 그렇게 빨리 움직이는 게 가능해?"

레이샤의 질문이 있었지만 지영은 그냥 웃는 걸로 대신했다. 근육은 쓰기 나름이다. 어떻게 단련시키느냐에 따라, 불가능한 동작도 가능하게 만들 수 있다. 하지만 그걸 일일이 전부 설명할… 정신이 아니었다.

"다음에 봐요."

"아! 대답은 해주고 가야지!"

"다음에요, 다음에!"

"나 내일 가거든!"

지영이 차에 타자 레이샤가 따라 타려고 했지만 송지원이 얼른 끌어안아 말렸고, 서소정은 잽싸게 문을 닫고 차를 출발시켰다. 차에 탄 지영은 바로 눈을 감았다.

'후아… 오늘은 진짜 힘드네.'

생각해 보니까 오늘 촬영은 진짜 지영의 인생에서 가장 힘든 날이었다. 앞으로도 이런 더위 속에서 계속 촬영을? 아우… 지영은 고개를 절레절레 저었다. 그래서 처음으로 이번 영화 촬영이 제발 빨리 끝나기를 빌었다.

chapter20
피지 못한 꽃송이여

7월.

'Mushin: The birth of hero'의 촬영이 완전히 후반부로 넘어
갔다. 중후반에 등장한 데모니악 여덟 간부 중 하나에게 잠시
휘청거리지만 후반부, 이때부턴 정말 미블스럽게 닥치는 대로 데
모니악의 음모를 깨부수는 게 촬영의 대다수를 차지했다.

8월.

항저우 저우산 군도가 뒤로 보이는 바다에 대형 선적 선박을
띄우고, 데모니악의 보스가 된 놈을 처단하는, 대미를 장식하는
마지막 신들을 찍었다. 그때는 척위준의 팀이 총출동했다. 따라
서 레이샤, 송지원, 레이 옌, 촬영이 없음에도 넘어온 칸나에 지영
까지 모든 스태프와 모든 배우들이 모여 3일, 72시간 동안 다이렉
트로 진행된 엔딩 장면을 찍으면서 녹초가 되었지만 마지막 신을

따냈을 땐 다 같이 환호했다. 4월초부터 시작된 촬영이 공식적으로 끝난 건 정확히 8월 15일, 'Mushin: The birth of hero'의 모든 촬영이 끝났다.

촬영은 정말 짠 것처럼 광복에 맞춰 마무리되었다. 8월의 일정은 엄청난 강행군이었지만 다행히 크게 다친 배우 없이 무사히 촬영을 마쳤다. 그날 저녁, 항저우 모처에 모여 밤새 회식을 하고, 촬영 팀과 배우들은 그곳에서 뿔뿔이 흩어졌다. 이제 후반부 CG와 편집 과정을 거치면 영화는 완성될 것이다.

한국으로 들어온 지영은 태어나 처음으로 정말 일주일간 학교만 나가고, 남은 시간은 아무것도 안 하고 집에서 푹 쉬었다. 물론 지연이와 놀아주느라 육체적인 피로는 남았지만 오히려 정신적인 피로는 완전 말끔하게 가셨다.

물론 학교는 다녔다.

안 그래도 잦은 촬영 때문에 결석 일수가 간당간당했었다. 73일은 넘지 않았지만 또 사람일은 모르는 거라, 가능하면 지영은 학교는 빠지지 않고 다녔다.

그렇게 일주일이 지나고 오랜만에 보라매를 찾아간 지영.

이제는 정말 정겨운 사무실에 도착한 지영은 고개를 갸웃거렸다. 오전 수업만 받고 드라마를 찍으러 갔던 민아가 사무실에 있었기 때문이다. 초등학교 6학년, 민아는 정말 몰라보게 변했다.

그동안 바빠서 못 봤었는데, 이제는 그냥 고등학생으로 볼 정도의 외모로 변해 있었다. 예전보다 성격도 많이 변해 요즘은 조신 민아로 불러도 될 정도였다. 그런 유민아가, 지영이 들어가자 손을 흔들었다.

아, 당연히 옆에 있던 송지원도 손을 휘휘 젓는 걸로 지영을 알은척했다.

"지영아!"

"왜 사무실에 있어? 촬영은?"

"끝났지!"

"벌써? 오늘 신 많다며?"

"배우 한 분이 다쳐서 뒤로 밀렸어."

"그래?"

지영은 그럼 지금 여기 있을 만하지, 작게 중얼거린 뒤 소파에 앉았다. 요즘 민아는 드라마 촬영 중이었다. 법조계 비리를 다룬 드라마인데, 용케도 주인공 배역 중 하나를 멋들어지게 따냈다.

몇 해 전부터 형사, 의료, 법조인 등 전문직을 다룬 드라마들이 큰 인기를 끌기 시작했는데 그 인기는 아직까지도 식지 않고 있었다. 이번에 민아가 찍는 '사법계'는 강렬한 제목만큼이나, 정말 제대로 법을 다루는 드라마였다.

물론 드라마이니만큼 판타지가 섞이지 않을 수가 없었다. 민아는 방구석 폐인처럼 위장한 천재 해커다. 우연한 기회에 주인공의 도움을 받고, 나중에 그를 위해 해킹한 정보를 빼돌려 주는 역할인데 제법 잘한다고 들었다.

사전 제작 형태의 드라마라 아직 민아의 연기는 눈으로 확인하지 못했다. 하지만 지영의 일정이 끝나자마자 그쪽 촬영장에 갔다 온 서소정의 말로는 현장에서도 많은 칭찬을 받을 만큼 연기력이 늘었다고 했다.

'그래도 얘가 평소라면 연습하고 있을 텐데 왜 여기에 있지?'

작품 중에 쉬는 시간은 오직 연기 연습만 하며 작품에 몰두하는 민아다. 이건 송지원의 조언이 큰 도움이 됐다고 들었다. 그런데 여기에 있는 걸 보니, 뭔가 이유가 있겠다는 생각이 자연스레 들었다. 엉덩이 무거운 송지원이 타다 준 차를 한 모금 마신 지영은 넌지시 그 이유를 물어봤다.

"그런데 어쩐 일이야? 연습도 마다하고 여기까지?"

"헤헤, 실은 부탁이 있어서 왔어."

"부탁?"

말했듯이 민아는 예전과 많이 달라졌다. 악을 쓰던 민아는 이제 없었다. 본인도 그때의 얘기를 꺼내면 얼굴이 빨개질 정도로 많이 성숙해졌다. 요즘에는 지영에게 무리한 부탁 같은 건 최대한 자제하는 중이기도 했다.

그런데 부탁이 생겼다?

궁금증이 안 생길 리가 없었다.

"뭔데? 들어줄 수 있으면 들어줄게."

"진짜?"

"응, 내가 거짓말하는 거 봤어?"

"히히, 못 봤지. 그럼 얘기한다?"

"하하, 하라니까."

"있지, 부탁이란 게… 내가 노래를 부르게 됐는데……."

"음?"

노래?

OST?

지영이 아는 민아의 노래 실력은 결코 나쁘지 않았다. 수준급이라고 말하긴 그렇지만 재능 자체는 타고났다는 걸로 알고 있었다.

"드라마 주제곡 말하는 거야?"

"응. 우연한 기회에 내가 한 곡 하게 됐거든. 그래서 그것 때문에 부탁할 게 있어서 왔어."

노래를 부른단다.

그리고 그것 때문에 부탁이 있다?

지영은 대충 예상이 가능했다.

"혹시 가사?"

"헤헤, 역시 눈치가 빨라!"

"그걸 너한테 써오래?"

"아니, 아니, 지식도 없는데 내가 어떻게 하겠어, 그걸? 그냥 매향유정에 있는 글귀들을 가사로 좀 쓰고 싶어서 왔어."

"아… 매향유정. 근데 드라마랑 어울려, 그게? 장르가 완전히 다르잖아."

"우리 작품 로맨스도 있거든? 나도 은성 오빠 짝사랑하는 역할이 조금 있고. 그리고 이건 내가 속마음을 밝히지 못하고 가슴앓이 하는 순간에 쓸 테마곡이야. 그런데 미팅 중에 극 중 천재 해커 분위기와는 정반대의 곡으로 해보자는 의견이 있어서……."

그렇다면 또 얘기가 달라진다.

반전 OST? 대략 어떤 느낌인지 예상은 갔다.

"어울리겠다, 그것도."

조용히 듣고만 있던 송지원이 고개를 끄덕이며 수긍했다. 천재 해커라고 캐릭터 테마곡이 꼭 전자음 가득한 곡일 필요는 없었다. 오히려 정반대로 가는 것도 극의 분위기를 반전시키는 데 큰 도움이 될 것이다.

물론 곡과 가사, 그리고 가수의 삼위일체가 되었을 경우였다.

"원곡은 나왔어?"

"응, 매향유정의 글귀들을 잘 합쳐서 쓰면 될 것 같아."

"그럼 곡풍이 어떤지는 알겠네. 알았어."

"진짜? 진짜 써도 돼?"

"안 될게 뭐 있나?"

"에헤헤, 고마워."

"우리 사이에 무슨. 근데 설마 작업까지 직접 나한테 해달란 건 아니지?"

"설마! 남은 건 내가 알아서 할게. 우주 언니가 허락만 맡아오면 같이 작업해 준댔어."

우주 언니?

지영이 고개를 갸웃하자 민아는 매순이 껴 있는 걸 그룹의 한 멤버라고 말해줬다. 작사가 쪽으로 자질이 있어 민아가 요즘 자주 찾아가 조언을 듣는다고 했다. 아직 초등생이니 나이 많은 전문 작사가보다, 차라리 우주라는 멤버처럼 나이 어린 사람과 함께하는 게 나중에 마케팅할 때도 좋다는 회사 측 의견도 있었다는 말까지 해줬다.

"노래 연습은?"

"에헴, 내가 또 한 노래하지."

가슴을 쭉 펴고 으스대듯이 대답하는 민아. 허세가 아닌 건

지영도 알았다. 말했듯이 민아는 노래, 춤, 연기, 이 세 가지를
다 갖췄다는 평가를 받고 보라매에 들어왔으니까. 민아는 그만
큼 타고난 연예인이었다.

"그래도 연습은 꾸준히 해."

"당근! 아, 이제 나 가봐야겠다. 언니, 저 가볼게요! 지영아 갈
게!"

"수고하고."

"응!"

송지원은 그냥 손만 흔들어 인사를 대신했다. 민아가 한눈에
봐도 뭐가 잔뜩 들어가 무거워 보이는 스포츠 백을 메고 밖으로
나가자, 송지원이 그런 민아를 한번 힐끔 보곤 입을 열었다.

"성격 변하더니 쟤도 참 열심이다. 마치 어렸을 적 나 같아."

"누나도 저랬어요?"

"그럼. 난 연기 아니면 없다는 생각으로 미쳐 살았지. 다만 민
아보다 늦게 불이 붙어서 고등학교 때는 매일 연습하고, 오디션
보러 다니고."

"안 혼났어요?"

"안 혼나긴? 엄마한테 뒤지게 맞았지."

"하하하."

하지만 지금도 연기에 미쳐 있는 여자 송지원이라면 매를 맞
았다고 포기하진 않았을 것이다. 그리고 역시, 포기하지 않았던
자신의 과거를 당당하게 자신의 입으로 얘기했다.

"성적이 하도 떨어지니 아빠가 하루는 문고리를 바꿔 밖에서
아예 잠가 버렸더라고."

"그래서요?"

"후후, 그날 마침 오디션이 하나 있었거든? 그래서 문을 부수고 나갔지."

"네? 문을 부숴요? 부서져요?"

"한 시간 정도? 닥치는 대로 가져다가 내려찍고 하다 보니까 부서지던데? 마침 두 분 다 외출하셔서 바로 오디션 장으로 뛰었지."

대단하다, 진짜.

이 정도면 집념이 아닌 집착이라고 불러도 되지 않을까?

"그런데 운명처럼! 그게 내 데뷔작이 됐어."

"아, 신인상 탔다는 그?"

"그래, 한강에서. 그 작품이야."

"이야……."

송지원과 친분이 이제 장난이 아닌 만큼, 지영도 그녀가 출연한 작품들은 웬만한 건 다 봤었다. 데뷔작인 한강에서도 당연히 봤었다. 조연으로 나왔지만 정말 주연을 씹어 먹는 연기력으로 그해 신인상을 싹 쓸었다고 들었다. 그다음부터는 뭐, 아주 탄탄대로를 걸은 송지원이다.

다시 몇 달간 쌓인 시나리오의 산을 뒤로하고, 열심히 수다 떨기를 한 시간. 저녁 먹을 시간이 됐을 쯤이었다.

드르륵, 드르륵.

테이블 위에 있던 폰이 울었다.

힐끗 쳐다보니 연락처는 교환했지만 한 번도 먼저 한 적이 없던, 장재원 감독의 이름이 떠 있었다. 고개를 갸웃한 지영이 전화를 받자, 장재원 감독의 목소리가 들려왔다.

"여보세요? 네. 네, 말씀하세요."

그 뒤로 지영은 장재원 감독의 낮게 깔린 목소리를 들었다. 하아……. 그리고 중간중간 한숨을 내쉬었다. 송지원은 지영의 분위기와 한숨이 심상치 않음을 알았는지, 잠자코 지영을 보기만 했다.

삼 분 정도.

장재원 감독의 말이 끝나자 지영이 다시 천천히 입을 열었다.

"알겠습니다. 병원 위치 보내주세요. 지금 출발하겠습니다."

뚝.

전화를 끊은 지영은 바로 서소정에게 전화를 걸었다.

"네, 누나. 저 회사예요. 누나 어디세요? 아… 청주예요? 맞다, 누나 오늘 잠깐 집에 내려갔다 온다고 했죠. 아니요, 큰일은 없어요. 네, 내일 봐요."

"무슨 일이야?"

지영이 전화를 끊자 송지원이 물어왔다. 지영은 잠깐 고민하다가, 다시 송지원을 빤히 바라봤다. 아, 이 누나가 있었지? 뒤늦은 깨달음을 얻은 뒤에 지영은 바로 입을 열었다.

"장 감독님 아시죠?"

"알지. 작품을 같이한 적은 없지만 그래도 그 감독님 이름을 모르는 영화배우는 없어. 그리고 이번에 네 차기작 '피지 못한 꽃송이여' 감독이기도 하잖아."

"네, 그분. 그분 딸이 있는데 지금 많이 아픈가 봐요."

"그래? 그게 왜?"

"제 팬이래요. 오늘을 넘기기 힘들 것 같다는데, 그렇게 아프면서도 한 적이 없던 부탁을 아까 잠시 정신 차렸을 때 했나 봐요."

"뭔지 알겠다. 그래서 소정이한테 전화한 거야? 움직일 수단이 없어서?"

"네, 근데 누나가 있었네요?"

피식.

송지원은 그렇게 웃고는 바로 소파에서 일어났다. 지영도 바로 자리에서 일어났다. 띠링. 장재원 감독에게 온 메시지를 확인한 뒤에 지하로 내려가니 예전에 탔던 새빨간 우라칸 쿠페가 보였다.

부웅.

끼기기긱!

송지원은 전보다 훨씬 터프하게 차를 몰기 시작했다.

"위치는?"

"중원병원이요."

"오케이."

부아앙! 도로로 나온 우라칸이 '누나 나가신다! 길을 비켜라!' 하고 묵직한 배기음을 토해내자 슬금슬금 라인이 트이기 시작했다. 퇴근 시간임에도 1시간 거리를 40분까지 단축시킨 송지원은 능숙하게 병원 지하에 차를 주차했고, 선글라스를 낀 뒤에 성큼성큼, 모자를 푹 눌러 쓴 지영을 이끌었다.

중환자실 앞에 가보니 예의 그때와 비슷한 등산복 차림의 장재원 감독이 보였다. 그는 고개를 푹 숙이고 깍지 낀 양손으로 이마를 받치고 있었다. 부르르, 아주 잘게 떨리는 어깨를 보니 그가 지금 어떤 심정인지 알 것 같았다.

가만히 놔두고 싶은 애처로운 모습이지만 지영은 일단 그를 불렀다.

"감독님."

"아… 지영 배우님."

"편하게 불러주세요."

"아닙니다. 그보다 이렇게 어려운 부탁을… 드려서 너무 미안합니다. 그리고 들어주셔서… 정말 감사합니다."

"후우, 따님은요?"

"……."

장재원 감독은 붉게 충혈된 눈으로 중환자실을 힐끔 바라봤다. 안에 있다는 뜻이었다. 하지만 입구에는 대문짝만 하게 면회 가능 시간이 적혀 있었는데, 아쉽게도 지금은 가능 시간에 들어가질 않았다.

"안녕하세요, 장 감독님. 송지원이에요."

"아… 안녕하세요."

"지금 면회가 가능한가요?"

"제가 부탁하면……."

"해주시겠어요? 따님은 오늘이 고비라고 했으니… 조금이라도 지영이를 빨리 만나보고 싶을 거예요."

"네… 잠시만."

터덜. 힘겹게 일어난 장재원 감독은 중환자실 안으로 들어갔다. 그리고 십 분 뒤에 다시 나와 고개를 끄덕였다. 환자 상태 때문에 오케이 사인이 났나 보다.

"가 봐."

"네, 갔다 올게요."

지영은 안으로 들어가기 전, 그의 딸 장수영의 침대가 있는 곳을 전해 들은 뒤에 손을 소독하고 안으로 들어갔다. 하아. 소독 구역 안에 있는 문이 다시 열리자 죽음의 기운이 짙게 풍겨 났다.

약품 냄새보다, 감각이 예민한 지영에겐 죽음의 냄새가 훨씬 짙게 맡아졌다. 장수영의 침대는 가까운 곳에 있었다. 천천히 신음 가득한 그 공간으로 다가가는 지영.

삐, 삐, 삐.

"흐으, 흐으으, 으흐으……."

인상을 잔뜩 쓰고 산소마스크에 의지한 채 고통과 싸우고 있는 소녀. 머리는 이미 싹 밀어버렸고, 묶어 놓은 손과 발은 정말 뼈밖에 보이지 않을 정도로 말랐다. 게다가 얼마나 비틀어댔는지 멍이 가득했다. 얼굴도 마찬가지. 그런 얼굴로 인상을 잔뜩 쓴 채, 자신을 죽음으로 인도하려는 병마와 싸우고 있는 소녀.

이 소녀가 운명처럼 지영에게 임은이를 선물해 준, 장수영이었다.

울컥, 속에서 수천 번을 느꼈던 감정이 조용히 올라왔다.

"하아……."

다음은 한숨이었다.

셀 수 없는 세월을 살며 정말 많은 사람을 만났고, 보냈다. 그럼에도 절대 익숙해지지 않았다. 장수영을 보니 임은이를 만나게 해줘서 그런지 친우들이 떠올랐다. 특히 지금 모습은 정은정의 생전 모습이 짙게 투영됐다.

정은정도 생전 잦은 병치레를 했다. 감기는 그냥 달고 살았고, 기관지도 약해 기침도 많이 했다. 체질적으로 살도 안 쪘던 지라 지금 장수영처럼 살이 거의 없었다. 물론 지금 장수영은 병마 때문에 이렇게 마른 모습이지만 그래도 정은정의 모습이 투영되는 건 어쩔 수 없었다.

'이런 건 언제 봐도 적응이 안 돼, 빌어먹을.'

신은 지영을 끝없이 환생 시키면서도, 망각을 주진 않았다. 다만 기억 서랍이라는 특별한 것으로 지영이 미치는 것을 막아줬다. 그렇지만 그게 만능은 아니었다. 이번 환생에서는 특정 조건만 맞으면 이상하게 전에 없던 상황이 벌어진다.

기억 서랍이 덜컥이는 걸로.

덜커덕!

봐라, 지금처럼.

지금 지영이 계속 고통에 이 악물고 몸부림치는 장수영을 바라보자, 임은이의 기억 서랍이 덜컥였다. 그리고 계속 전에 없던 감정적인 몸부림이 이어졌다. 그러한 상황 자체가 지영의 평정을 깬다.

"……."

빤, 장수영을 바라보는 지영.

여기까지 온 이유는, 평소 자신의 팬이었다던 장수영에게 자그마한 선물을 주고 싶었던 장재원 감독의 바람을 들어주기로 마음먹어서였다. 지영은 좀 더 장수영에게 다가갔다. 고통스럽게 앓는 소리가 좀 더 명확하게 귀에 들어왔다.

지영은… 안다.

이렇게 앓는 의미를.

남은 모든 생명력을 불태워서, 죽음에 저항할 때 나오는 신음이다. 이번까지 천 번. 지영은 저렇게 앓고 난 뒤 기적적으로 살아나는 사람을 본 적이 없었다. 결과는 언제나 똑같았다.

현대사회라고 다르지 않았다.

과학의 발전으로, 의학도 같이 발전했다. 그래도 몸속에서 난병마의 인도로 죽음의 강을 이미 건너가고 있는 사람을 그 자리에 강제적으로 잠시 멈춰 세울 순 있어도, 다시 불러올 순 없었다.

인간은 신이 아니기 때문에 이는 당연한 결과지만 보는 것 자체로 괴로운 건 어쩔 수 없었다.

"수영아."

지영은 귀에 대고 또박또박 죽음에 저항하고 있는 소녀의 이름을 불렀다.

"끄으, 흐으… 끄윽, 흐으……."

그러나 역시나 저항하며 곳곳에 난 상처에서 올라오는 고통때문에 소녀는 지영의 부름을 듣지 못했다.

의식이 없나?

아마, 그건 아닐 것이다.

의식이 날아가는 순간, 의지도 같이 꺼질 테니까.

그러니 희미하게나마 의식이 있다고 판단한 지영은 좀 더 큰목소리로 소녀의 이름을 불렀다.

"수영아."

"흐으……."

그러자 이번엔 반응이 왔다.

아주 잠깐이지만 눈꺼풀이 올라갔다가, 주위를 힘없이 두리번 거리다가 닫혔다. 하지만 눈동자가 지영에게서 멈추지 않았다. 알아보지 못한 것 같았다.

"수영아, 나야, 강지영. 장재원 감독님 부탁으로 수영이 만나러 왔어."

"끄으……."

이번에도 반응이 왔다.

그것도 제대로 바로 지영에게 눈동자가 움직여 멎었다. 알아 봤나? 파르르 힘없이 눈매 끝이 떨리는 게 보였다. 그리고 예쁜 미소를 지으려 노력하는 장수영. 확실하게 알아본 것 같았다.

죽음에 저항하는 소녀의 미소.

세상 그 어떤 미소도, 이 미소보다 아름답진 못할 것이고, 애 처롭진 않을 것이라 지영은 생각했다. 그래서 지영도 정말 따뜻 한 미소를 입가에 가득 지었다.

"말 편하게 할게? 고맙게도 수영이 덕분에 좋은 작품에 좋은 역할을 맡을 수 있었어. 생각해 보니끼 그에 대한 고마움도 표현 안 한 것 같아서 너무 미안하다. 바빴다는 변명이 있긴 한데, 이 건 너무 구차해서 그냥 안 할래. 미안해."

"흐으, 흐으……."

지영의 말에 예쁘게 미소 지어 보답하는 장수영. 지영이 왔다 고 고통이 싹 가셨을 리는 없었다. 하지만 그 고통을, 강지영이라는 존재가 잠시나마 이겨내게 해주고 있었다. 의사가 봤다면 이것도 기적의 한 종류다, 라고 하지 않을까?

지영은 손을 살짝 뻗어 장수영의 손을 잡았다.

이걸 대체 뭐라고 설명해야 할까?

차갑기도 하고, 따뜻하기도 하고, 서로 상반된 온도가 손을 통해 느껴졌다.

'이런 병도 있었나……?'

지영이 감정적이 되어 그렇게 느낀 게 아니라, 실제로 그랬다. 손을 반으로 나누면 한쪽은 뜨겁고, 한쪽은 차갑고. 아직 인류가 밝혀내지 못한 병도 있으니 그중 하나라 생각될 뿐이었다. 지영은 계속 말을 이어갔다.

뭔가 생각하고 하는 말은 아니었다.

이럴 때 그런 말은 하나도 도움이 안 되니까.

그냥 나오는 대로 필터를 걸치지 않고 그냥 그대로 입 밖으로 흘려보냈다.

"그 미안함을 이제야 갚네. 우리 같은 나이잖아. 장 감독님한테 들었는데 책 좋아한다며? 나도 책 좋아하는데. 혹시 내가 쓴 책 읽었어? 매화유정이라고. 로맨스 소설이야. 운 좋게 책으로도 나왔는데. 다음에 내가 그거 꼭 사인해서 가져다줄게. 응? 읽어봤다고?"

"흐으으……."

"어, 진짜?"

맙소사…….

끝말은 솔직히 그냥 던진 말이었다.

팬이니까 혹시 이미 읽지 않았을까? 란 생각에 그냥 던진 건데, 장수영은 고개를 진짜, 느리지만 분명하게 끄덕였다.

"와… 대박."

뒤에서 이런 소리가 들려서 저도 모르게 고개를 돌려보니 중환자실 의사들과 간호사들이 서 있는 게 보였다.

상관없었다.

지금 당장 중요한 건 자신의 본분을 이 신기한 광경에 잠시, 아주 잠시 망각하고 지켜보는 의사들과 간호사들이 아니라, 장수영이니까.

그런 마음에 다시 시선을 장수영에게 돌린 지영은 바로 말을 이었다.

"아깝다. 그러면 내가 해줄 수 있는 게 하나도 없잖아. 아, 맞다. 사인본은 없지? 어, 그것도 있어? 어떻게……? 아, 인터넷에서 구했구나?"

"흐으으……"

장수영은 이번에도 고개를 끄덕였다. 지영이 예전에 은정 백화점에서 사인회를 딱 한 번 열었을 때, 그때 매화유정 책을 가져와서 사인해 달라고 했던 팬도 많았었다. 장수영은 그중 하나를 운 좋게, 아니면 어렵게 구한 것 같았다.

대화는 이런 식으로 계속 진행됐다.

면회 시간?

의사들은 생에 마지막, 자신이 가장 좋아했던 연예인을 만난 장수영을 온전히 존중해 줬다. 그래서 혹시 모르니 지영의 바로 뒤에 간호사 두 명과 의사 한 명이 대기하고 있었다. 그들에겐 어떤 직감이 있었을 것이다.

그리고 지영도 그 직감을 이미 느꼈다.

빌어먹을.

빌어먹을.

빌어먹을.

예상치 못한 이런 상황은 지영을 너무 감정적으로 만들었다. 임은이의 서랍이 마구 들썩였다. 지영은 그런 임은이를 달랠 생각조차 못했다. 지금 당장은 눈앞에 있는 장수영에게 집중해야 했기 때문이다.

뒤에 있던 의사가 보호자들을 부르라고 간호사에게 부탁하는 말이 들렸다. 그 말에 지영의 눈매가 꿈틀거렸지만 입가에 지은 미소를 잃지는 않았다.

온다.

다가온다.

끝은 찾아오게 마련이다.

이런 건 지영도 너무나 잘 아는데······.

"후, 그게 시발, 지금일 필요는··· 아, 미안. 미안, 수영아. 내가 왜 그랬지? 하하, 미안. 나 원래 욕 하고 그런 사람 아니야. 응? 안 믿는다고? 아니야! 진짜, 아! 진짜라니까?"

"흐으······."

장수영은 또 고개를 끄덕였다.

예쁘게 미소 짓는 건 힘든지, 이제는 일그러진 미소로 악착같이 생명을 붙잡아 늘어지고 있었다. 빌어먹게도 지영은 그런 전부가 보였다. 그 순간 장수영의 예쁜 미소가 일그러지는 게 보였다. 그걸 본 지영은 급히 말을 이으려 했다.

"수영아, 얼른 일어나. 얼른 일어나서 나랑 책도 보……."

삑, 삐삐, 삐삐삐!

삐이이이……!

"비키세요!"

대기 중이던 의사와 간호사가 지영을 거의 끌어내다시피 하곤 장수영에게 달라붙었다. 바닥에 엉덩방아를 찧은 지영이지만 전혀 기분 나쁘지 않았다.

"수영아……!"

언질을 받고 들어온 장재원 감독이 딸을 부르는 소리가 들렸다. 그리고 조금 뒤에 송지원이 입술을 깨물고 버티고 있는 게 보였다. 지영은 자리에서 일어났다. 송지원을 지나쳐 밖으로 나가는 지영.

다급한 소리들을 뒤로했다.

장수영에게 미안한 말이지만 더 이상 지켜봤다간 감정이 한계까지 부풀어 오른 풍선처럼 터져 나갈 것 같았다.

한쪽에 조성해 놓은 쉼터로 나가는 지영.

아직도 뜨거운 열기 섞인 바람이 지영을 덮쳤다.

"기분도 더러운데 바람까지 지랄이네, 썅……."

그래서 저절로 평소하지도 않던 욕이 흘러나왔다. 장수영을 만났다는 것 자체가 싫은 건 아니다. 그 자체가 지영의 심기를 건드린 게 절대로 아니라, 그냥 죽음이란 것 자체 때문에 지영의 평정이 무너진 것이다.

게다가 장수영은 정말 운명처럼 임은이의 역할을 임은이 그 자체였던 지영에게 안겨주었다.

운명을 이어준 사람.

그게 장수영이다.

그러니 소녀에게는 그저 감사함뿐이 없었다.

"후……."

감정이 정리가 되질 않았다.

지금까지 천 번의 환생. 여태껏 지영이 누렸던 삶 중 평온함이 가득한 삶이란 건 정말 손에 꼽을 정도로 적었다.

언제고 일이 터졌다.

그것도 전혀 예상치 못한 타이밍에.

마치 천벌처럼 훅! 들어온다.

그 천벌은 육체적이든, 정신적이든 반드시 지영에게 타격을 쳤다.

'지금처럼 말이지…….'

이정숙 때도 그랬지만 지영은 정말 신이 있다면 당장 그 개자식을 죽이는 여정에 오를 것이다.

저벅저벅.

"자."

"고마워요."

털썩. 지영에게 차가운 물을 건넨 송지원이 지영의 옆에 앉았다. 그녀는 이후 하아, 짧게 한숨을 내쉬곤 입을 열었다.

"괜찮아?"

"아니요. 아, 이번엔 진짜 힘드네요."

"그런 것치곤 잘 대처하던데? 잘 아는 사이… 는 아니라고 그랬지."

"네, 오늘 처음 봤어요."

"흐음……."

오늘 처음 본 것치곤, 지영의 모습은 매우 감정적이었다. 중간
에 그 모습을 지켜봤던 송지원이라 아주 확실하게 느낄 수 있었
다. 평소의 지영답지 않게 주절주절 많은 얘기를 꺼냈다. 촬영
얘기, 책 얘기, 학교 얘기, 배우 얘기, 송지원 자신의 얘기도 있었
다.

그녀가 아는 한 지영은 절대로 그런 성격이 아니었다.

솔직히 어떨 땐 바늘로 찔러도 피 한 방울 나올 것 같지 않은
냉혈한의 모습을 보일 때도 있었다. 그런 때가 리틀 사이코패스
때의 지영, 폭군 이건일 때의 지영, 그리고 이정숙을 제압할 때
의 지영이 딱 그랬다.

하지만 송지원은 더 이상 묻지 않았다.

그녀가 아는 지영은 이런 종류의 질문에는 일절 대답하지 않
으니까.

보호자를 자처하는 송지원이 지금 할 수 있는 일은 대화밖에
없었다. 응어리진 감정은 가만 놔둬야 풀릴 때도 있지만 대화를
통해 풀어질 때도 있기 때문이다.

"임은이 역할을 저 아이가 준 거지?"

"네, 제 팬이라서 제가 해줬으면 한다고 했다고 들었어요."

"그리고 넌 그 역을 보자마자 꼭 하고 싶었고, 햐, 진짜 영화처
럼 너한테 갔구나."

"저도 그렇게 생각해요. 후, 그래서 그런가? 마지막에 힘들어

하는 모습을 더는 못 보겠더라고요."

"지영아."

"네."

"가서 보고와. 마지막 인사는 해줘야지."

"……."

그래, 그게 맞다.

자신이 생각지 못했던 부분을 일깨워 주는 송지원 덕분에 지영은 정신을 빠르게 가다듬었다.

'이렇게 수영이를 보내면 어쩌면 평생 후회로 남겠지.'

지영은 자리에서 일어나 물을 벌컥벌컥 마셨다. 그리고 쓰레기통에 휙 던져 넣고는 송지원에게 시선을 돌려 물었다.

"누나는요?"

"나는 외부자니까, 여기서 기다릴게."

"네."

지영은 대답을 끝으로 쉼터를 벗어나 중환자실로 빠르게 달렸다. 위이이잉. 문이 열리는데, 무슨 몇 분씩 걸리는 것 같았다. 안으로 들어가자 후, 의사들도 포기했는지 고개를 젓고 있는 모습이 보였다.

지영이 봐왔던 대로, 예상했던 대로 흘러가고 있었다. 장재원은 그냥 장수영의 침대에 붙어 꺼이꺼이 오열하고만 있었다.

"시발……."

삐이이이이……

그 오열을 뚫고 들려오는 저 소리가 그렇게 아프게 지영의 심장에 박혔다. 후우, 심호흡을 하고 침대로 가는 지영. 그 짧은 시간에 이미 수영이에게 붙어 있던 기계들은 저 빌어먹을 소리를 내게 하는 것 빼고, 다 떼놓은 상태였다.

"……."

창백하지만 수영이는 입가에 미소를 그리고 있었다.

피식.

그래서 지영도 홀가분하게 웃었다.

그 미소가 마치 고마웠어, 이렇게 전하고 있는 것 같았기 때문이다.

이미 충분히 인사가 된 것 같아 다시 신형을 돌리려다가, 송지원의 말이 떠올라 장수영의 손을 잡고 마지막 인사를 건넸다.

"수영아, 고생했어. 이제 편히 쉬어."

그렇게 인사를 남긴 지영은 미련 없이 몸을 돌렸다.

장수영의 빈소는 몇 시간 지난 뒤 중원병원 장례식장에 차려졌다. 서소정에게 그 소식을 들었을 때 지영은 집이었다. 지영은 갈까 말까 하다가, 움직이지 않았다. 일단 아직도 머릿속이 정리가 되지 않은 상태였다.

장수영의 죽음.

태어나 딱 한 번 본, 그것도 죽음 직전에 만난 소녀의 죽음이다.

사실 이게 지영에게 감정적으로 큰 영향을 끼칠 일은 아니었다. 그러나 임은이의 기억 서랍이 움직이니 상황이 확 달라졌다. 지영은 임은이로 살 때, 정은정의 죽음을 보진 못했다. 서로 다른 공간에서 고문을 당했고, 생을 마감했기 때문이었다. 그러나

이번에는 이러한 상황들이 맞물리면서 마치 정은정의 죽음을 본 것 같은 느낌을 받아야 했다. 게다가 머리를 싹 민 상태여서 얘기할 땐 몰랐는데, 지금 생각해 보니 장수영은 정은정과 상당히 닮은 외모였다.

긴 생머리를 가지런히 늘어뜨렸다면?

'은정이랑 닮긴 닮았어……'

환생?

서로 다른 부분이 확실히 있었으니 그건 아니었다.

일단 쌍꺼풀.

장수영은 쌍꺼풀이 없었다. 하지만 정은정은 쌍꺼풀이 엄청 짙었다. 창백한 피부색에 짙은 쌍꺼풀이 그녀를 더욱 병약한 이미지를 가지게 만들었다. 그리고 콧대도 다르고, 입술도 달랐다.

전체적인 이미지와 분위기를 포함해 많이 닮았을 뿐이지, 같은 사람은 아니었다.

매순의 경우처럼 완벽하게 같은 얼굴과 조건으로 태어나는 사람도 있는 걸 보면 장수영과 정은정이 같은 존재라고 말할 수는 없었다.

"후우……."

침대에 누워 있던 지영의 입에서 기어코 한숨이 흘러나왔다. 장수영 때문에 흔들리던 감정은 이제 충분히 다잡았다. 들쑥날쑥 요동치던 분노 같은 것도 이제는 잠잠해졌다. 임은이의 서랍 또한 마찬가지였다. 쥐 죽은 듯이, 아니면 기력이 소진된 것처럼 조용했다. 그럼에도 지영은 잠이 오질 않았다.

'어쩔 수 없지.'

다른 서랍을 열어 강제로 감정을 가라 앉히려고 하는 찰나, 지잉, 지잉, 지잉. 매너 모드로 돌려놓은 폰이 책상에서 울기 시작했다. 이 시간에 누구지? 궁금증이 생긴 지영은 침대에서 일어나 책상으로 갔다.

서소정이었다.

특별한 일이 없으면 이 시간에 연락은 웬만해선 자제하는 서소정이다. 그런 사실을 아는 지영은 바로 전화를 받았다.

"네, 누나."

─늦은 시간에 미안해. 근데 지금 알려줘야 할 게 있어서.

"괜찮아요. 누나가 이 시간에 연락한 이유가 있겠죠. 뭔데요?"

─내가 길게 얘기하는 것보다 지영이가 확인하는 게 빠를 것 같아. 지금 피시 쓸 수 있어?

"네, 방이에요."

─그럼 검색 포탈 들어가서 장 감독님 이름 쳐봐.

"잠깐만요."

지영은 서소정이 시키는 대로 PC를 부팅시키고, 바로 인터넷에 들어가 장재원 감독의 이름이 쳤다.

주르르륵!

유명한 감독답게 수십 개의 기사가 떠올랐다. 그런데 가장 첫줄에 있는 기사의 제목이 참 가관이었다.

"이런 쌍……."

저도 모르게 지영이 욕을 흘릴 정도로 자극적인 제목이었고, 그 제목 내용은… 이랬다.

〈친일파 후손 장재원 감독 딸 사망〉

친일파 후손? 그래, 여기까지는 이해한다. 실제로 장재원은 장무언이라는, 일제강점기 시절 서대문형무소 교도관의 후손이었으니까. 그가 쓴 일기를 통해 임은이의 존재가 남았고, 정은정을 고문한 끝에 임은이와 정은정, 그리고 유관순이 함께한 순간들이, 그 시절의 추억이 일기장에 담겨 있었으니까.

그러니 엄밀히 말하면 친일파의 후손은 맞다.

그러나 여기까지였으면 지영이 욕을 할 일도 없었을 것이다.

지영은 첫 번째 기사를 눌러 내용을 확인하진 않았다. 대신 천천히 밑으로 내려 다른 기사들도 확인했다. 확인하면서 지영은 피식, 피식 웃음을 흘렸다. 아주 그냥… 제대로 미친 제목들이 엄청 많았다.

"천벌? 죽어 마땅하다?"

―지영아, 지영아?

"하늘이 친일의 후손을 처벌하다? 아하하, 하하하하."

―지영아, 내 말 듣고 있어?

"하하하!"

지영은 오랜만에 아주 통쾌하게 웃었다. 폰 건너편에서 서소정이 다급하게 불렀지만 그 소리들은 단 하나도 지영의 뇌리로 전달되지 못했다. 지영은 입가에 비릿한 미소를 건 채, 계속해서 기사들을 확인하고 있었다. 개중에는 분명 제대로 된 기사가 있었다. 네티즌들 또한 비슷했다.

친일파.

이 단어는 여론을 한군데로 뭉치게 만드는 마법이 담고 있었다. 그리고 그렇게 모인 여론은 굉장히 공격적인 반응을 항상 보인다. 그럴 수밖에. 말이 친일파지, 매국노라 해도 과언이 아니니까.

그리고 지영도 싫어했다.

근본적인 거부감.

하지만 그래도 지영은 사리분별은 할 줄 알았다.

'왜? 장 감독님은 분명 수입 대부분을 위안부 문제뿐만이 아니라 그 당시 피해를 입은 사람들에게 썼는데?'

장재원 감독은 정말 그렇게 살아왔다. 그가 입봉하고 지금까지 찍은 작품은 총 일곱 편이다. 그중 흥행하지 못한 작품은 하나도 없었다. 손익분기점은 전부 넘겼고, 장재원 감독에게도 많은 돈이 돌아갔다. 그리고 그렇게 들어온 돈은 전부 재단을 통해 기부했다. 가장 많이 기부된 곳이 위안부 할머니들이었고.

'그런데도 이렇게 나오나?'

지영은 이게 진심으로 궁금했다.

선대가 지은 죄는 후대로 대물림되는가? 이건 개인의 기준에 따를 것이라 지영은 생각했다. 솔직히 지영도 이 문제에 대해서는 완전히 자유롭지 않았으니까.

'하지만 아무리 그래도… 이건 아니지!'

사자(死者)를 욕보이는 건 도가 지나친 거였다. 장수영… 정은정이 생각나던 아이. 오늘 지영의 가슴을 뒤흔들어 놓은 아이. 자신과 같은 나이지만 단명의 명을 받았고, 기어이 이겨내지 못하고 오늘 눈을 감은 아이.

티 없이 맑은 눈빛이었고.

병마와 끝까지 싸운 용감함에.

팬이었음에도 생의 끝까지 예의를 지켰었던.

그런 아이.

장재원 감독이 이번에 준비한 영화 제목처럼 채 피우지 못한 꽃이 된 장수영. 그런 장수영을 수많은 기자들이 모욕하고 있었다.

덜컥! 덜컥덜컥!

임은이의 서랍이 격렬하게 뛰었다.

장수영을 만났을 때도 이 정돈 아니었는데, 지금은 아예 발광하는 것처럼 뛰고 있었다. 분노, 지영은 이러한 감정을 완벽하게 느꼈다. 그리고 그런 임은이의 감정은 지영의 현재 감정과 정확히 일치했다.

그러니 이제 가만히 있을 수가 없게 됐다.

"누나."

—으응, 응?

"집으로 와주세요. 수영이 장례식장에 가야겠어요."

—······.

서소정은 잠시 침묵했다가, '알았어, 지금 출발할게' 하고는 전화를 끊었다. 부르르. 모니터를 부수고 싶은 충동이 일었다. 기사를 계속 보고 있다가는 도저히 감당이 안 될 흥분 상태까지 갈 것 같아 인터넷을 꺼버렸다.

"후우······."

일단 심호흡 후, 지영은 왜 이런 일이 일어났는지에 대해 생각해 봤다. 아무리 이 나라 기자들이 가십거리, 그리고 자극적인 기사를 쓴다고 해도 이건 고인에 대한 예의가 아니었다. 아까 말했던 것처럼 장수영은 결국 꽃이 되지 못했다. 꽃송이까지는 되었지만 결국 만개하지 못하고 시들었다.

원인을 알지 못하는 희귀병.

장수영을 죽음으로 인도한 원인이다. 장재원에게 듣기로 장수영은 매일 아팠다고 했다. 발병은 일곱 살 때였고, 지금까지 고통에 몸부림쳤다고 들었다. 유일한 처방은 향정신성 진통제. 마약 성분까지 든 진통제로 지금까지 겨우겨우 버텨왔었다. 그 끝이 오늘이었다.

그런 소녀를, 도대체 왜 당신들이 무슨 권리가 있다고 모욕하는가.

알고는 있었다. 장재원 감독이 예전부터 친일파의 후손이라는 이유로 욕을 많이 먹었다는 사실을. 그래서 그는 여태 찍은 영화 대부분이 그러한 문제들을 심도 있게 다뤘고, 그걸로 많은 공감을 샀고, 그렇게 얻은 수입을 특정 사회에 다시 환원했지만 그에게 붙은 친일의 딱지는 떨어지지 않았다.

피식.

'따지면 나도 마찬가지.'

지영도 트라우마처럼 지금도 근본적인 거부감을 일으킨다. 자신의 이중적인 마음을 지영은 정확히 인지하고 있었다. 하지만 직접 그 당시를 겪은 지영도 겨우 이 정도다. 그때와 지금은 다르고, 장재원 또한 과거가 아닌 현 시대를 사는 사람이다. 교도관 장무언이 아닌, 영화감독 장재원이란 소리다.

핏줄은 같으나, 분명히 다른 사람인데도 여전히… 적대적이다.

왜?

어째서?

이런 의문이 드는 건 아주 당연한 수순이었다. 지영은 일단 옷을 입었다. 서소정이 이번에 옮긴 오피스텔은 이 근방이었다. 지금부터 20분이면 집 앞에 도착하고도 남았다. 옷을 입은 지영은 침대에 앉아 심호흡을 하고, 패드로 천천히 다시 검색해 봤다.

지금까지 올라온 기사의 수는 대략 40여 개.

그중 악의적인 기사는 약 15개 정도.

그래도 연예계에 있는 지영이라 인터넷 신문사들의 인지도 정도는 충분히 파악하고 있었다. 지금은 늦은 시간이라 이 정도고 내일이면 더욱 많이 올라올 것이다. 그래도 일단 15개의 악의적인 기사를 쏟아낸 회사들의 인지도를 상중하로 나눠보는 지영.

'상 둘, 중 여덟, 하 일곱.'

처음 시작은 상급 두 회사들이었다. 그리고 그 기사를 복사, 붙여넣기 수준으로 하급 회사들이 제목만 바꿔 썼다. 중급 회사들은 내용에 살을 넣었다. 그렇게 생산, 파생된 기사들에 달려 있는 댓글들을 보면 그래도 정도를 지키는 댓글들이 더 많았다. 하지만 당연히 악의적인 댓글들도 있었다.

비율로 따지면 약 7 대 3, 혹은 8 대 2 정도였다.

지영은 댓글이 많이 달린 기사들을 전부 읽었다.

'아주 소설을 쓰는구나.'

기자란 직업에 종사하고 있는 이들이 소설가의 재능이 남다른지 지영은 익히 알고 있었지만 이게 이정숙 사건 이후 오랜만에 자신의 심기를 건드리는 내용으로 나오니, 기분이 아주 더러웠다.

하지만 당장 손쓸 수는 없었다.

일단은 장재원 감독과 상의도 해야 하고, 그보다 중요한 건 장수영이 가는 길을 꽃길로 바꿔주어야 했다. 가능하면 평화적으로 말이다. 분노는 분노지만 다툼 없이 상황을 해결만 된다면 지영으로도 나쁜 게 아니었다.

'걱정 마.'

오늘 처음 본 장수영에게 보낸 한마디였다.

지잉.

서소정이 앞에 도착했다는 메시지를 보냈다.

지영은 거실로 나갔다.

마침 지연이를 재우고 나온 강상만과 임미정이 거실에 있었고, 지영은 조용히 상황을 설명했다. 간략하고, 빠르게. 강상만은 지영에게 잠시 기다리라고 한 뒤에 옷을 입고 나왔다. 늦은 시간이니 같이 가겠다고 한 것이다.

처음엔 거절했지만 결국엔 동의했다.

자식이 나쁜 일을 하러가는 것도 아니고, 병마와 싸우다 간 소녀가 욕먹지 않게 해주고 싶어 나가는 길이니, 조금이나마 힘을 더해주고 싶다는 말이 가슴에 와닿았기 때문이었다.

그렇게 나와서 서소정이 운전하는 차를 타고 출발했다.

"회사는요?"

"일단 대기 중이야. 당장 네가 어떻게 움직일지 모르니까."

보라매에서 지영은 참으로 특별한 위치에 있었다. 다른 탑급 배우들보다 훨씬 더 케어의 강도가 셌다. 물론 좋은 쪽으로였다. 예전에 이정숙 사건 때도 그렇지만 수틀리면 그 자리서 대형 사고를 터뜨리는 지영이다. 그렇다고 내치자니 지영이 가진 인지도와 연기력, 앞으로 지영과 함께했을 때의 메리트가 너무나 컸다. 그래서 지영에 관한 일은 가히 송지원과 비슷하게 대처했다.

장재원 감독의 딸이 병원에서 눈을 감았다는 소식을 송지원에게 전해 들었을 때, 보라매는 이미 준비에 들어갔다.

이들도 전문가다 보니 어쩌면 이런 일이 벌어질지도 모른다는 것을 대충은 예상했고, 하필이면 그 예상은 빗나가지 않았다.

빗나갔으면 좋았을 텐데 말이다.

"가능하면 좋게 끝내고 싶어요. 누나가 봤을 때 어떻게 하는 게 좋을까요?"

"보라매에서 나서면 좋긴 좋지. 당장 큰 불씨로 번진 것도 아니니까 정정 기사들을 내게 만들거나 기사를 아예 내리게 하는 방법도 좋고. 그런데……."

힐끔, 서소정이 백미러로 뒤에 조용히 앉아 있던 강상만을 바라봤다. 지영도 지영이지만 강상만이 움직인다는 것 자체가 상당히 의미가 있었다. 강상만은 직위가 높아졌다. 서울지검 부장검사에서 대검 차장검사로.

대검차장 검사의 움직임은 정치적인 기사로 나올 수도 있었다. 서소정의 눈빛에는 혹시 또 상황이 이상하게 흘러가는 건 아닐까 하는 걱정이 담겨 있었고, 그건 강상만이 곧바로 눈치챘다.

"걱정 마십시오. 아들 보호자로 가는 것뿐입니다."

"아, 아닙니다! 아하하."

강상만의 말에 서소정이 얼른 고개를 저으며 대답하곤, 핸들을 꼭 쥐고 앞만 봤다. 서소정도 굵직한 사람들과 제법 만났지만 대한민국 검사들의 정점에 있는 강상만은 매우 부담스러운 사람이었다.

흔히 말하는 아우라가 아예 달랐기 때문이었다.

병원에 도착한 지영은 강상만과 바로 장재원의 장례식장으로 들어갔다. 지영은 오늘 모자도 쓰고 있지 않았다. 엘리베이터를 타고 지하로 내려가자, 입구에 서 있던 사람들이 저도 모르게 고개를 돌려 둘을 봤다. 그들은 전부 손이나 목에 카메라를 달고 있었다. 딱 봐도 기자였다. 그 기자들은 지영과 강상만을 보곤, '어? 어어?' 하는 표정이 됐다가 곧바로 카메라를 들이밀고는 사진을 찍어댔다.

강상만은 오면서 이미 기사를 봤고, 지영이 여기에 왜 왔는지도 파악한 것 같았다. 그래서 기자들을 보는 눈이 결코 곱지 않았다. 하긴, 한 많은 소녀의 죽음마저 모독하는 이들이 여기 어딘가에 분명히 있을 거라 생각하면 눈빛이 고운 게 오히려 이상한 일이었다. 잠시 기다리던 강상만이 지영의 손을 잡으며 움직였다.

"지나가겠습니다. 지영아, 가자."

"네."

"저, 저기! 강상만 검사님 아니십니까?"

"지영 군! 여긴 무슨 일로 오셨습니까?"

두 사람이 움직이자 곧바로 우르르, 겁도 없이 강상만의 앞길을 막았다. 앞길이 막히자 강상만은 눈을 가늘게 뜨고는 앞길을 막은 기자들을 노려봤다. 흠칫! 그 눈빛에 몸을 떠는 기자들의 모습이 너무나 잘 보였고, 피식! 지영은 그냥 웃고 말았다.

"고인의 가는 길을 배웅하러 왔습니다. 비켜주십시오."

강상만의 묵직한 말에 기자들이 우물쭈물하면서도 다들 길을 비켰다. 미치지 않고서야, 강상만의 저 말을 듣고 나서도 앞길을 막고 있을 수는 없었을 것이다. 정말 홍해가 갈라지듯 길이 열리자 강상만은 지영의 손을 놓고 걸었다. 지영도 애가 아니고, 이 자리에 한 명의 배우로서 찾은 길이다. 그런데 손을 잡고 걸어봐야 좋은 이미지로 남진 않을 것이고, 그걸 알아 바로 손을 놓은 강상만이다.

많은 감독들이 보였다.

배우들도 많이 보였다.

장재원 감독의 인맥이었다.

지영이 등장하자 갑자기 쉿, 침묵이 돌았다. 전혀 예상치 못한 인물의 등장이기 때문이었다. 입구로 들어가니 환히 웃고 있는 장수영의 영정 사진이 지영을 반겼다.

들커덕! 덜컥!

임은이의 서랍이 다시금 요동쳤다.

이번에는 아까보다도 훨씬 격렬했다.

애달픈 마음이 지영의 가슴을 단숨에 적셔 버릴 정도로 그 움직임은 격렬했다. 이러니 다짐을 안 할 수가 있나.

'수영아. 내가 꼭, 꼭 편히 쉬게 해줄게.'

내가 가는 길에 너를 욕하는 예의 없는 자들은 전부 치워줄게.

안 그러면 임은이의 기억이 도저히 용서할 것 같지 않았다. 그리고 지영 본인도.

또르르.

지영의 눈에서 임은이의 눈물이 흘러내렸다.

"강상만입니다."

"장재원입니다……."

조의를 한 뒤에 먼저 강상만이 인사를 하자, 장재원 감독이 생기라고는 눈곱만큼도 없는 표정과 목소리로 답했다. 딸을 잃은 사람의 얼굴에 생기가 돌면 그게 더 이상한 일이니 지금 장재원의 모습은 지극히 정상이었다.

강상만과 장재원 사이에 짧은 대화가 오가고, 장재원의 시선이 지영을 향했다. 지영은 그저 고개를 끄덕이는 걸로 인사를 대신하고 밖으로 나갔다. 첫날인데도 장재원 감독과 친분이 있는 모든 관계자들이 모였는지 수십 개에 달하는 테이블의 자리가 전부 차 있었다. 그래도 여기 온 목적이 있으니 지금 당장 나갈 수는 없었다. 자리를 찾느라 두리번거리는데 저 멀리서 누가 손을 들어 지영을 불렀다.

"어이, 강배우."

큰 목소리는 아니었다.

시선을 따라가 보니 오랜만에 보는 김윤식이 손을 들고 있었다. 지영이 가깝게 가니 두셋씩 앉았던 김윤식 일행이 얼른 자리를 비워줬다. 두 사람이 자리에 앉고 다시 가볍게 인사를 했다.

김윤식과 함께 온 네 명은 전부 배우였는데, 지영도 익히 얼굴을 알고 있는 배우들이었다. 다만 오늘 처음 보는지라 가벼운 통성명을 빼놓을 수는 없었다.

"오랜만이네?"

"네, 선배님. 죄송합니다. 제가 연락드렸어야 했는데."

"허헛, 연락은 무슨. 무소식이 희소식이지. 그리고 네 소식이야 인터넷만 봐도 차고 넘치는데 뭘. 그런데 여긴 어쩐 일이냐? 장 감독은 어떻게 알고?"

"음······."

지영은 말을 할까 말까 하다가 뒤늦게 따라 들어와 앉은 서소정을 힐끔 봤다. 서소정이 이미 말이 끝났다는 듯이 고개를 끄덕였다. 이미 보라매는 기사를 막기 위해 지영이 장재원 감독의 신작에 합류할 거라는 정보를 풀기로 결정한 모양이었다.

안 좋은 기사를 지영의 이름으로 덮어버린다.

지영이 생각한 방법이었다.

장수영이나 장재원 감독에겐 미안하지만 이게 가장 빠른 방법이었다. 나중에 다른 말들이 나오겠지만 지금 당장은 지영의 이름값에 잠시 묻힐 게 분명했기 때문이다.

"장 감독님 작품을 같이하기로 했어요."

"어, 진짜? 그거··· 아, 장 감독이 작품 하나 들어간다고 했는데 그··· 아, 왜 기억이 안 나냐!"

지영의 말에 이미 얼큰하게 술이 들어간 김윤식이 자기 머리를 쿵쿵 치며 답답해했다. 언제나 무게감 있는 모습을 보여주던 김윤식의 이런 모습은 처음인지라 제법 신선했다. 그가 계속 제목을 못 떠올리자 지영은 슬쩍 혼잣말처럼 중얼거렸다.

"피지 못한 꽃송이여."

지영이 제목을 말해주자 김윤식이 손뼉을 짝 치며 '어, 그래 그거!' 하고 유레카를 외쳤다. 그런데 다시 갸웃거리는 표정이 됐다. 술을 마시니 표정이 굉장히 풍부해졌다.

"근데 나도 한번 훑어는 봤거든? 거기 네가 맡을 역할이 있나?"

"임은이 역 하기로 했어요."

"음… 임은이? 그거 여자 배역 아니냐?"

"맞아요."

"어… 허허, 허허헛!"

김윤식이 상집이라 작게 웃음을 터뜨리는 순간, 강상만도 아는 지인이 있었는지 자리를 옮겨갔다. 다행히 좀 더 편하게 대화하는 자리가 됐다. 꼴꼴꼴, 김윤식이 자신의 잔에 소주를 채우곤 지영에게 내밀다가 멈칫했다가, 다시 내려놓으면서 물었다.

"어쩌다 그게 너한테 갔냐?"

"수영이 통해서 왔어요. 수영이가 이 역을 꼭 제가 했으면 했나 봐요. 그래서 장 감독님이 보낸 걸 다행히 제가 본거죠."

"허어……. 이거야 원, 수영이가 네 팬인 건 나도 알고 있었는데 설마 그 역을 너한테 던져준 줄은 몰랐다, 허허."

"친하셨어요?"

"그럼, 나랑 장 감독이랑 대학 동기야."

"아……."

이건 또 처음 듣는 소리였다.

가만히 보니 김윤식은 장수영의 죽음이 제법 힘들었는지 눈자위가 빨갛게 충혈되어 있었다. 그리고 지영은 장재원 감독이 진짜 입이 무거운 사람이란 걸 알 수 있었다. 두 사람은 동기고, 장수영은 김윤식과 친했다고 했다. 그런데 김윤식은 '피지 못한 꽃송이여'란 작품을 준비하는 걸 알고 있으면서도 지영이 출연하는 건 모르고 있었다.

"고맙다, 수영이 소원 들어줘서."

"아니에요. 해야 할… 일이었거든요."

"기사는 봤고?"

"네, 확인했어요. 그래서 바로 왔고요."

"너는 참… 생각이 깊구나. 허헛."

"이것도 해야 할 일이었어요."

다른 사람들도 둘의 대화를 따라오는지, 지영을 대견하게 봤다. 부담스러운 시선이라 지영은 고개를 한 번 숙이곤 작게 웃었다. 만약 이렇게 하지 않았으면 현생의 강지영은 몰라도 전생의 임은이는 어쩌면 미쳐 날뛰었을지도 몰랐다.

솔직히 지금 이러고 있는 와중에도 임은이의 기억 서랍은 계속해서 들썩이고 있었다. 흘러나오는 감정은 한없이 깊은 슬픔. 물론 이는 장수영의 죽음에 반응하는 게 아닌, 장수영을 통해 정은정의 모습을 투영시키고 있었기 때문이었다.

그래서 지금 지영의 상태는 썩 좋은 상황은 아니었다.

뭐 하나가 터지면 또다시 분노조절장애에 걸린 사람처럼 퍽! 하고 후려치고도 남을 폭력성이 눈을 뜨고 있었으니까.

"니 온 거 봤을 테니 이제 재원이 기사는 네 이름으로 도배가 되겠지. 근데 아마 이 쌍놈의 기자 새끼들은 또 좋게는 안 끝낼 거다. 이놈들은 씨를 아주 잘 뿌리거든."

"각오하고 왔어요. 그리고 이번엔… 저희 회사에서도 이미 준비하고 있고요. 도를 넘어선다면 전면전도 생각하고 있어요."

"……."

지영의 공격적인 말에 김윤식의 눈빛이 깊게 가라앉았다. 그는 세월을 통해 얻은 연륜과 수없이 많은 배역을 위해 머리를 싸매고 한 공부, 연극을 위해 읽은 철학, 인문학 등 많은 지식을 쌓은 사람이었다.

그러니 지금 지영이 어떤 상태인지, 어떤 마음인지 바로 알아차릴 수 있었나 보다. 힐끔, 강상만이 지영을 잠시 돌아보는 게 느껴졌지만 지영은 고개를 돌리지 않았다.

"니가 이런 면도 있었구나."

"화나면… 저도 제법 무서워요, 하하."

"야, 이제 육 학년짜리가 무서워봤자 얼마나 무섭겠냐. 하하하!"

김윤식은 오히려 지영을 배려해 줬다. 지영의 감정을 풀어주려 한 지금 농담만 봐도 알 수 있었다.

"아! 이러시면 안 됩니다!"

밖에서 관계자가 은근슬쩍 들어오려는 기자들을 막고 있었다. 아마 지영의 등장은 저쪽 업계에 실시간으로 중계처럼 퍼져 나갔을 것이다.

'역겨워…….'

그리고 이 자리에 이렇게 기자가 많은 이유도 장재원 감독의 인맥으로 오늘 찾아온 연예인들을 찍기 위함일 것이다. 즉, 장수영의 죽음보다 장재원의 인맥에 더 관심이 있다는 뜻이다.

물론 전체를 싸잡아 그렇게 얘기할 순 없겠지만 못해도 반은 그런 이유로 모인 사람이 아마 분명할 거라 생각됐다.

"지영아."

"……."

서소정이 슬쩍 폰을 내밀어 보여줬다. 검색 포탈에 '장재원'이라고 쳐놓았는데 벌써 지영의 기사가 올라오고 있었다. 도착한 지 이제 15분? 20분 정도 됐나? 하여간 이런 건 정말 빠른 인간들이었다.

그래서 입술을 살짝 깨무는 지영.

그런 지영의 모습을 본 김윤식이 짧게 한마디 했다.

"눈빛 풀어라. 너 지금 눈에 독기가 장난 아니다."

"……."

"그때 그 뭐야, 너 테러하는 여자 때렸을 때랑 똑같어."

"후……."

그러고도 남을 것 같았다. 지금 지영은 이번 생에 처음으로 정말 순수하게 분노하고 있으니까. 지영은 바로 서랍을 하나 열었다. 구도자의 삶을 살았었던 때였다. 세상의 진리를 찾아 헤맸고, 결국에는 찾지 못했지만 그때의 기억은 지영이 심신을 안정시킬 때 아주 큰 도움이 됐다.

지영의 눈빛이 정상으로 돌아오는 걸 본 김윤식은 헛웃음을 터뜨렸다. 이렇게 빠르게 감정 조절하는 건 솔직히 아무나 못하는 건데, 그걸 고작 인생 13년 산 지영이 너무 쉽게 해내는 모습이 기가 막혔을 거다. 하지만 김윤식도 바로 그런 감정들을 털어내고, 꼴꼴꼴 잔에 따라놓았던 소주를 입안에 털고는 말했다.

"수영이랑은 친했나?"

"오늘, 아니, 어제 처음 봤어요."

"어제?"

"네. 장 감독님이 저녁때쯤 전화를 주셨어요. 저를 한 번은 보고 싶다고. 잠깐 깨어났을 때 유언처럼 한 말인가 봐요."

"……"

김윤식은 고개를 끄덕였다.

그야 장수영이 얼마나 지영의 팬인지 아마 잘 알았을 거다. 사실 남자에게 여자 역을 해달라는 무리한 말까지 했던 것만 봐도 딱 알 수 있었다. 장수영은 아마 알지 않았을까? 자신의 삶이 얼마 남지 않았음을. 그래서 아버지인 장 감독의 작품에 지영이 꼭 출연해 주기를. 처음으로 그런 고집을 부렸던 게 아닐까?

이런 팬 심에서 나온 우연이지만 지영에게는 그게 운명이 되었다.

발단은 우연이나 결과적으로 운명을 가져다 준 장수영에게 지영은 한없이 깊은 고마움도 같이 느끼고 있었다. 그리고 그 고맙단 말도 아마 제대로 못 했고, 심지어 늦게 했다. 촬영이란 개인 사정이 있었지만 그게 면죄부는 아니었다.

그렇게 김윤식과 한 시간쯤 더 대화를 했을 때, 강상만이 자리에서 일어나 자리로 오는 게 보였고 지영은 그걸 보곤 자리에서 일어났다. 지금은 갈 시간이었다. 배우들에게 인사를 한 뒤 지영은 장례식장을 나왔다.

신발을 신다 말고 잠시 뒤를 돌아보는 지영.

영정 사진 속 장수영이 환하게 웃으며 잘 가라고 해주는 것 같았다.

'내일 한 번 더 올게.'

그렇게 인사를 하고 밖으로 나오니 다시 기자들이 다가오려다가, 강상만의 싸늘한 얼굴에 그대로 멈췄다. 언론의 힘이 아무리 대단하다고 해도, 대검찰청 차장검사의 다가오지 말란 눈빛을 무시하긴 힘들었다. 게다가 정치부나 사회부도 아니고, 남의 죽음을 헐뜯는 기사를 내는 기자들에게 강상만은 도저히 범접할 수 없는 사람이나 마찬가지였다.

물론 기사에는 또 현직 검사가 고압적인 눈빛으로 어쩌고저쩌고 하겠지만 그걸로 강상만에게 갈 타격은 하나도 없었다.

'오히려 벌집을 쑤시는 격이 되겠지.'

한번 제대로 털리고 싶으면 뭔 짓이든 못 할까? 피식 웃은 후 차에 타는 지영. 서소정은 새벽임에도 안전하게 운전했다. 그렇게 집에 도착해 침대에 누운 지영은 깊은 한숨을 내쉬었다.

'이걸로 일단은 괜찮을 거고.'

예상대로 된다면 장재원이나 장수영을 모욕하는 기사는 아마 지영의 기사에 깨끗이 묻힐 것이다. 그러나 그 빌어먹을 신께서는 이번 일이 지영의 예상처럼 흘러가게 두고 볼 생각이 없는 것 같았다.

* * *

"꺄하하하!"

사무실을 가득 채우는 송지원의 웃음소리. 그녀는 항상 앉던 소파에 앉아 배를 잡고 아예 박장대소하고 있었다.

"친일파! 친일파래! 푸흡! 푸하하하!"

"……."

피식, 피식.

근데 지영도 기사를 보면서 웃고 있었다. 지영이 새벽에 다녀온 뒤, 아침부터 보라매는 장재원 감독의 작품에 지영이 전격 합류했다는 기사를 싹 풀었다. 그것도 무려! 여성 역할에, 여장도 아니고 여자 배역을 맡았다는 기사는 아침 댓바람부터 완전 핫 뉴스였다. 모든 기사란을 도배했고, 당연히 순위도 싸그리 먹어버렸다.

예상했던 것처럼 장재원 감독에게 악의적이던 기사도 싹 묻어버렸다. 이틀이 더 지났고, 장수영의 가는 길에 지저분한 것들도 다 치웠다. 그렇게 잘 배웅했다. 그런데 문제는 다음 날이었다. 그날 기사 몇 개가 동시에 터졌는데, 그 기사 내용이 가관도 아니었다.

'미친 것도 아니고 진짜.'

장재원 감독의 선대가 친일파였다는 이유로 장재원 감독은 물론 지영까지 엮어 친일 프레임을 씌우는 기사였다. 처음에는 별 듣보잡 인터넷 신문사에서 나온 기사였는데, 이것도 진짜 골 때리는 게 포토샵으로 조작한 무슨 연판장 같은 걸로 지영의 선대, 그러니까 강상만의 할아버지를 엮었다.

지영은 이때 정말 어이가 없었다.

강상만은 물론 임미정도 처음에는 어이가 없어 피식 웃고 말았을 정도였다. 그런데 선수들이 있었는지 갑자기 각종 커뮤니티에서 불이 붙어버렸다. 특히 대형 커뮤니티에서 붙은 싸움은 단숨에 기사화됐다.

물론 기사화시킨 신문사는 최초 기사를 냈던 곳이었다. 보라매는 이런 일이 많으니 바로 대처에 들어갔다.

인터넷이 보급화되면서 정보 전달 속도는 무시무시하게 빨라졌지만 반대로 그걸 걸러내는 재주가 없는 사람들을 너무나 쉽게 선동할 수 있다는 단점을 낳았다.

지금이 딱 그랬다.

지영이 친일파의 후손인지는 중요하지 않았다.

그저 불을 붙였더니 이상하게도 잘 탔고, 그 불을 구경하는 사람들이 많아지니 여기저기서도 그 불을 옮겨다가 자신들의 게시판에 걸었다.

진짜 이게 이렇게 될 수 있나? 어이가 없는 상황이고, 송지원이 이렇게 웃는 이유도 진짜 너무 말도 안 되는 게 이슈가 됐기 때문이었다.

"아… 죽겠다. 미치겠네, 진짜. 큭큭! 진짜 수준들 하고는 큭큭!"

"재밌어요?"

"안 재밌어? 큭큭! 난 웃겨 죽겠는데… 크흡!"

정말 저러다가 허파가 터지는 건 아닐까 걱정이 될 정도로 송지원은 신나게 웃어댔다. 에휴. 지영은 이런 어처구니없는 상황이 터졌지만 별로 화나진 않았다. 애초에 목적했던 장수영은 잘 보냈기 때문이다.

목적은 달성.

그러니 화가 날 것도 없다.

다만 걱정이 되는 건 하나 있었다.

"대체 뭘 믿고 이러는 거지……?"

모를 리는 없을 거다.

강지영의 부모님이 검사에 변호사라는 사실을. 경찰서에서 사이좋게 미팅이라도 하고 싶은 게 아니라면 이건 진짜 미친 짓인데, 대체 뭔 깡다구로 이런 짓을 벌인 건지 참 의심스러웠다.

"이게 다 니가 너무 유명해서 그래. 딱 보니까 신문사의 발악 같은데. 너는 너무 유명한 만큼 한 번 불붙이면 진짜 잘 타잖아? 그래서 작정하고 물어 뜯어본 거지. 불붙어도 그만 안 붙어도 그만이란 생각으로."

"그러다 고소 먹으면요?"

"선처를 빌겠지. 그러면 네 이미지 때문에 처벌은 또 약할 수밖에 없잖아? 아니면 고소 취하할 수도 있고."

"어머나 아버지가 만약 안 봐주겠다고 하면요?"

"그걸 모른 거지."

"네? 아아……."

생각이 짧은 사람은 어디에나 있다.

한 수, 두 수만 내다보고 네 수, 다섯 수 이상을 못 본 사람들. 혹은 일단 지르고 보는 사람들. 그들은 법과 연예인의 이미지 때문에 강하게는 못 나올 거라고 예상한 것 같은데, 완전 잘못 짚었다.

송지원이 이제는 진정된 얼굴로 말을 이었다.

"어떤 놈들인지 몰라도, 저것들 이제 주옥된 거야."

하필이면 건드려도 대검차장 아들내미를 건드리다니. 아니, 이 건 아예 대검차장인 강상만을 같이 건드린 것이나 다름없었다.

지영은 그게 이상했다.

이건 진짜 미친 짓인데?

'아무리 대가리가 안 돌아가도 그렇지, 건드리면 누나 말처럼 좆 되는 걸 몰랐을 리가 없는데?'

의심이 들었다.

그래서 송지원의 말에 동의할 수가 없었다.

그리고 이번엔 지영의 생각처럼 송지원이 틀렸다.

chapter21
4개국 시사회

사건은 정말 어처구니없게 흘러갔다.

타깃이 지영인줄 알았는데, 지영이 아니었다. 타깃은 지영의 아버지, 강상만이었다. 차기 검찰총수로 가장 유력한 그를 겨눈, 굉장히 교묘하게 짜인 정치 공작이었다. 삼류도 안 되던 인터넷 신문사는 금방 꼬리를 말 것이라 예상했지만 이런 세인들의 예상은 완벽하게 틀렸다. 오히려 끝까지 기사를 쏟아내면서 선을 넘기 시작했고, 결국 그들은 임미정이 속한 로펌과 전면전에 들어갔다.

법정 공방이라는 것은 금방 끝나는 게 아니었다. 한 달은커녕 일주일도 안 되어 끝날 거라 예상했지만 모든 사람의 예측은 이번에도 조용히 쓰레기통에 처박혔다. 오히려 법정에서 1차, 2차 공방까지 갔다. 악의적 기사 생산을 통한 명예훼손이 가장 주된

공방거리였는데 이들은 계속해서 항소했다.

그러면서 강상만과 임미정, 그리고 강상만의 이미지를 깎아버리기 위해 먼저 미끼로 써먹었던 지영의 이름까지 덩달아 매일 기사에 올라왔다. 임미정의 요청에 따라 보라매는 오직 지영만 신경 썼다.

집안의 명예를 실추시킨 신문사에 대한 모든 것은 임미정이 맡았다.

네 달이 훌쩍 지나갔다. 칼바람이 부는 12월이 됐음에도 임미정은 전쟁을 이어나가고 있었다. 그녀는 날이 아주 제대로 섰다. 강상만은 공직에 있는지라 움직일 수가 없었다. 임미정이 파봤더니 그 회사는 만들어진 지 얼마 되지도 않았다.

정확히 지영에 대한 기사를 쏟아내기 한 달 전에 만들어진 회사였다. 아마 그때부터 착실히 준비하고 있던 것 같았다. 강상만을 겨눈 칼은 준비가 된 상태인데, 타이밍을 재고 있었다. 그런데 마침 지영이 장수영의 장례식장에 나타난 것이다.

친일의 후손인 장재원과 엮는 시나리오.

임미정이 어떤 놈의 머리에서 나온 건지 모르겠지만 진짜 전문가라는 말을 했을 정도였다.

그동안의 법정 싸움으로 임미정은 물론 강상만의 이미지에도 많이 스크래치가 난 상태였다. 애초에 옳고 그름을 떠나서 법정 싸움이란 것 자체가 이미지에 절대 도움이 안 되니까 말이다.

그럼 지영은?

지영은 임미정의 강력한 요구로 아예 빠졌다.

애초에 시작이 지영을 미끼로 걸었기 때문에 지영이 나서면 더 안 좋은 꼴을 볼 수도 있기 때문이었다.

1월.

12월이 가고 3차 항소심까지 갔을 때, 싸움의 윤곽은 확실하게 나왔다. 임미정이 3차도 이기자 더 이상 항소는 없었기 때문이다.

애초에 항소를 받는 것도 어처구니없지만 특정 직종에 있는 이들이 외압을 넣었다는 게 전문가들의 의견이었다.

그렇게 지지부진하고, 더러운 싸움이 끝났을 때, 정말 타이밍 좋게 미블에서 연락이 왔다. 영화가 완성됐다는 소식이었다. 기술 시사회와 VIP 시사회는 사정을 이해해 불참해도 좋지만 일반 시사회는 참가해 줬으면 한다는 첨언이 붙어 있었다.

4개국을 도는 일정이었는데, 지영은 바람 좀 쐬라는 임미정의 조언을 받아 고민 끝에 수락했다. 그리고 자신이 주연을 맡은 영화였다. 이번 시사회는 배우들이 얼굴을 보이는 게 미블에 대한 최소한의 예의였다.

첫 번째는 제일 가까운 일본, 도쿄(Tokyo)였다.

*   *   *

도쿄국제공항에 도착하자 반가운 얼굴이 지영을 기다리고 있었다.

"지영! 여기예요, 여기!"

얼굴의 반을 가리는 선글라스를 끼고 손을 휙휙 흔드는 칸나와 그녀의 옆에 비서처럼 서 있는 매니저 에리가 보였다. 지영이 다가가자 히히히 웃는 칸나. 조용히 들어온지라 공항에서 지영을 알아보는 사람은 칸나와 그의 매니저가 유일했다.

"오랜만이에요. 잘 지냈어요?"

"네! 지영은요?"

"저야 뭐……."

"아… 에헤헤."

지영이 어떤 일을 당했는지는 인터넷만 들어가면 우르르 뜬다. 일본에도 자주 기사가 나왔을 테니 그녀가 모를 가능성은 아예 제로라 봐야 했다. 지영은 칸나의 매니저에게도 살짝 인사를 하고 주변을 돌아봤다.

'많이도 데리고 왔네.'

칸나도 일본에서는 탑급, 대형 연예인이다. 지영은 말할 것도 없다. 그러다 보니 조용히 들어왔어도 그녀의 회사에서는 경호원을 엄청 고용했다. 평복을 입은 그들은 모두 스무 명 가까이나 됐다.

이건 뭐, VIP 수준이었다.

서소정이 칸나의 매니저와 일어로 잠시 대화를 나눴고, 공항밖으로 안내를 했다. 차량도 눈에 안 띄는 걸로 끌고 왔다. 이런 배려가 지영은 꽤나 마음에 들었다. 차에 타자마자 칸나가 히죽히죽 웃었다.

"왜 웃어요?"

"오랜만에 보니까 반가워서요!"

피식.

전에도 느꼈지만 칸나는 그냥 태생 자체가 귀염덩어리였다. 그녀에 대한 거부감은 이제 아예 없었다.

'사람은 죄가 없으니까.'

서소정은 앞좌석에서 칸나의 매니저와 열심히 떠들고 있었다. 대화로 보아 스케줄을 확인하는 것 같았다. 서소정은 생각보다 유능했다. 한국어야 모국어니 당연히 하고, 일어는 물론 중어, 영어까지 전부 기본 회화는 충분히 가능한 실력자였다.

한국의 지리적 특성상 연예인이 되면 기본적으로 두 곳은 반드시 노린다. 그 두 곳은 당연히 일본과 중국이었고, 중학교 때부터 꿈이 탑 스타를 자신의 손으로 키우는 매니저였다던 서소정은 두 나라의 언어를 익혀뒀다. 영어야 뭐, 필수가 된 시대다.

칸나가 손을 휘휘 흔들어 지영의 시선을 당기더니 생긋생긋 웃는 낯으로 입을 열었다.

"언제 가요?"

"내일이요?"

"에! 내일 바로 가요?"

지영의 대답에 대번에 실망한 표정이 되는 칸나. 볼을 잔뜩 부풀리고 나 삐졌어요! 이렇게 외쳐보나, 지영은 그냥 웃는 걸로 그걸 받아쳤다.

"스케줄이 꽤 빡빡해요. 내일 바로 항저우로 갔다가, 뉴욕으로 넘어가야 돼요."

"이잉······."

"대신 저녁은 함께하죠. 혹시 회사 사람들도 나오나요?"

"······."

저녁을 같이 먹자는 말에도 서운한 표정을 지우지 않은 칸나는 고개를 도리도리 저었다. 그 말에 지영은 눈을 동그랗게 떴다. 다른 사람도 아니고 강지영이 직접 날아왔는데, 회사 사람들이 안 나온다고?

내가 왔으면 다 나와서 얼굴을 비춰야지! 같은 생각을 하는 건 아니었다.

"지영이 싫어할 것 같아서요."

"아······."

"그리고 나 일인 회사 차렸어요."

"······."

그렇다면 충분히 이해가 가능했다.

그녀의 나이 이제 스물 중반이지만 혼자 자립하기에 충분할 정도로 인지도가 있었다. 전 소속사에서 조용히 놔주지 않아 잠시 시끄러웠지만, 워낙에 일본에서는 대형 스타라 크게 문제가 되진 않았다.

잠시 뒤 다시 기운을 차린 칸나와 얘기를 나누길 한 시간, 오늘 하루 묵을 숙소에 도착했다. 호텔, 콘래드 도쿄(Conrad Tokyo). 보라매가 아닌 칸나가 직접 잡아준 숙소였다. 저녁은 숙소에서 해결했다.

지영과 함께하는 시간이 좋은지 행복한 미소로 계속 웃음 짓던 칸나. 서소정과 그녀의 매니저 에리가 불안한 눈으로 칸나를 볼 정도였다. 그렇게 하루를 보내고, 도쿄에서 이틀째 새벽, 지영은 운동복 차림에 모자를 푹 눌러 쓰고 근처 하리마큐 정원으로 갔다.

30분간 러닝 뒤에 근처 벤치에 앉는 지영.

'여기도 오랜만이네.'

한 번도 열도에서 태어난 적이 없지만 그렇다고 아예 안 왔던 것도 아니었다. 아니, 반대로 꽤나 일본은 많이 찾았었다. 뭔가를 찾으러 온 적도 있고, 누구를 만나러 온 적도 있었다. 물론 전부 좋은 의미로 찾은 건 아니었다. 이른 아침인 데도 생각보다 많은 사람이 산책이나 러닝을 뛰고 있었다.

한참을 여유롭게 쉬고 있는데, 휘이잉! 갑자기 돌풍이 훅 불어 지영의 모자를 날려 버렸다.

"에휴."

다행히 멀리 날아가지 않아 자리에서 일어나 모자를 주우러 가는데, 러닝을 하던 젊은 여성이 먼저 주워 지영에게 건넸다.

"여기요."

"감사합니다."

"별말… 어?"

이런, 알아봤나 보다. 지영이 일본에 와 있는 건 슬슬 알려질 때가 됐다. 지영은 모자를 다시 눌러 쓰고는 꾸벅 인사를 했다.

"죄송합니다."

"아… 네."

여인은 잠시 머뭇거렸지만 이내 갈 길을 갔고, 지영은 정원의 풍경을 하릴없이 바라봤다. 서소정에게는 시간 맞춰 간다고 했으니 여가 시간은 넉넉했다. 지영은 요즘 자신의 문제를 다시 한번 생각해 봐야 한다는 것을 느끼고 있었다.

축복이자, 저주.

'아니, 저주에 가깝지.'

죽음이란 축복, 망각이란 축복을 지영만 얻지 못했다. 지금은 인과를 아예 무시하는 괴물 잡종이 된 기분을 요즘 느끼고 있었다. 어째서? 왜? 솔직히 지금하고 있는 이 고민도 수천 번을 했던 고민이어다.

하지만 정답을 찾지 못한 고민이기도 했다.

아니, 정답 자체가 없는 고민? 출제자가 누군지, 답안지는 존재하는지, 이런 기본적인 것도 존재하지 않는 문제, 혹은 고민이었다.

지영은 지금은 매우 유명해진, 옛 실존주의 생(生)철학의 선구자가 했던 말은 틀렸다고 생각했다.

'신은 죽었다. 시대상을 따지면 맞는 말이지만 오직 나한테만 틀리게 적용되지.'

굉장히 유명한 말이지만 지영은 니체의 그 말을 근본적으로 부정해야만 했다. 근거? 바로 자신이다. 신, 그리고 자신을 만든 창조주도 신으로 칠 수 있다면 말이다. 애초에 지영의 끝없는 환생은 도저히 말이 되질 않았다.

인간은 죽으면 그걸로 끝나야 했다.

전생? 환생? 매순을 보면 환생은 확실히 가능하다. 하지만 그녀는 망각을 얻었다. 어떠한 환생 시스템으로 이런 일이 가능한 건지 지영은 당연히 모른다. 그녀의 삶이 불쌍해서? 신이 준 선물? 다시 한번 살아보라고? 그래서 이번엔 제대로 된 사랑을 얻으라고? 그렇게 생각해 줄 수 있긴 했다. 감성적으로 받아들인다면 말이다.

'그럼 나는?'

그러나 다시 강지영 본인의 존재가 그 모든 걸 부정해 버린다. 망각을 얻지 못했으니, 불쌍하지 않나? 안식을 얻지 못했으니 가엾지 않나? 수많은 사람을 떠나보내며 마음고생을 하는데, 애처롭지 않나?

'그러니 신은 존재한다. 다만 내게만 더럽게 야박할 뿐이지.'

아니면 지영 본인이 굉장히 큰 잘못했던가.

하지만 아무리 생각해 봐도, 첫 번째 삶부터 지금까지 지영이 이런 저주에 걸릴 정도의 큰 잘못은 한 적이 없었다.

'나는 사탄의 유혹에 넘어간 아담(Adam)이 아니야⋯⋯.'

그랬던 삶 자체가 없었다.

첫 번째 삶은 확실히 지금으로 따지면 원시시대였다. 간단하게 이 시대는 인간이 처음으로 지구에 태어난 시대라 할 수 있었다. 불이 존재하지 않던 시대. 도구 이전, 그냥 단단한 것을 무기로 사용하던 시대.

그 시대의 지영은 번식(繁殖)해야만 했다.

'잠깐⋯ 잠깐 기다려 봐.'

지영은 뭔가 이상함을 느꼈다.

등골을 타고 짜르르 소름이 내달렸다.

'왜 그냥 넘어간 거지? 당시 나는 일정 수준 이상의 사고 기능이 있었다는 것을?'

멍청해도! 이렇게 멍청할 수가 있나!

인간의 사고 수준은 시대의 지식 수준에서 보통 결정된다. 영악하고, 잔인하고, 정의롭고, 이런 기준 자체가 정립이 되어 있는 시대여야만 최소 그 시절처럼 생각이 가능할 것이다. 당시 지영은 맹목적인 번식 의지 말고, 본능적으로 삶을 살진 않았다. 분명 자신의 사고방식으로 첫 번째 삶을 살았다.

'나는… 의식이 트여 있었잖아? 이게 우연일까?'

사고는 처음부터 존재했고, 성장의 폭은 정해져 있다. 지영이 의식이 환생을 통해 계속 성장했다면 지구상에는 3대 성인이 아닌, 4대 성인이 존재했을 것이다. 그러나 지영의 지금 의식은 딱 지금 이 정도다.

분명 조금씩 더 성장이 가능하지만 한계선이 분명하게 그어져 있었다.

'일정 수준 이상 성장이 막혀 있어. 이건……'

단단한 벽이 정신 주변에 견고한 성처럼 쌓여 있는 기분이었다.

간질간질한 뭔가가 느껴졌다.

잡힐 듯, 잡히지 않는 그 기묘한 감각은 마치 이제야 찾았어? 하는 것 같았다. 지영은 그걸 떠올리자, 인상을 팍 썼다.

어처구니가 없지만 그렇게 생각해야만 했다. 너무나 말도 안 되는 답이었기 때문이었다. 지영은 고개를 털었다.

하지만 바닥에 생각했던 것을 무심코 적어놓았다.

신이 되는 여정.

그 문장을 잠시 보던 지영은 발로 슥 지워 버렸다.

이제 하나는 다시 밀어 넣고, 다른 것을 꺼냈다.

이것 또한 반드시 고민해 봐야 하는 부분이었다.

'이번 삶은 분명히 달라. 그렇다면 다른 이유가 있을 터……'

예전부터 느끼던 고민이고, 문제였다.

서랍이 움직였다.

지영은 말했듯이 부분적 망각은 선물로 받았다. 기억 서랍이라는 독특한 시스템으로 말이다. 원할 때 그 서랍을 여는 것으로 전생의 삶의 자신과 동기화가 가능하며, 당시의 성격, 재능, 지식 수준, 그리고 보다 뚜렷한 삶의 기억을 떠올릴 수 있었다. 하지만 이전 999번의 삶에서 기억 서랍이 '먼저' 움직인 적은 결단코 없었다.

이전 삶에서 겪었던 끔찍한 일을 현생에서 겪는다고 서랍이 요동치진 않았다는 뜻이었다.

이게 첫 번째다.

지영은 지금까지 움직인 서랍을 떠올려 봤다.

'사십구 호, 조현, 척위준, 호세, 임은이.'

그리고 송지원과 연기 연습을 할 때 잠깐 나온 여건형까지 총 일곱이다. 이들은 자의로 움직였다. 3자로 인식하지만 분명 전생의 나였음에도, 의식은 별개로 존재⋯⋯.

'아⋯ 의식이 별개로 존재하다니. 이것도 왜 이제 깨달았지⋯⋯.'

달라도 너무나 다르지 않나.

이전의 삶과.

지영은 현재 자신이 하고 있는 일을 생각해 봤다. 그리고 그 일을 하고 있지 않았을 때도 생각해 봤다.

답은 바로 나왔다.

'영화를 찍고 나서 모두 조건이 맞을 때 움직였다는 거지⋯⋯.

이정숙을 처음 봤을 때는 척위준은 움직이지 않았어. 그럼 서랍이 움직이는 일정한 조건이 있다는 건데……'

서랍은 왜 움직이는 걸까? 이제 와서 대체 왜? 공통된 것은 하나 존재하긴 한다.

'나의 '한(恨)'을 풀어줘.'

여기까지 생각하자 지영은 피식 웃고 말았다.

햇빛이 어느새 빌딩 숲을 넘어 지영의 발치까지 다가왔다. 그리고 천천히, 천천히 지영의 몸에 자신의 영향력을 행사하기 시작했다.

따뜻했다.

그 따뜻함을 느끼며 지영은 천천히 입을 열었다.

"적어도 몇백 편은 찍어야 한다는 거네?"

이번 생이 끝나기 전까지… 가능하려나?

다시 한번 피식 웃은 지영은 햇빛이 얼굴까지 오기 전에 자리에서 일어났다.

한국 시간 10시, 칸나의 회사와 보라매가 일시에 자국에 기사를 쏟아내기 시작했다. 무신의 기습 시사회에 대한 정보와 선착순 500명을 모집한다는 내용을 담은 기사였다.

장소는 신주쿠 피카딜리였고, 시사회 시간은 오후 일곱 시였다.

네티즌들은 처음엔 이게 뭔 개소리여? 했다가 그 이후 지영의 입출국 소식을 시작으로 레이샤, 송지원이 이른 아침 일본에 도착했다는 기사와 사진이 뜨자 벌 떼처럼 이벤트를 진행하는 일본 아마존으로 몰려들었다.

시간이 겨우 아홉 시간만 줬다. 하지만 저녁 일곱 시 시사회 시작이니, 학생이나 직장인들까지 참여할 수 있는 이벤트가 됐다.

일본 아마존 사이트는 이벤트를 열고 딱 오 분만에 트래픽 초과로 서버가 터져 버렸다. 물론 그 안에 이미 선착순 이벤트 당첨자들은 선정이 끝났고, 모바일 초대권이 발송됐다.

추운 겨울, 미블과 보라매가 기획한 작은 이벤트는 아주 제대로 성공했다. 일본은 물론 한국까지 무신 시사회에 대한 기사로 가득 찼다. SNS에서는 이미 모바일 초대권 인증샷이 가장 핫해졌고, 왜 딱 '한' 번밖에 안 하냐고 원성이 가득했다.

한국은!

한국은 왜 안 하는데!

요 정도는 애교였다.

작년에 지영의 집안 자체가 도마 위에 오르며 시끄럽긴 했지만 이제 지영은 대한민국의 모두가 인정하는 영화배우였다. 그것도 그저 그런 아역이 아니라, 눈빛 하나, 호흡 하나, 손짓 하나를 기대하게 만드는 배우.

그게 강지영이다 보니 한국이 아닌 일본에서 먼저 시사회를 여는 것에 대해 불만이 많은 사람이 속출했지만 딱 거기까지였다.

지영 전담 팀까지 새로 만들었을 정도로 아주 이골이 난 보라매가 이 정도도 예상 못 했을 리가 없었다.

1시간 뒤 바로 시사회 일정이 떴다.

1차 시사회 일본 신주쿠 피카데리.

2차 시사회 중국 항저우(일시, 장소 미정).

3차 시사회 미국 뉴욕(일시, 장소 미정).

그리고.

4차 라스트 시사회, 한국 서울(일시, 장소 미정).

월드컵으로 치자면 결승전을 한국에서 하는 꼴이라 모든 불만이 쏙 들어갔다. 거기다가 한국 시사회는 무려 세 번이나 한다는 내부 고발자? 의 말이 전해지면서 불만은커녕, 환호했다. 친일파 프레임을 다시 한번 씌워보려 준비 중이던 일단의 무리들은 이러한 기사들에 모조리 쓰던 기사를 폐기해야 했다.

결승전을 한국에서 열고, 그것도 다른 나라와 차별까지 주면서 세 번이나 하겠다는데, 그걸 까는 건 제 손목을 톱질하는 것과 똑같았기 때문이다.

미블은 드디어 4개국 자막 편집이 끝난 캐릭터 예고편을 공개했다.

첫 공식 시사회 전에 오픈된 예고편인지라 조회수는 가히 폭발적이었다. 4개국을 고작 예고편 하나로 들썩이게 만들 정도로 영화에 대한 관심이 높았다. 특별하게 따로 나간 지영의 무보정 액션 예고편도 호평 일색이었다.

시간이 너무 안 간다며 많은 사람이 투덜거리지만 그래도 정해진 규칙대로 잘만 흘러갔다. 그렇게 모두가, 특히 일본인 489명, 중국인 1명, 한국인 10명, 총 500명이 기다리고 기다리던 일곱 시를 시작으로 무신의 돌발 이벤트 시사회가 시작됐다.

그렇게 일본을 시작으로 순서대로 중국, 미국, 그리고 한국에서의 일정을 끝낸 지영에게 짧은 휴식이 주어졌다. 지영은 이 휴식 동안 또 몸을 만들어야 했다. 지금 지영은 이미 170을 넘었고, 몸 또한 더 단단해졌다.

그런데 차기작인 '피지 못한 꽃송이여'에서 임은이를 연기하려면 여성의 체형을 가져야 했다. 지영이 덩치가 그리 큰 건 아니지만 그래도 웬만한 여성보다는 컸다. 그러니 다시 식단 조절을 통해 근육을 컷팅시켜야 했다.

이미 촬영 팀도 전부 꾸려졌고, 배우 캐스팅도 끝났다.

시나리오 최종 검수만 끝나면 곧 제작 발표회, 대본 리딩을 비롯해 자질구레한 행사를 끝낸 뒤 영화 촬영에 들어간다.

그렇게 촬영 스타트까지는 최소 두 달 정도로 잡았고, 지영은 또 지긋지긋한 인내의 시간을 버텨야 했다.

＊　　　　＊　　　　＊

"아… 이 짓을 또 하네."

운동을 끝내고 사무실에서 퍽퍽한 닭 가슴살을 찢어먹던 지영의 입에서 푸념이 흘러나왔다. 서소정이 그런 지영을 안타까운 시선으로 지켜봤다. 방학 중이라 놀러온 민아도 지영이 먹는 식단을 흘깃 보곤 고개를 저었다.

"난 저렇게 못 해……."

민아는 다이어트를 태어나서 한 번도 해본 적이 없었다. 타고난 체질 덕분에 워낙에 체형이 잘 잡혀 있었고, 그동안 맡았던 배역도 건강한 역할 쪽이었기 때문이다.

"너도 나중에 스펙트럼 좀 넓히고 나면 하게 될 거다."

"아니, 난 안 할래……. 지금으로 충분히 만족해."

질린 표정으로 고개를 도리도리 젓는 민아. 피식. 지영은 그런 민아의 모습에 그냥 실없는 미소를 흘렸다. 말은 저렇게 해도 또 막상하게 되면 징징거리면서도 할 걸 알기 때문이다. 요즘 연기의 맛을 제대로 느낀 민아는 매일매일 연기 연습을 빼먹지 않았다. 어느 인터뷰에서 목표로 삼은 배우를 물어봤는데, 그건 당연히 지영이었다.

"누나, 오늘 약속 몇 시였죠?"

"오늘? 여덟 시. 아직 시간 있으니까 좀 쉬어둬."

"네."

지영은 하나 남은 방울토마토를 마저 먹고 패드를 만지작거리던 서소정에 물었고, 짧은 그녀의 답이 들려왔다. 오늘은 주연 배우들이 모여 가볍게 식사를 하는 자리였다. 주연으로 뽑힌 고은성과 김새연은 지영도 이름만 들어봤을 뿐, 실제로 면식은 없었다.

지영은 두 사람의 프로필을 다시 한번 살펴봤다.

'둘 다 성인 연기자지만 엄청난 동안을 자랑하는 배우들…….'

고은성도 그렇고, 김새연도 그렇고 둘 다 교복을 입혀놔도 될 정도로 동안이었다. 게다가 연기력이야 이미 검증이 끝난 배우들이다. 다만 고은성은 별것 없는데, 김새연은 좀 까다로운 성격이라고 프로필 하단에 적혀 있었다.

"김새연 이분, 많이 까다로워요?"

"완벽주의자라던데?"

대답은 민아에게서 먼저 나왔다.

지영은 음… 잠시 고민했다.

완벽주의자라, 그렇다면 나쁜 뜻으로 까다롭다는 건 아니었다. 차라리 영화를 위해 완벽을 추구한다면 지영으로서는 오히려 환영하는 바였다.

한 시간 뒤 민아는 돌아갔고, 지영은 서소정과 함께 미팅 장소로 출발했다.

오늘 만나기로 한 곳은 '명가'라는 곳으로, 하필이면 돼지갈비 전문점이었다. 장소는 고은성의 추천이었다. 왜? 그녀의 부모님이 하는 곳이었기 때문이었다.

도착하니 가게 안은 이미 사람이 가득 차 있었다.

"워, 맛집인가 보네요?"

"아까 위치 검색하느라 쳐봤더니 블로그나 이런데 엄청 많이 올라오긴 했더라."

달달한 양념에 재운 돼지갈비 냄새는 단박에 지영의 식욕을 자극했다. 지영은 잠시 고민 끝에 빠르게 결정 내렸다.

"오늘 식단이랑 운동 괜히 했네요. 이거 못 참을 것 같아요."

"후후, 그래."

지영은 고개를 절레절레 저었다.

아직 촬영까지 시간이 꽤 남았으니 오늘은 과감하게 포기하고 먹기로 결정했다. 서소정이 카운터에 가서 예약 자리를 물었다. 종업원의 안내를 받아 간 곳 방은 완벽한 독립 형태의 방이었다. 문을 닫으니 시끌벅적하던 밖의 소음이 하나도 들리지 않았다.

"좋네요, 여기. 다음에 가족이랑 한번 같이 와야겠어요."

"후후, 그건 먹어보고 판단하는 게 낫지 않을까?"

"그렇긴 한데 밖에 사람이 저렇게 많을 걸 보니 맛도 분명히 있을 겁니다."

드르륵.

지영의 말이 끝나기 무섭게 문이 열리고, 동그란 얼굴이 빼꼼 안으로 들어왔다. 머리에 동그란 위생모를 썼고, 화장기 없는 얼굴. 지영은 그 얼굴을 보곤 바로 자리에서 일어났다.

배시시.

"어, 대스타 강지영이다. 히히히."

"……."

인사를 하려던 지영은 그 말에 순간 말문이 턱 막혔다. 머릿속으로는 오기 전 읽었던 배우 프로필을 떠올렸다. 하지만 그 어디에도 천진함, 이란 단어는 없었다. 안으로 완전히 들어온 고은성은 지영의 앞에 철퍼 주저앉곤 지영을 빤 올려다봤다.

"아… 강지영입니다."

"히히, 고은성이에요."

"네… 반갑습니다."

"저도 반가워요!"

시종일관 얼굴에서 미소가 가득했다. 지영은 카리스마 넘치던 연기력을 가진 고은성을 완전히 다시 보게 됐다. 이건 꾸며낸 모습이 아니었다. 1999년생, 지영보다 열 살이나 많은 그녀의 실제 성격은 연기 때 보여주던 모습과는 완전 정반대였다.

드륵!

"언니!"

"응? 새연이 왔어?"

"에휴, 언니야……. 나 도착할 때까지 좀 기다리랬지!"

"에헤헤, 미안."

새롭게 등장한 인물, 나 연예인입니다! 광고하고 싶은지 커다란 선글라스를 썼고, 아직도 겨울만 되면 유행하는 롱 패딩을 입고 들어온 여자, 김새연이었다. 그녀는 지영에게 고개만 살짝 숙여 인사를 하고는 고은성을 끌고 다시 나갔다.

"원래 저분 성격 저랬어요?"

"아… 실제 성격이랑 연기 때와 다르다는 얘기를 듣긴 했는데… 이 정도인 줄은 몰랐네?"

"재밌는 분이네요……."

"뭔가 되게 천진난만한 캐릭터 같아, 아하하."

아직 미성년자라 보호자 겸 같이 자리에 합석한 서소정의 말에 지영은 완전 공감했다. 약속 시간까지 시간이 아직 30분이나 남아 지영은 폰으로 고은성을 다시 검색해 봤다. 하지만 실제 성격에 관한 기사는 정말 소문? 정도만 있고 제대로 알려진 건 하나도 없었다.

예전 인터뷰 영상도 확인해 봤는데, 그땐 저렇지 않았다. 차분하게 대답하는 고은성을 보니 이야, 연기 하난 진짜 대단하구나, 란 생각이 절로 떠올랐다.

드륵.

다시 문이 열리고 장재원이 들어섰다.

"이런, 먼저 오셨네요."

"안녕하세요."

"하하, 오랜만입니다."

장재원은 시원시원하게 웃은 뒤 자리에 앉았다. 그런데 그가 앉자 두툼한 패딩과 장재원의 키에 가려져 있던 한 여성이 짠! 하고 모습을 드러냈다.

"어, 칸나?"

"짠!"

"칸나가 여기 왜 있어요?"

"히히, 캐스팅됐어요!"

"네?"

지영은 설명을 요구하는 눈빛으로 장재원을 바라봤다. 장재원은 짧게 사정을 설명해 줬다. 그녀는 장재원 감독에게 영화에 출연하고 싶다는 의사를 적극 밝혔고, 이미 캐스팅된 배우가 있었기 때문에 고민하다가, 결국 칸나를 뽑았다는 얘기였다. 물론 대중적 인지도 때문만은 아니었다.

본래 '일본군 간부 아내' 역에 뽑힌 배우는 한국인이고, 일본어를 전공하긴 했지만 능숙하지는 않았다.

하지만 칸나는 한국어도 잘하지만 일본어는 더 능숙하게 잘하는 배우였다. 당연히 리얼리티를 위해 칸나에게 더 마음이 가는 건 어쩔 수 없었고, 결국 그 배우에게 차기작의 주조연 자리를 약속한 뒤 정중하게 캐스팅 취소 의사를 밝혔다는 얘기였다.

"아······."

얘기를 들은 지영은 짧게 탄성을 흘리곤 고개를 끄덕였다. 지영이 본 일본군 간부 아내 역은 조연이지만 꽤나 중요한 역할을 극 중 수행한다. 일본인이지만 한국에서 자국이 벌이는 만행을 결코 좋은 눈초리로 보지 않았고, 결국 극 중 남편에게 들은 중요 기밀들을 임은이에게 은밀하게 전해주는 역할이다. 물론 이는 영화적 픽션이었지만 극 중 임은이가 수행하는 임무 장면에 긴장감을 조성하는 중요한 장치였다.

그런 역할을 칸나가 한다면?

훨씬 그림이 잘 나올 거란 계산이 금방 나왔다.

"또 같이하게 됐어요!"

"괜찮겠어요? 안 그래도 칸나 여론 별로 안 좋잖아요."

"후후, 상관없어요. 후지이 언니처럼 아예 한국 활동도 시작할 생각이거든요!"

"아……."

칸나는 마음을 아무래도 단단히 먹은 것 같았다. 실제로 무신의 시사회 현장에서 칸나는 자국 내 기자들에게 공격을 받아야 했다. 영화 캐스팅을 왜 봤냐, 데모니악의 설정이 일본 제국의 모티브인 건 알고 있냐.

등등 그렇게 대놓고 칸나를 공격했다. 오히려 지영이나 송지원에겐 무례한 질문을 안 했으면서 칸나만 그렇게 공격했다.

그만큼 일본에서 그녀의 여론은 그리 좋은 편이 아니었다.

"한국도 굉장히 배타적인 곳인데… 많이 힘들 거예요."

"후후, 상관없어요!"

본인 의지가 그렇다면야 지영도 말릴 생각은 없었다. 드륵! 다시 문이 열리고 어느새 식당 유니폼에서 사복으로 갈아입은 고은성과 김새연이 들어왔다. 둘은 안으로 들어와서 지영처럼 전허 예상치 못했던 칸나를 보고 잠깐 놀랐지만 이내 고개를 끄덕였다. 따로 어디서 정보를 얻은 것 같았다.

"자, 다들 모였네요. 이제 식사를 시작할까요?"

장재원 감독의 말에 고은성이 종업원을 불러 능숙하게 주문을 했다. 이후 갈비가 나오기 전까지 한 명씩 자기소개를 했고, 맥주와 소주도 들어왔다. 지영은 당연히 미성년자라 음료수를 받았다.

"자, 일단 이것부터 받으세요. 최종 편집본입니다."

장재원 감독은 가방에서 두툼한 대본을 꺼내 네 사람에게 건넸다. 이후 이전 대본과 바뀐 부분을 짚어줬고, 지영은 빠르게 그 부분을 확인했다.

'흠… 좀 더 농밀해졌어.'

확실히 장재원 감독 특유의 감성은 편집을 거듭할수록 짙어졌다. 그리고 틈도 없을 정도로 빡빡하게 이야기가 진행된다. 그리고 중간중간 보여주는 감정 신들은 굉장히 깊고 진했다. 장재원 감독이 주로 찍는 영화는 현시대 배경 말고, 옛 시대를 배경으로 한다. 박종찬 감독처럼 사극 마니아는 아니지만 임진왜란부터 여러 가지 역사적 사건이나 전투를 다루는 영화를 찍었다.

"와… 장난 아니다. 언니, 이거 할 수 있겠어요?"

김새연이 탄성을 흘리며 고은성에게 물었고, 지영도 고은성을 바라봤다.

"음, 해봐야 알겠는데……?"

"언니도?"

"응, 나도 이런 신은 해본 적이 없어……."

"……."

아까의 천진난만함은 아까 나갔을 때 버리고 왔는지, 그녀는 시종일관 진중한 모습이었다. 배우로서 공적인 자리이기 때문일지도 몰랐다.

"감독님, 근데 이 신이 들어가면… 청불 판정을 받을 것 같은데요?"

"아마 그럴 겁니다."

"흠……."

김새연이 잠시 눈살을 찌푸리고 고민하는 찰나, 문이 열리고 음식이 으리으리하게 들어오기 시작했다. 대화는 요리가 들어오는 순간부터 우뚝 멎었다. 왕갈비를 시작으로 찜에 찌개에 각종 반찬은 그럴 만한 힘을 충분히 가지고 있었다.

"음식 먹고 얘기할까요?"

네!

붙임성 좋은 칸나의 대답이 들린 직후, 방 안은 달달한 고기 굽는 냄새로 가득차기 시작했다.

후식 겸 티타임은 한강이 보이는 카페에서 가졌다. 지영을 빼고 몇 잔씩 술이 돌아 그런지 볼들은 빨갛지만 진지한 대화에 지장은 없었다. 물론 예외는 있었다. 술을 가장 적게 마신 김새연이 그 예외였다. 차가 나오기 무섭게 김새연은 지영에게 직구를 던졌다.

"그런데 지영 씨."

"네."

"여성 역, 할 수 있겠어요?"

말은 놓지 않았지만 눈빛은 제법 도전적이었다. 주사? 그건 아닌 것 같았다. 볼은 빨갛지만 눈빛은 맑았다. 김새연의 도전적인 눈빛은 물론 장재원까지 지영의 답을 기다렸다. 강지영, 이제는 세계가 알아주는 배우라는 데 이견을 달 사람은 없었다. 아직 개봉은 안 했지만 무신의 메인 예고편에서 지영의 연기력은 충분히 엿볼 수 있었다. 하지만 역시 여성 역할은 다르다. 눈빛, 목소리, 손짓, 남성과 여성의 섬세함은 분명히 달랐다.

이런 건 사소한 행동에서도 차이가 분명히 있었다.

'완벽주의자라더니……'

지영은 김새연의 의도를 파악해 보려 했다. 음… 일단 똑바로 자신을 바라보는 그녀의 눈빛에서 적대적인 감정은 느껴지지 않았다. 그 대신 느껴지는 일종의 걱정이었다. 자기 자신이 출연하는 영화에서만큼은 철두철미하다던 김새연은 지영을 걱정하는 게 아닌 영화 자체를 걱정하고 있었다.

'기분 나쁘게 받아들인 건 아니네.'

이런 김새연의 걱정은 당연했고, 그녀의 걱정을 덜어줄 최고의 방법을 지영은 알고 있었다. 그리고 지영도 그 방법으로 일단 자신의 연기를 점검해 볼 필요가 있었다. 본인 스스로야 연습을 통해 충분히 봤다. 그래서 자신이 있지만 타인의 시선은 또 다른 법이었다.

그러니 여기 있는 사람들이 지영의 연기를 보고 오케이 하면 문제는 없다고 봐도 좋았다.

"해볼까요? 즉흥 연기 어때요?"

"네? 연기요?"

지영의 대답이 뜻밖이었는지 눈을 동그랗게 뜨는 김새연. 룸 형태의 카페라 주변에 사람은 없지만 준비도 없이 갑자기 연기하기란 어느 배우든 쉽지 않은 법이다. 하지만 무례할 수 있는 이 제안은 김새연의 불안과 걱정을 종식시키는 가장 확실한 방법이었다.

김새연은 지영을 빤히 보더니 고개를 끄덕였다.

"좋아요. 어떤 연기를 할까요?"

"그냥… 자유 주제 어때요?"

"자유 주제라… 좋아요."

"오 분, 잠시 머리 정리 좀 해야 되니 오 분만 있다가 해요."

"그래요. 나도 준비할 시간은 필요하니까."

5분의 시간을 번 지영은 바로 화장실로 갔다. 임은이 역을 맡기로 결정하고 계속 기른 머리는 이제 어깨 아래의 날개 뼈 근처까지 닿고 있었다. 평소에는 그냥 질끈 묶고 모자를 썼지만 지금은 그럴 필요가 없었다. 모자를 벗고, 끈을 풀자 사르르 떨어져 내리는 머리카락. 원래가 살짝 반 곱슬머리인지라 웨이브도 자연스럽게 져 있었다.

물을 묻혀 머리를 정리한 뒤, 지영은 눈을 감았다.

'누가 좋을까…….'

임은이?

지영은 고개를 저었다.

임은이는 거칠었다.

섬세함도 있었지만 시대가 시대인지라 거칠고, 처절한 그런 삶을 살았다. 그래서 여성적인 매력을 확실하게 보여주긴 사실 힘들었다. 하나부터 구백구십구까지 서랍의 주인들을 천천히 상기해 보는 지영.

'엘리스. 그녀가 좋겠어.'

10세기의 브리튼(Britain).

웨일스(Wales)의 한 귀족가의 자녀로 태어났던 삶이 있었다.

사고하는 방식 자체는 처음부터 지금까지 쭉 남성이었음에도 여성으로 태어나 이때는 정말 곤욕을 치렀다. 귀족가의 예절을 배우는 건 당시 지영에겐 너무나 힘들었다. 그래서 나이를 먹고 어느 정도 근육이 자리를 잡았을 때, 가문을 뛰쳐나갔었다. 안 그랬다면 다른 가문에 정략혼으로 팔려갈 팔자였으니 당연한 결정이었다.

물론 가출, 그 이전에는 철저하게 자신을 숨겼었다. 정말 여인처럼 웃고, 걷고, 먹고, 아무도 의심을 안 사게 조심, 또 조심했었다. 그런 그녀의 기억이 이번에는 제격이었다.

"적당하겠어."

생각해 보니 속내를 숨기고 요조숙녀인 척 연기를 했던 삶과 지금 상황이 상당히 흡사했다. 지영은 후우, 심호흡을 한 뒤 밖으로 나갔다. 어깨까지 오는 머리를 찰랑이며 나가려는데 막 문을 열고 들어오는 40대 남자가 흠칫 놀라는 게 보였다. 지영을 여자로 착각하고 놀라는 걸 보니 외모로는 일단 합격이었다.

다시 룸으로 들어오자 와다다! 사람들의 시선이 죄다 얼굴로 달라붙었다.

"와……."

"우와! 예뻐요!"

"……"

칸나의 탄성, 고은성의 감탄, 김새연의 침묵까지. 갖가지 반응을 본 지영은 만족스러운 미소를 그렸다. 이 정도면 외모로는 완전히 합격점이었다. 큼큼, 장재원 감독이 헛기침을 하더니 말했다.

"체격이 좀 있어서 조금 부자연스럽긴 한데, 바스트 샷으로 잡으면 누가 봐도 여자라고 착각하겠어요."

"아하하."

중성적인 외모가 지금 참 도움이 되고 있었다. 지영은 칸나에게 거울을 건네받아 얼굴을 살폈다. 잘 관리한 피부 덕분에 따로 메이크업은 안 했는데도 여성의 느낌이 잘 살고 있었다. 물론 소녀보다는 보이시한 숙녀의 느낌이 더 셌다.

"준비됐어요?"

"네, 저는 뭐."

"쿡쿡!"

고은성이 이 상황이 재밌는지 고양이처럼 웃었다. 그런데 그건 지영도 마찬가지였다. 예전에 김윤식과 리틀 사이코패스를 찍기 전에 이렇게 즉흥 연기를 선보인 적이 있었다. 그때 이후로는 처음이지만 어차피 한번 검증은 해야 할 일이었기 때문에 지영은 이 상황을 이해하기로 했다.

드르륵.

10세기, 브리튼 웨일스에서 태어난 엘리스의 기억 서랍이 열렸다.

요조숙녀인 척, 자신을 철저하게 숨겼던 삶이었다. 그녀의 삶은 가문을 뛰쳐나간 이후 순탄했기 때문에 서랍이 열렸음에도 해방감을 빼면 별다른 감정은 느껴지지 않았다.

싱긋.

눈매를 살짝 가늘게 좁혔고, 입꼬리는 살짝 늘리는 지영.

눈썰미가 좋은 사람들이라 할 수 있는 고은성과 칸나, 그리고 장재원 감독은 이 작은 변화에 눈을 동그랗게 떴다.

김새연도 마찬가지였지만 그녀는 지금 즉흥 연기에 들어간 상태. 감정을 깨는 표현은 하지 않았다.

대신 손목에 찬 시계를 슬쩍 보더니, 먼저 대사를 쳤다.

"뭐야, 너 늦었잖아!"

첫 대사가 들어왔다.

지영은 눈꼬리를 조금 더 내렸다.

그 정도로 지영의 얼굴엔 미안함과 난감함이 깃들었다.

"미안해요, 언니. 차가 좀 막혔어요. 앞에 사고도 났었고……."

아직 변성기가 오지 않은 지영이라, 가성을 섞자 확실히 여성스러운 목소리가 입에서 흘러나왔다.

칸나의 감탄이 다시 들려왔다. 하지만 지영은 표정을 풀지 않은 채 김새연을 바라봤다.

이제 그녀가 대사를 받을 차례였다.

샐쭉하게 눈을 찢은 김새연이 냉큼 지영의 대사를 받았다.

"흥! 그럼 더 일찍 출발했어야지! 내가 먼저 와서 기다려야겠니? 오늘 보자고 한 것도 너였잖아."

"정말 미안해요… 헤헤."

"…흥!"

픽! 고개를 돌려 버리는 김새연.

자… 여기서 어떻게 할까?

받아칠까? 아니면 더 싹싹 빌까. 후자로 가야 하는 수순이었지만 김새연의 대사를 잠시 곱씹어보니 그러고 싶은 마음이 사르르 녹아내렸다.

"그래도 저 이번 한 번 늦었는데……."

"뭐? 그래서 뭐! 내가 매번 늦기라도 했다는 거야?"

"솔직히… 그러셨잖아요."

"아, 어이없다, 너. 너랑 나랑 군번이 같니? 하늘 같은 대선배인 내가 좀 늦었다고 너 지금 나한테 시위하는 거야?"

"아니요… 그런 건 아닌데요……."

김새연의 날 선 대사가 팍팍 들어오고, 지영은 씁, 속으로 짧게 혀를 찬 뒤에 어깨를 살짝 움츠렸다. 누가 봐도 기가 죽은 모습이었다. 지영의 그런 모습에 구경하던 삼 인은 고개를 절레절레 저었다.

말투는 말할 것도 없고, 몸짓으로 내보이는 연기 자체가 굉장히 여성스러웠다. 체격에서 나오는 선은 아직 관리가 전부 안 됐기 때문에 어쩔 수 없었지만 그래도 이 정도면 어깨 좀 좋은 여자라고 착각하고도 남을 정도였다.

그렇게 움츠린 지영에게 김새연의 대사가 날아들었다.

"너 웃긴다, 진짜. 야, 너 여태껏 그럼 내가 좀 늦었다고 불만 품고 있었나 보네? 너 이번에 나랑 만나자고 한 것도 작품에 꽂아달란 얘기하려던 거 아니었어? 그런데 지금 니가 그렇게 불만

품을 때야?"

"죄송해요……."

얼씨구?

살짝 받아쳤다고 이렇게 와와거릴 줄은 몰랐던 지영이다. 하지만 눈빛이 살짝 표독스럽긴 하지만 지영에게 특별히 안 좋은 감정은 보이지 않았다. 역시 배우는 배우다. 오로지 연기에만 집중하는 모습을 보니 말이다.

"자, 그만. 이 정도면 충분합니다."

장재원 감독의 말에 지영은 좁혔던 어깨를 폈다. 가슴 안쪽으로 좀 무리하게 넣었더니 근육이 뻐근했다. 김새연도 한숨으로 감정을 털어냈다. 샐쭉했던 눈빛도 어느새 정상으로 돌아왔고, 입가에 은은한 미소를 그리고 있었다.

"인정할게요. 지영 씨 진짜… 대단하네요."

김새연은 그렇게 말한 뒤 고개를 절레절레 저으며 지영을 인정했다. 짝짝짝, 칸나가 작게 물개 박수를, 고은성은 지영을 빤뚫어져라 바라봤다.

"아직 덜 다듬어졌죠?"

"후후, 아주 매끄럽진 못하죠. 하지만 앞으로 두 달 정도 시간 있으니까 지영 씨는 충분히 다듬을 수 있을 겁니다."

장재원의 감독은 지영의 질문에 푸근한 미소로 대답했다. 장수영 때와는 전혀 다른 모습이지만 서소정이 말하길 이게 원래 장재원 감독의 성격이라고 했다. 하긴, 그때야 수영이가 아팠으니 충분히 이해가 갔다. 이제는 아픔을 떨쳐내고 작품에 매진하는 장재원 감독은 확실히 부드러운 카리스마가 있는 사람이었다.

지영은 고개를 끄덕이곤 잠시 생각에 잠겼다.

남들이야 괜찮다고 했지만 몇 가지 걸리는 게 분명 있었다. 일단 목소리. 아직 변성기에 들진 않았기 때문에 성대를 최대한 컨트롤하면 여성 목소리 비슷하게 나오게 할 순 있었다.

'문제는 고문 신인데……'

고문은 고통을 주기 위한 목적으로 가하는 거니, 악을 써야 하는데 이 목소리로 악을 쓰면 성대에 금방 무리가 올 것 같았다.

'그렇다고 더빙을 할 수도 없고……'

목소리를 입히면 표정과 괴리가 생길 게 분명했다. 지영은 여태껏 그랬지만 임은이 역은 정말 제대로, 아주 잘하고 싶었다. 일본에서 생각했던 것처럼 이번 삶이 다른 이유가 그것 때문이라면 대충 해선 절대로 안 됐다.

"무슨 생각을 그리 하세요?"

"아… 아무것도 아니에요."

"지영 씨, 군? 음… 뭐라고 불러야 할까요?"

"편하게 이름만 불러주세요. 저 이제 열네 살이에요."

"편하게 해도 되… 될까요?"

"네."

"에헤헤."

간이고 쓸개고 다 떼어줄 것 같은 웃음을 지은 고은성이 다시 지영을 불렀다.

"그럼, 지영아? 으흐흐."

"네."

"연기는 안 배웠다고 했지?"

"네, 예전에 민아 따라갔다가 운 좋게 박 감독님 영화에 캐스팅됐을 때 처음 해봤어요."

"우와… 이런 게 타고난다는 건가? 새연아, 너가 보기엔 어때?"

고은성의 시선이 김새연에게 갔다.

그녀는 곰곰이 생각에 잠겨 있었다.

사실 지영의 연기력은 아직도 일각에선 논란거리로 자주 등장했다. 아무리 천재라고 하더라도, 지영이 첫 데뷔한 여덟 살에 그런 눈빛과 대사 전달력은 갖추기 힘들다고. 사실 이 말이 정론이었다.

여덟 살은 어쩔 수 없이 한계가 있을 수밖에 없으니까.

하지만 그걸 지영이 아예 부숴 버렸다.

불가능하단 게 정론이지만 지영이 불가능을 깬 거다. 하지만 대체 그게 어떻게 가능하냐는 주제로 각종 커뮤에선 심심찮게 불이 붙는 주제였다.

"난 굳이 깊게 생각 안 해봤어. 솔직히 이해할 수 없는 걸 이해하려 노력한다는 것 자체가 무의미한 짓이잖아."

"아……."

김새연의 대답에 고은성은 그냥 고개를 끄덕였다. 장재원 감독은 웃었고, 칸나는 가만히 듣고만 있었다. 지영도 딱히 말을 하진 않았다. 자신의 상황은 설명 자체가 불가능한 일이었기 때문이다.

장재원 감독이 힐끔 시계를 보더니 다시 입을 열었다.

"자, 오늘은 이제 일어날까요? 아차, 선남선녀들이 모였는데 제가 빠져야겠군요. 하하."

장재원 감독이 자리에서 일어나며 그렇게 말하자 다들 바로 짐을 챙겼다. 고은성이 폰을 불쑥 내밀어 번호를 찍어주곤 지영은 카페를 나섰다. 밖에서 대기 중이던 서소정이 지영을 픽업해 집에 데려다 줬고, 러닝머신을 30분 정도 뛴 뒤에 지영은 씻고 침대에 누웠다.

'얼마 안 남았구나.'

오늘 저녁을 먹으면서 스케줄에 대한 간략한 설명도 들었다.

일주일 뒤 제작 발표회. 삼주 뒤에 대본 리딩. 꽃피는 삼월에 촬영 스타트. 이제 1월 중순이니 한 달 반 정도 남아 있었다.

'후우… 잘하자.'

다른 사람도 아니고, 바로 전전 삶의 임은이다.

지영의 삶 중 억울하게 끝난 삶도 많지만 임은이처럼 한스럽게 마감했던 삶도 꽤 드물었다. 그런 삶이 운명처럼 영화로 제작된다.

자신이자, 임은이의 한을 제대로 풀어줄 수 있는 기회가 왔다.

이전의 영화들을 찍을 때보다 당연히 마음가짐이 다를 수밖에 없었다.

다음 날부터 지영은 철저한 식단으로 몸매 성형을 감행했고, 목소리 또한 연구에 연구를 거듭했다. 보는 사람이 질릴 정도의 처절한 노력. 그런 준비 끝에 드디어 3월이 되었다.

chapter22
붉은 꽃이 피는 3월

2월.

　엄청난 기대 속에서 4개국에서 동시에 'Mushin: The birth of hero'가 개봉했다. 무신은 개봉 첫 날부터 일본을 빼고 엄청난 흥행을 일으켰다. 점유율은 물론 50% 이상을 넘겼고, 한국 같은 경우는 거의 70%에 육박할 정도로 영화관을 독점했다. 무신은 미블 특유의 화끈함을 그대로 가지고 있었다.

　영웅의 탄생 과정.

　영웅의 수련 과정.

　영웅의 위기 과정.

　영웅의 해결 과정.

　이 코스를 그대로 타고 넘어가며 관객들에게 카타르시스를 제대로 전달했다. 특히 한국과 중국은 데모니악을 압도적인 무력으로 철저하게 깨부수는 스토리에 환호했다. 데모니악 자체가 일본 제국주의를 기본 모티브로 잡았기 때문에 제2차세계대전 당시 일본에게 엄청난 피해를 입은 양국의 환호는 너무나 당연한 일이었다.

반대로 양국이 데모니악이 깨지는 장면들에 속 시원한 감정을 느꼈다면 일본에서는 그 장면들을 불편해했다. 그래서 점유율이 고작 30%도 되지 않았다. 일부 극우 단체들이 고소한다며 정말 지랄 발광, 난리 블루스를 쳤지만 미블이 그런 난리에 콧방귀도 뀌지 않았다. 오히려 엔터테인먼트 산업에서는 가히 세계 넘버원이라 할 수 있는 회사가 뒤에 있으니 네티즌들은 제발 고소 좀 해보라고 부추기기도 했다.

그래야 역관광을 아주 제대로 당할 테니 말이다.

하지만 그런 일은 일어나지 않았고, 내심 바라던 이들은 아쉬운 한숨을 흘려야 했다.

2주, 3주, 4주.

무신은 빠른 속도로 스코어를 올려갔다.

영화의 흥행 때문에 한창 인터뷰다 CF다 돌아다니느라 바쁜 송지원과 칸나지만 지영은 모든 스케줄을 빼고 오직 몸 만드는 데 집중하고 있었다.

그래서 대본 리딩과 제작 발표회에만 참석했고, 오직 회사 집, 회사 집을 병행하며 인내의 시간을 버티고 있었다.

지영은 이를 악물고 정신과 시간에 방에 갇힌 것처럼 하루하루를 버텼지만 시간은 일정한 속도로 만인에게 공평하게 흘러갔다. 그렇게 3월이 왔다.

3월, 꽃바람에 아직도 차디찬 냉기가 느껴지는 시기였다.

'피지 못한 꽃송이여'의 첫 촬영은 오늘, 3월 1일이었다. 합천 영상 테마파크에 도착한 지영은 어마어마하게 몰린 기자들에 놀랐다.

"엄청 왔네요."

"강지영 배우님의 찍는 영화잖아? 후후."

서소정은 지영이 중얼거린 말을 놀리듯이 받고는 기자들을 피해 안쪽으로 깊숙하게 들어가 차를 세웠다. 차에서 내린 지영은 반짝반짝 광이 나는 유리창으로 모습을 점검했다.

지난 배우들 미팅 이후 정말 처절하게 다이어트에 돌입했던 지영의 지금 모습은 정말 홀쭉해져 여자라고 해도 믿을 수 있을 정도였다. 특히 무신을 찍으면서 깡패처럼 키워 놓은 어깨가 많이 줄어들어 있었고, 머리도 가슴 언저리까지 내려올 정도로 길었다.

'좋아.'

컷팅은 딱 만족스러울 정도까지 됐다.

몸에 힘이 좀 없는 게 흠이긴 하지만 정신만큼은 매우 또렷했다. 대기실에 들어가니 먼저 온 배우가 있었다.

나이 지긋한 노년의 배우 두 사람.

국민 배우로 불리는 윤여선과 이윤재였다.

두 사람 다 남여배우 쪽의 가장 최고령 배우였고, 배우라는 타이틀보단 그냥 선생님이라 불리는 두 사람이었다. 담소를 나누던 두 사람은 지영이 대기실로 들어오자 시선을 돌려 빤히 바라봤다.

대본 리딩 때 봤었던 두 배우의 1등 도착에 지영은 얼른 다가가 인사를 했다.

"선생님, 안녕하세요."

"그래, 지영이 왔구나."

"얘는 참 부지런해요, 그죠?"

리딩 때도 일찍 간다고 했는데 먼저 와서 기다리고 있었던 두 사람이었다. 지영은 몸 때문에 그런지 윤여선과 이윤재를 대하는 게 참 답답했다. 살아온 세월을 치면 두 사람 다 지영에겐 게임도 안 되지만 그걸 들이밀 정도로 지영은 어리석지 않았다. 그러니 어쩌겠나. 그냥 애가 되는 수밖에 없었다.

"몸이… 어휴, 힘들었겠어."

윤여선이 지영의 변한 몸을 보더니 고개를 저으며 안타까운 얼굴이 됐다. 아까 거울에서 점검했을 때 스스로 만족했던 것처럼 지영의 지금 모습은 정말… 그냥 여자라 해도 믿을 정도로 살을 빼놓은 상태였다. 그래도 옷 안에는 근육이 최대한 압축되어 있어 괜찮지만 겉으로 드러나는 얼굴이나 손가락 같은 경우는 정말 빼빼 말라 있었다.

장재원 감독도 리딩 때 지영을 보곤 과하다고 했지만 지영은 그때 멈출 수가 없었다. 임은이의 당시 체형은 누구보다도 지영이 제일 잘 알았다. 당연한 일이다. 임은이가 곧 강지영의 전생이었으니까. 그러니 최대한 임은이랑 같은 체형으로 촬영에 임하고 싶었다. 신장이야 어쩔 수 없이 지금이 더 컸지만 체형은 겨우 맞출 수가 있었다.

"괜찮습니다, 선생님."

"어머어머, 얘 목소리도 엄청 교정했네. 정말 여자 목소리 같다, 얘."

"감사합니다."

윤여선이 지영의 어깨를 살살 다독이며 칭찬을 했고, 이윤재도 고개를 끄덕이곤 묵직한 어조로 한마디 했다.

"배우라면 이 정도는 해야지."

"……."

그 말에 지영은 그냥 가만히 있었다.

'그렇죠? 이 정도는 해야 배우 아니겠습니까?' 이런 식으로 저 말을 받아치기엔 지영의 현재 나이가 너무 어렸다. 그러니 그냥 가만히 있는 게 답이었다.

"연습은 많이 했고?"

"네, 선생님. 최대한 할 수 있을 만큼 하고 왔어요."

"그래, 리딩 때도 보고 감탄했지만 너 같은 배우가 한국에 나와서 참 다행이야, 호호."

"과찬… 이세요, 선생님."

지영의 대답에 푸근한 미소가 되돌아왔다.

윤여선은 사실 꽤나 까칠한 여배우였다. 그녀의 가드가 얼마나 견고한지 아는 사람은 잘 안다. 그냥 자신한테 싹싹하게 대한다고 다 그녀가 정한 선 안으로 들어갈 수 있는 건 아니었다.

사람을 사귐에 있어 정말 오래도록 고심하는 스타일. 윤여선이 딱 그랬다. 그녀는 첫 리딩 때 지영에게 장수영 때의 일을 얘기하며 너무 고맙다는 얘기를 했었다. 어떻게 알고 있는 거지? 이런 의문이 들었지만 윤여선은 장재원 감독의 영화에 세 번이나 출연했었고, 매 영화마다 직접 장재원 감독을 집으로 초대해 식사를 대접했던 적이 있었다. 그래서 당연히 장수영도 알고 있었다.

인간의 기본 도리.

배우의 기본 도리.

윤여선이 정한 선의 기준이었다.

이런 선은 이윤재도 마찬가지였다. 그는 오히려 더 깐깐한 구석이 있는 배우였다. 문이 벌컥 열리고 사이좋게 들어오던 두 여배우가 흠칫 굳었다. 두 사람은 당연히 고은성과 김새연이었다.

촬영 스타트 시간보다 못해도 한 시간이나 일찍 왔는데도 대선배, 아니, 선생님들이 먼저 나와 있으니 저리 굳는 게 무리도 아니었다. 지영도 순간 놀랐을 정도였으니 말이다.

쪼르르 달려와서 냅다 고개를 숙이는 두 사람.

"안녕하세요, 선생님!"

"선생님, 안녕하세요!"

같은 문장을 서로 바꿔서 인사하는 걸 보고 지영은 풋 웃어버렸고, 윤여선과 이윤재도 그게 재밌었는지 작게 웃음을 터뜨렸다. 배우들이 속속 모여들었다. 모든 주조연 배우들이 윤여선과 이윤재에게 인사를 하고 가느라 시끌벅적했지만 분위기는 그만큼 좋았다.

적당히 눈치를 보던 지영은 조용히 자리에서 일어났다.

"저는 그만 가서 준비 좀 할게요."

"그래, 어여 가봐."

"네, 이따 뵐게요."

꾸벅 인사를 하고 나간 지영은 서소정에게 전화를 걸었다.

"누나, 어디세요? 아, 사 번 대기실이요. 네, 지금 갈게요."

지영은 밖으로 나와 서소정이 이성은 한정연 등과 기다리고 있는 4번 대기실을 찾았다. 대기실은 금방 찾을 수 있었다. 저 멀리 천막을 쳐놓고, 큼지막하게 숫자 4를 붙여놨기 때문이었다. 안으로 들어가자 난로와 온풍기까지 틀어놨는지 훈훈함이 지영을 가장 먼저 반겼다. 지영은 바로 옷을 갈아입었다.

은밀하게 비선을 조직하던 임은이.

그녀가 즐겨 입던 의상 스타일 중 하나가 양장이었다.

특히 푸른 계열의 여성 양장과 챙이 짧은 모자를 즐겨 썼었다. 지영이 옷을 갈아입고 나오자 대기 중이던 특수 메이크업 팀이 지영의 가슴에 브래지어를 대고, 그 안에 보형물을 넣었다.

"어머, 지영아. 너 너무 능숙한데?"

장재원 감독이 섭외한 특수 메이크업 담당은 보형물을 넣어주자 능숙하게 후크를 거는 지영을 보고 놀라며 그렇게 말하자, 지영은 그냥 연습 좀 했다고 대답하곤 거울 앞에 서서 요리조리 몸을 비틀어가며 라인을 살폈다.

임은이로 살면서 브래지어보단 사실 천으로 가슴을 압박해 놓는 경우가 훨씬 많았다. 당시의 브래지어는 지금 기준으로 매우 조잡했기 때문에 가슴을 제대로 잡아주질 못했었다. 그래서 그냥 천으로 가슴, 어깨로 감아서 꽉 잡아주기만 했었다. 그 이유는 물론 활동성 때문이었다.

지영은 실제로 그렇게 하고 싶었지만 그냥 분장 쪽은 장재원 감독에게 맡겼다. 라인만 살면 솔직히 이런 부분은 크게 문제로 삼을 것도 없었다.

"와……."

"라인 죽이네……."

지영이 전신 거울을 볼 때 흘러나온 감탄들이었다. 감탄처럼 지영은 어깨부터 허리까지 완벽하게 라인을 만들어 왔다.

두 달간의 처절한 인내가 드디어 빛을 발하고 있었다.

"후우… 셔츠 주세요."

"으웅, 여기."

가슴을 만들고, 그다음 셔츠를 입고, 스타킹을 신고, 스커트를 입었다. 마지막으로 발목 언저리까지 내려오는 푸른색 롱 코트를 걸쳤다. 그러곤 다시 전신 거울 앞에 서보는 지영.

"죽인다……. 반하겠어, 진짜."

이성은이 넋을 놓고 지영을 보면서 한 말이었다.

그녀의 말처럼 지영은 아직 머리와 메이크업을 하지도 않았는데 완벽한 여자가 되어 있었다. 특히 여기에 머리를 당시 임은이가 했던 것처럼 굵게 웨이브를 주면 더욱 여성스러워질 게 분명했다.

'좋아…….'

거울을 보고 스스로 좋아라고 말한 것만 두 번째.

그만큼 거울 속 자신의 모습이 지영은 마음에 들었다. 물론 성 정체성의 흔들림 때문이 아니라 배역을 위해 완벽하게 준비한 자신에 대한 칭찬이었다.

"이제 이 누나가 한 듯 안 한 듯, 내추럴 메이크업을 해줄게. 여기 앉아봐."

"네."

거울 앞에 앉자, 이성은이 다가와 준비했던 스타일을 다시 한 번 꼼꼼하게 살펴본 뒤, 섬세한 조각가의 손길로 지영의 얼굴에 붓질을 시작했다. 오랜만에 일이라 신이 났는지, 아니면 자신이 맡은 배우를 최고로 만들어주고 싶었던 건지 그녀는 굉장히 꼼꼼했다. 그리고 정말 온 정성을 쏟았다.

베이스 메이크업 뒤, 아주 연하게 아이라인을 그려 넣고 그 다음 마스카라도 아이라인과 똑같이 연하게 했다. 색조 메이크업이 끝나고 이어서 생기 감도는 볼을 만든 뒤 붉은 홍조가 도는 입술로 마무리했다.

이성은이 물러나자 한정연이 다가와 지영의 머리를 만지기 시작했다. 그녀 또한 이성은처럼 오랜만의 일이었다. 일하는 시간보다 실제로 노는 시간이 훨씬 많아 지영이 몸을 만들거나 비(非)스케줄 기간일 땐 이성은과 함께 프리로 뛰었을 정도다. 물론 월급은 꼬박꼬박 나왔다. 다만 그런데도 프리로 뛴 건 감각을 잃지 않기 위함이었다.

꿈의 직장이라 할 수 있는 지영의 팀에서 쫓겨나지 않으려고 그랬다는 두 사람의 말을 지영은 아직도 기억하고 있었다.

어쨌든 그런 두 사람의 노력 끝에 그 시절, 임은이가 즐겨 했던 헤어스타일이 다시 살아나고 있었다.

말고, 꼬아서 가슴까지 오던 머리를 어깨 정도까지 내려오게 했고, 그 위에 모자를 살짝 씌워봤다.

"완벽……!"

한정연이 주먹을 꼭 쥐며 그렇게 소리쳤고, 지영은 여태껏 감고 있던 눈을 떴다. 거울 속, 얼굴만 다른 임은이가 지영을 바라 보고 있었다.

반가워.

오랜만이야.

이상하게 이런 환청이 들리는 것 같았다.

그래서 지영은 저도 모르게 작게 미소 지었다. 찰칵! 찰칵! 서 소정이 그런 지영의 모습을 폰에 담았다.

자리에서 일어난 지영은 코트를 다시 걸치고, 진주 귀고리 세 팅까지 끝냈다. 그 시절 임은이는 화려하게 자신을 꾸몄다. 물론 실제 속성 때문이 아닌 임무 때문에 스스로를 이렇게 꾸몄다. 그래서 장재원에게 극 중 임은이가 사용할 모든 액세서리, 의상 은 자신이 직접 준비하면 안 되겠냐고 부탁을 했고, 장재원은 흔쾌히 받아들였다. 물론 사진을 찍어 동의는 구해야 했고, 오늘 은 가장 심혈을 기울여 고른 의상이었다.

'좋아……'

여전히 거울을 바라보면서 오늘만 속으로 세 번째 좋아를 외 친 지영은 눈을 몇 번 감았다 떴다가 서소정을 향해 물었다.

"촬영 준비는요?"

"알아보고 올게!"

몸이 달아오르는 느낌이었다.

그래서 빨리, 빨리 시작하고 싶었다.

지금 가슴 가득 충족하게 올라온 이 감정을 지영은 얼른 풀 고 싶었다. 그래서 처음으로 준비 전, 희열을 느끼고 있었다. 5분 도 안 되어 다시 돌아온 서소정이 지금 나가면 된단 말에 지영은 심호흡을 크게 한번 했다. 그러곤 슬리퍼에서 구두로 갈아 신었다.

두근두근 드물게 심장까지 떨렸다.

서소정이 천막을 걷어냈고, 지영은 난생처음 떨리는 기분으로 걸음을 옮겼다. 그렇게 지영이 밖으로 나오자, 모든 시선이 지영에게 향했다가 우뚝 멈췄다. 모든 스태프, 배우들이 숨 쉬는 것도 잊은 채 지영을 바라봤다.

넋을 놓는다는 표현이 아마 가장 알맞을 현 상황…….

"미쳤네……."

누군가가 홀린 듯 흘려낸 말이 지영의 여장에 대한 모두의 심정을 대변했다.

미쳤네.

그 한마디는 심정을 대변하기도 했지만 넋 잃고 있던 영혼들을 깨우기도 했다. 웅성웅성. 지영의 미모에 대한 얘기가 촬영장을 둥둥 떠다니기 시작했다. 대기 중이던 칸나가 멍한 얼굴로 다가와 지영의 얼굴을 요목조목 살펴봤다.

"지영? 지영 맞아요?"

"네, 저예요."

"진짜? 레알?"

"네."

"와… 너무 예뻐요!"

지영이 임무 중 임은이처럼 작게 웃으며 대답해 주자 칸나는 일본인 특유의 과장된 몸짓과 말투로 호들갑을 떨었다. 그러곤 폰을 꺼내 급히 사진을 찰칵! 찰칵! 지영은 손으로 브이를 조신

하게 그려주었다.

그러곤 한쪽에서 대기 중이던 주연 배우 둘에게 다가갔다.

또각, 또각또각.

구두 굽 소리가 이제 겨우 살아나기 시작한 촬영장을 다시 멈추게 만들었다. 남자가 보통 구두를 신으면 걷는 게 부자연스럽게 마련이다. 그건 다리 라인에서 나오는 각선미, 그리고 골반의 움직임과 익숙함의 정도 등 워킹에서는 어쩔 수 없이 남성과 여성은 차이가 난다.

하지만 지영의 워킹은 너무나 자연스러웠다.

마치 모델이 런 웨이를 걷는 것처럼 한 치의 흔들림도 없이 꼿꼿했고, 당당했다. 사실 이 워킹도 연습을 엄청나게 했던 지영이다.

구두를 신고 걷는 것, 정신적으로는 익숙하다.

옛날엔 더 불편한 신발을 신고 걸어봤던 지영이라 요즘 시대의 구두를 신고 움직이는 데 정신적으로 거부감은 없었다. 하지만 아무리 컷팅을 했다고는 해도 기본 베이스 자체가 남자의 몸이었다.

그리고 몸이 기억하고 있는 상태가 아니었던지라, 하루 한두시간씩 꼭 워킹 연습을 했었다. 이 모든 노력은 임은이를 위해서였다.

이런 복장을 입었을 때의 임은이는 항상 임무 중이다. 그래서 변장과 팜므파탈의 매력을 뿜어내야 했다. 화장, 의상, 그리고 말투는 상황에 따라 달라야 했고, 미소는 섹시했어야 했었다. 그런 매력은 워킹에서도 당연히 나와야 했다.

처절한 노력 속에 겨우 임은이를 완벽하게 현세에 끄집어낼 수 있었다.

여기에 서랍까지 열면? 더 이상 완벽할 순 없을 것이다. 지영이 다가가자 당시 학생복을 입고, 그 위에 패딩을 입고 있던 고은성과 지영처럼 여성용 양장을 입고 있던 김새연이 흠칫 놀랐다.

일단 두 사람보다 지영이 머리 하나는 더 컸고, 불과 2, 30분 만에 180도로 변해서 와버린 지영이 낯설었던 것 같았다.

"이상해요?"

"아, 아니… 그건 아닌… 데요."

지영의 질문에 고은성이 다시 존대로 돌아갔다. 그만큼 지영의 낯선 모습에 놀란 것 같았다.

"와… 잘 어울리네, 진짜."

김새연은 고은성과는 반대로 정상으로 돌아와 솔직한 감상평을 내놓았다. 만족스러운 감상과 반응이었다. 솔직히 이 정도 반응이 아니었음 지영의 여장은 안 어울린다는 뜻으로밖에 볼 수 없었다.

"다행이네요. 안 어울리면 어쩌나 걱정 엄청 했는데."

"그런 걱정은 아예 안 해도 되겠어. 너 지금… 나보다도 예쁘다. 윽, 자존심 상해……."

제법 친해진 김새연이 새침한 표정을 지으며 그렇게 대답하자, 지영은 다시 입가에 만족스러운 미소를 그려 넣었다. 그런데 그 미소조차 너무 여성스러워 고은성은 흠칫 놀랐고, 김새연은 차마 설명하기 힘든 감정이 담긴 한숨을 흘려냈다.

"어휴, 아가씨가 다 됐네, 다 됐어. 호호호."

어느새 다가온 윤여선이 그렇게 말하더니 지영의 옷매무새를 다잡아줬다. 깃을 세워주고, 화장이 잘됐나 확인해 주고, 풍성하게 말아놓은 머리카락을 매만져줬다.

"곱다, 고와. 노력 정말 많이 했구나."

"감사해요, 선생님."

"호호, 내게 감사할 게 뭐가 있겠니. 다 지영이가 혹독하게 준비한 건데. 그러고 보니 이름도 지영이네? 이대로 밖으로 나가면 다 여자인 줄 알겠다, 얘. 호호호."

"그 정도는… 아하하."

"괜찮아. 잘했어."

흐뭇한 미소를 끝으로 윤여선은 다시 이윤재에게 갔고, 지영은 후우, 짧은 한숨을 흘려냈다. 이제 대사를 맞춰볼 시간이었다. 지영은 숨을 다시 골랐다. 이제부터다. 이제부터 임은이의 한을 풀어줄 순간이 됐다. 지영은 고은성을 잠시 바라봤다. 통통한 볼 때문에 그런가? 고은성은 유관순과 싱크로율이 어마어마하게 높았다.

'이 정도면 못해도… 칠십 이상은 되겠는데.'

특히 머리를 전부 뒤로 당겨 모아서 질끈 묶고 있으니 한층 더 그 시절 유관순처럼 보였다.

'너도 한이 많았겠지……. 걱정 마. 이 사람이 풀어줄 거야.'

유관순(柳寬順).

충남 천안에서 1902년, 12월 16일에 태어난 대한제국 시절 가장 유명하고, 위대했던 독립운동가 중 한 명이다. 이화여고에 다니던 시절 임은이는 그녀를 처음 만났다. 총독부로 인해 휴교 직전까지 정은정과 함께 우정을 나눴고, 그 우정은 삼국지의 도원결의처럼 아주 깊고 진해졌다.

지영은 이번엔 김새연을 바라봤다.

정은정.

너무나 약했고, 아팠고, 용감했던 친구.

병약한 몸 때문에 광복 운동에 동참하진 못했지만 그 대신 재산을 처분해 독립 자금을 은밀하게 댔던 친구.

이 두 사람의 삶은 대한민국의 너무나 아픈 역사였다.

물론 임은이의 역사 또한 마찬가지였다.

"자자! 준비하세요!"

촬영 스태프의 외침에 오늘 찍을 독립운동 신을 위해 모인 단역들이 세트장으로 나왔다. 손에는 소품 팀에서 준비한 조잡한 태극기가 들려 있었다. 지영은 그들을 보며 임은이가 부르르 떠는 것을 느낄 수 있었고, 그러한 임은이의 감정에 지영은 뭉클한 뭔가가 가슴 가득 퍼지는 걸 느낄 수 있었다.

'이들에게는 영화지만 내게도 영화라 할 수 있을까……?'

지영은 고개를 저었다.

스태프들이 배우들에게 각각 다가가 배우 스텐바이 위치로 가 달라는 말들을 전하고 다녔다. 지영은 알아서 자신이 있어야 할, 2층 건물의 테라스로 이동했다. 이번 신은 다각도에서 전체 배우들을 찍었다. 일본군 순사를 찍고, 그 앞에 서서 대한민국 만세를 외치는 백성들, 그 백성들의 가장 선두에서 태극기를 흔들며 군중을 이끄는 유관순, 멀리 떨어진 골목에서 그걸 지켜보는 정은정, 마찬가지로 2층 난간에서 조용히 그 모습을 지켜보는 임은이까지.

오늘은 3월 1일. 그래서 독립운동을 찍는다. 그리고 첫 신의 준비가 이제 끝났다.

촬영장의 공기가 엄숙하게 가라앉았다.

장재원 감독이 평소와는 완전히 다른 매서운 눈으로 변하는 순간, 사인이 떨어졌다.

레디, 액션.

*   *   *

"대한 독립 만세! 대한 독립 만세……!"

앞에선 고은성이 광기와 처절함이 동시에 버무려진 한이 가득한 얼굴로 태극기를 흔들며, 대한 독립 만세를 외쳤다.

대한 독립… 만세!

대한 독립… 만세!

고은성의 선창에 그 뒤에 선 군중들이 목이 찢어져라 후창했고, 그 만세 소리는 공간을 정말 쩌렁쩌렁 울렸다.

"칙쇼……! 이것들은 뭐냐!"

"독립운동을 위해 모인 조선의 백성들입니다!"

"빠가야로! 누가 그걸 모르나! 왜 이 상황이 되도록 해산시키지 않았냐고 묻는 거다!"

"바로 진압하겠습니다!"

"반항하는 것들은……! 모조리 잡아들여!"

일본군 간부, 칸나의 남편으로 나올 사내가 순사들 앞에 서서 인상을 잔뜩 쓴 채 외쳤다. 탕! 타앙……! 탕탕……! 동시에 권총과 소총에서 위협사격이 가해졌다. 몇 발은 바닥에 박혔고, 몇 발은 하늘로 쏘아졌다.

고은성을 비롯한 군중들은 멈칫했다.

총소리는 그만큼 무의식에 깔린 공포를 자극하는 힘이 있었다. 하지만 고은성, 그녀는 유관순이다. 비록 나이도, 외모도, 시대까지 다르다 하더라도.

'부디 부탁이니… 지금 이 순간만큼은… 유관순이 되어주세요.'

지영의 속으로 간절히 전한 부탁이 끝나기 무섭게 고은성이 양팔을 번쩍 들어 새하얀 무명천에 조잡하게 그려진 태극기를 다시 흔들었다.

"대한… 독립… 만세!"

홀로 외친 찢어지는 만세 소리가 다시 한번 공간을 두들겼다. 원래는 한 번이다. 하지만 고은성은 멈추지 않았다. 온몸을 너울치듯 흔들면서 두 번째 외침을 터뜨렸다.

"대한 독립… 만세!"

"만세……!"

"대한 독립… 만세!"

군중의 성난 외침이 이어서 터지자, 순사들의 얼굴에 당황이 서렸다. 하지만 그 앞에 선 간사한 콧수염의 간부는 반대로 얼굴을 악귀처럼 일그러뜨렸다.

"감히… 천황 폐하의 은을 입고도 독립을 외친단 말이냐! 이리 줘봐라!"

간부는 옆에 있던 순사의 총을 뺏어 그대로 앞을 향해 방아쇠를 당겼다.

타앙……!

컥!

붉은 선혈이 튀면서 고은성의 옆에 있던 중년의 사내가 바닥에 고꾸라졌다. 총성과 비명이 가져온 효과는 놀랍도록 컸다. 고은성도 다시 우뚝 멈췄고, 삐걱거리는 움직임으로 쓰러진 중년 사내를 바라봤다.

"벌레 같은 것들! 해산하지 않겠다면 모조리 죽여 버리겠다!"

"……."

"어서 꺼져라! 뭐 하고 있나! 네놈들도 죽고 싶은 게냐!"

까드득……!

그 간부의 외침에 지영은 이를 악물었다.

덜컥, 덜컥!

부르르……!

임은이의 서랍이 이성을 잃은 것처럼 흔들렸다.

일본군 간부 역을 맡은 배우는 연기를 잘했다. 지나치게 잘했다. 당시의 어설픈 한국어로 외쳤지만 그랬기 때문에… 더 임은이를 자극했다.

'참자……. 참아야 돼…….'

임은이는 제발, 제발 자신을 내보내 달라고 아우성을 치고 있었다. 하지만 지금 지영의 역할은 이곳에서 이 자리에서 이를 악물고 바라보는 것. 그게 대본에 적혀 있는 임은이 역 강지영의 역할이었다.

그래서 지영은 요동치는 분노, 슬픔에 몸서리치고 있는 임은 이를 말릴 수밖에 없었다. 가슴이 답답해졌다. 촬영 스타트 전 느꼈던 감정들은 모조리, 씻은 듯이 전부 사라져 버렸다. 단 한 톨의 감정도 남기지 않고 모조리 지워져 버렸다.

입술을 질끈 깨물고 그 순사를 노려보는 지영.

"으아……!"

고은성이 갑자기 괴성을 질렀다.

그러곤 다시 원래 대본에 없는 행동을 선보였다.

한 발자국, 다시 한 발자국!

그리고 천천히 양손을 들어 올리며 흔들었다.

손에 잡힌 태극기가 동시에 살랑살랑 흔들렸다.

고은성의 입은 그제야 다시 열렸다.

"죽여라."

"미친년이……!"

"나도 죽여보라! 대한 독립 만세……! 대한 독립 만세……! 대한 독립 만세……! 어디 나도 한번 죽여보란 말이다!"

"칙쇼!"

획!

총을 들어 올려 다시 고은성을 겨눈 간부지만 방아쇠를 당길 수는 없었다. 등골이 짜르르할 정도로 거대한 외침이 터졌기 때문이었다.

"대한……! 독립……! 만세!"

"대한……! 독립……! 만세!"

"대한……! 독립……! 만세!"

만세 삼창에 간부는 인상을 잔뜩 찡그렸다가, 타앙……! 다시 하늘로 총을 쐈다. 그러곤 앞으로 다시 겨눴다.

"다 잡아들엿! 반항하는 자들에겐 발포를 허락한다!"

"하이!"

순사들이 그제야 달려들었다.

몽둥이로 사정없이 군중들을 두들겼다.

고은성은 그 앞에 서 악을 썼다.

입고 있던 옷이 찢어지고, 머리가 산발이 됐다. 상의가 찢겨 나가며 새하얀 피부가 뿌연 하늘 아래 드러났다. 그러나 고은성은 아랑곳하지 않고, 이를 악물고 순사들에게 대항했다. 그 결과는……? 좋지 않았다.

휘익!

악랄한 궤적을 그리며 떨어진 쇠몽둥이가 고은성의 뒤통수를 후려갈겼다.

"그으……."

풀썩.

실이 끊어진 인형처럼 바닥에 엎어진 고은성의 머리 주변으로 붉은 피가 번지기 시작했다. 한 대의 카메라가 그런 고은성을 찍었다.

으드득……!

그 모습이 너무나, 연기가 분명한 저 모든 것이 너무나 자극적이어서 지영은 저도 모르게 입술을 깨물어 버렸다. 피가 툭! 터지고 비릿한 피 맛이 혀끝을 통해 느껴졌다. 휙! 지영은 고개를 돌렸다. 일본 순사들이 군중을 패는 곳에서 상당히 멀리 떨어진 곳. 후미진 골목에서 김새연이 안타까운 얼굴로 서 있는 게 지영에게 용케도 보였다.

아마 지금쯤 뚝뚝 눈물을 흘리고 있었을 것이다.

지영은 다시 시선을 정면으로 내렸다. 테라스의 커튼 뒤에 숨어 있는 초라한 자신. 정면에 나서지 못하는 자신. 임은이는 그래야만 했다. 어둠 속에서 조용히, 은밀히 움직였어야 했다.

뚝, 뚝.

분노와 연민에 지영의 눈에서 눈물방울이 또르르 흘러 카펫 위로 떨어졌다.

부르르.

카메라 한 대가 눈앞에 있었다.

지영은 고개를 들고, 눈을 감았다.

그 순간 찢겨진 입술에서 피 한 방울이 아롱져 떨어져 내렸다.

컷!

그리고 그 순간, 장재원 감독의 외침이 지영의 귀로 들어왔다. 또한 그와 동시에 지영은 자신이 정말 잘못 생각하고 있었다는 걸 깨달았다.

희열?

아니었다.

분노?

아니었다.

그럼?

감정의 파도에 휩쓸려 떠내려갈지도 모른다는 불안과 공포였다.

지영은 바로 대기실로 향했다.

전이라면 감독과 함께 영상을 확인할 텐데 지금은 도저히 그럴 정신이 아니었다.

"수고……."

수고했단 말을 하려던 서소정이 지영의 얼굴을 보곤 급히 입을 다물었다. 그녀도 몇 번 본 적 없는 날이 바짝 선 지영의 눈빛 때문이었다. 거기에 비틀린 조소까지. 그녀가 겪어본 바 지영이 이런 표정을 지을 땐 뭔가가 비틀어져 있을 때였다.

"다음 신까지 혼자 좀 쉬고 있을게요."

"으응……."

서소정은 지영이 대기실로 들어가자 마치 나이트 앞을 지키는 기도 아저씨들처럼 뒷짐을 척 지곤 앞을 막아섰다. 안으로 들어온 지영은 미니 냉장고에서 물을 꺼내 벌컥벌컥 마셨다. 차가운 냉수가 들어오자 열탕처럼 펄펄 끓던 머릿속이 좀 진정이 되는 것 같았다.

"후……."

안일했다.

너무 쉽게 생각했었다.

그동안 큰 문제가 없었기 때문에 지영은 이번에도 별다른 일은 없을 거라 생각했다. 오히려 임은이의 한을 풀 수 있으니, 잘됐다고 생각하고 있었다. 그런데 막상 까보니 전혀 아니었다.

임은이의 기억은 촬영이 시작되니… 엄청 격렬했다.

한 번도 기억 서랍 속 주인이 지영을 잡아먹으려고 했던 적은 없었다. 그런데 임은이는 격렬하게 지영을 덮쳐왔다. 특히 유관순 역을 맡은 고은성이 구타를 당하던 장면에서 입술을 피가 나도록 씹어가면서까지 겨우겨우 참았다.

"배역과 기억이 한 사람이라서 그런 거야……?"

여태껏 지영이 맡은 영화 속 인물들은 전부 가상, 가공의 인물들이었다. 숙 왕야도 그랬고, 제이도 그랬다. 척위준도 그랬다. 그래서 그랬던 건지 큰 문제는 없었다. 충분히 지영의 정신으로 제어가 가능했었다.

그럴 정신력이 충분히 있는 지영이었다.

그런데 대체 왜…….

임은이는 통제를 벗어나려고 했던 걸까.

"만약 컷 사인이 조금만 늦게 났다면… 분명 움직이고도 남았을 거야."

그만큼 참기 버거웠고, 버티기 힘들었다.

이건 지영이 오버하는 게 아닌, 실제로 그랬다.

참느라 입술을 씹어 피를 흘렸을 만큼.

으스스.

별안간 몸이 떨려왔다.

순간적으로 든 생각에 소름이 끼쳤기 때문이었다.

'지금도 이런데… 나중에 두 사람의 고문 신을 보게 된다면? 친구들과 헤어지던 신은? 그땐 도대체 어떻게 감당하지?'

지영은 고개를 절레절레 저었다.

임은이가 어떻게 나올지 도저히 예상이 되질 않았다. 처음엔 요조숙녀처럼 조용하더니, 막상 판을 열어보니 이건 한이 사무친 여인이나 다를 게 없었다.

"아……."

지영은 짧은 탄성을 흘렸다.

생각해 보니까 확실히 한에 사무친 상태에서 삶을 마감했다. 두 친우를 구하지 못했다는 죄책감은 둘째 치고, 지영이 근본적인 거부감을 가질 수밖에 없는 일본군의 만행들에 아주 치를 떨다 못해 저주까지 퍼부으면서 숨이 끊어졌다.

'분명히 그랬어……'

모든 기억을 확실하게 떠올리려면 서랍을 여는 게 최고지만 지금은 임은이의 기억 서랍을 여는 게 지영은 무섭고 불안했다. 동시에 이런 상태로 촬영을 이어갈 수 있을지 걱정도 됐다. 아까 찍은 신이 오케이 됐다고 해도 오늘 합천 세트장에서 찍을 장면은 꽤나 된다. 지금 시간이 열한 시쯤, 못해도 저녁 아홉 시에 열시까지는 촬영이 계속될 것이다.

그런데 도저히 지금 정신으로는 촬영을 할 수 없을 것 같았다.

"저… 지영아?"

"네……."

"이윤재 선생님 오셨는데……."

아…….

지영은 솔직히 지금은 누구도 만나고 싶지 않았다. 머릿속이 좀 진정될 때까지 그냥 혼자 있고 싶었다.

하지만 이윤재는 현 대한민국 최고령 배우이신 선생님이다. 지금 이 나이의 지영이 감히 안 만나겠다고 할 수 있는 급이 아니었다.

'미치겠네……'

그러다 보니 짜증이 왈칵 올라왔다.

하지만 지금 지영이 할 수 있는 선택지는 딱 하나밖에 없었다. 자리에서 일어난 지영은 거울로 갔다.

전신 거울 속, 자신의 얼굴은 아주 엉망이었다. 연하게 눈 화장을 했지만 눈물이 흐르면서 시꺼먼 줄무늬를 만들어 버렸다.

일단 거울 옆에 있던 물티슈로 번진 자국만 닦고, 지영은 밖으로 나갔다.

"들어오세요, 선생님."

"잠깐 실례 좀 하겠네."

점잖은 말과 함께 안으로 들어온 이윤재는 난로 근처 의자에 앉았다. 지영도 다른 의자를 하나 가져다가 그 앞에 앉았다. 지영이 자리에 앉자 이윤재는 지영을 깊게 가라앉은 눈으로 빤히 바라봤다.

지영은 그 눈빛에 잠시 멈칫했지만 피하지 않았다.

"……."

"……."

이윤재의 눈은 연륜이 가득 묻어 있는, 마치 득도한 고승 같은 눈빛이었다. 사람의 내면을 훑어보는 그런 눈빛. 물론 지영도 가지고 있는 기억 서랍 하나를 열면 저런 눈빛이 충분히 가능하긴 하다.

침묵은 이윤재가 먼저 깼다.

"쯔쯔, 뭐가 그리 슬픈 게야?"

"……."

아주 정확히 지영의 감정 상태를 파악한 말에 지영은 대답을 할 수가 없었다. 할 말이 궁색했기 때문이다. 연기지만 독립운동 장면을 보면서 임은이의 감정이 홍수처럼 저를 덮쳤습니다, 라고 대답할 순 없었다.

메소드 연기의 한 자락이라고 봐도 좋긴 하지만 앞에 있는 이윤재는 그 이상의 뭔가를 지영에게서 본 게 분명했다.

큼큼, 목을 다듬은 이윤재가 다시 말문을 열었다.

"내 이 영화를 한다고 했을 때, 가장 먼저 한 일이 자네의 연기를 살펴보는 거였네."

"……."

"이상했지. 암, 이상했어. 아무리 희대의 연기 천재가 이 세상에 태어났다고 한들, 자네 같은 연기는 불가능할 게야."

"……."

"여덟 살, 숙 왕야에서 자네가 보여준 눈빛 연기는 아주 인상적이었지만 소름이 끼쳤어. 왜인지 아나?"

"잘… 모르겠습니다."

거짓말이다.

알고 있었다.

이윤재가 그 눈빛에서 무엇을 봤을지.

지영은 충분히 짐작했다.

하지만 거짓말을 할 수밖에 없었다.

저 질문에 대답하는 것 자체가 말도 안 되는 일이었기 때문이다.

이윤재는 그렇게 거짓말을 한 지영을 다시 빤히 보다가, 말을 이었다.

"사람을 죽여 본 자의 눈빛이었네. 말도 안 되는 일이라는 걸 나도 알고는 있네. 하지만 나는 내가 잘못 본 것 같지가 않아."

"……."

이것 봐라.

저런 질문에 어떻게 대답을 할 수 있을까.

지영이 침묵하자 이윤재는 클클 웃었다.

"내 천구백삼십오 년, 함경도에서 태어났지. 먹고사는 게 어려워 남들보다 일찍 철이 들 무렵, 광복을 맞이했네. 그리고 몇 년 후, 육이오가 터졌지. 사람 죽고 죽이는 거? 수없이 보았어. 그러면서 알게 된 것 중 하나가, 사람을 죽여 본 자와 죽이지 않은 자의 눈빛은 어쩔 수 없이 차이가 날 수밖에 없다는 것이네. 하나같이 같았어. 요즘 말로는 사이코패스, 소시오패스라고 한다지?"

"……."

"숙 왕야의 눈빛이 그랬네. 사이코패스였지. 그것도 직접 사람을 죽여 본. 제이 때는? 소시오패스에 가까웠어. 이 역시 사람을 무수히 죽여 본 자의 눈빛이었지."

"……."

이것도 정답이었다.

폭군 이건은 반사회적 인격 장애를 아주 확실하게 탑재하고 있었고.

사십구 호는 당시 투여받은 약물과 침 때문에 양심의 가책을 아예 느낄 수 없었기 때문이다.

그래서 이윤재의 말에 지영이 할 수 있는 건 침묵밖에 없었다. 완전히 정답을 꺼냈지만 저 말에 수긍하는 순간, 지영은 괴물이 되는 거나 마찬가지였다. 이윤재의 말은 계속됐다.

"무신의 척위준이었던가. 그 눈빛도 마찬가지였네. 맑고 정명했지만 역시 살인에 거부감을 느끼는 눈빛은 또 아니었네. 자네가 테러를 당했을 때도 그렇지. 나는 봤다네. 두 번 때리고, 망설였던 걸."

"⋯⋯."

"그걸 보면서 나는 참으로 큰 의문을 느꼈네. 어떻게 아직 초등학교도 졸업하지 않은 아이가 저런 눈빛을 할 수 있을지. 궁리해 봤지만 당연히 답을 찾을 순 없었지. 그래서 직접 보고 싶었어. 아, 비밀이지만 이게 내가 이 영화에 참여한 이유라네."

"⋯⋯."

완벽한 팩트 폭력이었다.

지영은 굳이 자신을 숨기진 않았었다.

하지만 그래서 자신의 비밀을 아주 조금이나마 엿본 사람이 등장했다. 물론 이윤재뿐만이 아닐 것이다. 이 세상에는 이윤재만큼 연륜을 쌓은 사람이 수없이 많았다. 특히 실제 작전을 수행하는 군인들도 지영의 눈빛을 봤다면 분명 이윤재와 비슷하게 느꼈을 것이다.

동류(同類), 동질감(同質感).

그들은 지영을 그렇게 생각할 거고, 그렇게 느낄 것이다.

그런 생각을 하느라 지영이 답을 하지 않고 있음에도 이윤재는 다시 말을 이었다. 다행히 지영이 불편하다는 걸 알곤 주제를 바꿨다.

"아까 나는 자네만 유심히 지켜봤어. 시시각각 변하는 표정에는 정말 많은 감정들이 담겨 있더군. 분노, 슬픔, 절제를 포함한 복합적인 감정이었어. 이 또한 참 말이 되질 않아. 게다가 대본과도 매우 다르지. 대본에는 아마… 입술을 살짝 깨물고 그 장면을 지켜보다, 정도였을 테니 말이야. 허헛."

"하아……."

이윤재의 말은 사실이었다.

좀 전 장면은 영화의 오프닝에 쓰일 신이었다. 툭툭 끊어서 고은성이 처절하게 맞아가며 독립을 외치고, 그걸 안타깝게 바라보는 정은정과 감정을 최대한 절제하며 지켜보는 임은이. 이런 장면이 나와야 했다.

"그러다 내 문득 느낀 건… 자네는 환상이 아닌, 현실로 생각하고 있는 게 아닌가 싶었네."

"……."

역시, 무서운 선생님이다.

지영을 파악하고, 관찰하고, 그 결과 정답 테두리 안에 거의 다가왔다. 지영은 가슴이 차분해지는 걸 느꼈다. 임은이는 이윤재와 대화가 시작된 이후 한 번도 움직이질 않았다.

"가상의 캐릭터와 상황을 만들어 그 안에 몰입하는 게 아닌, 그 상황 자체를 아예 완벽하게 현실로 받아들이는, 그런 종류의 연기법."

"비슷… 합니다."

허헛.

이윤재는 지영의 대답에 웃었다.

의문이 풀려 웃은 게 아니라, 지영의 지금 모습에 연민을 느끼는 것 같았다.

"참 어려운 길을 가는구나."

"이게 제가 할 수 있는… 유일한 방법이니까요."

"하지만 힘든 길이기도 하지. 내 자네같이 연기하는 배우를 실제로 한 번 직접 본 적이 있어."

"누군가요?"

지영은 이제 침착함을 되찾았다.

눈, 입술에 작은 미소가 걸린 게 그 증거였다.

"장귀룡."

"……"

"그도 자네처럼 참 힘든 길을 걸었지. 그래서 그랬던가, 끝이 안 좋았어. 자네는 부디, 연기에 잡아먹히지 말게. 실은 이 말을 좀 해주려고 왔는데 늙어 그런가… 주절주절 말이 많았구먼, 허헛."

"아니에요, 큰 도움이 됐어요."

다시 목소리가 여성처럼 돌아가자 이윤재는 흐뭇하게 웃었다. 그러곤 지영의 어깨를 툭툭 치곤 밖으로 나갔다. 다행히 그는 '눈빛에 담긴 감정의 익숙함에 대해서는 별다른 말을 하지 않았다. 파고들면 충분히 골치 아플 주제라는 걸 알고 있는 것 같았다.

이윤재가 돌아가자 지영은 서소정에게 이성은과 한정연을 불러달라고 했다. 기다리고 있었는지 1분도 안 되어 온 둘에게 다시 메이크업을 수정받고 지영은 밖으로 나갔다.

빤…….

모든 시선이 지영에게 다시 쏠렸다.

눈치 빠른 몇몇은 분명 지영의 감정 상태가 이상했던 걸 눈치 챘을 것이다. 서소정이 다가와 신은 오케이로 끝났다고 해줬다.

그리고 방금 장재원 감독이 다녀와 다음 찍을 신을 알려주고 갔다는 말을 했다.

"벌써요?"

"응, 지영이 너부터 찍는다는데?"

"아… 그럼 옷 갈아입어야겠네요. 메이크업도 다시 하고. 진작 얘기해 주지."

"좀 전에 말해주고 가서……."

"알겠어요."

지영은 다시 대기실 안으로 들어갔다.

그러곤 정말 힘들게 공수해 온 한복을 꺼냈다. 한복을 바라보자 다시 한숨이 나왔다. 이미 겪은 불안과 공포감이 엄습했다. 지금은 잠잠하지만 또다시 임은이가 날뛸까 봐 걱정이 들었다. 하지만 걱정이 되더라도 지영은 이 한복을 입어야 했다.

극 중, 그리고 전생의 임은이가 가진 임무는 두 개로 나누어진다.

첫 번째는 낮에 비선을 연결하는 임무.

두 번째는 밤에 정보를 수집하는 임무.

임은이가 정보를 수집하는 방법은 간단했다.

일본군 간부를 상대로 아양을 떨어, 술에 취하게 만들어 정보를 살살 긁어모았다. 그럼 어떻게 해야 일본군 간부를 상대로, 아양을 떨 수 있을까?

이 방법 또한 간단하다.

기생(妓生)이 되면 된다.

chapter23
골목길, 연분홍 벚꽃나무 아래서

곱게 한복을 차려입은 지영은 다시 한번 거울로 모습을 살폈다. 임은이 시절만큼 뇌쇄적(惱殺的)인 이미지는 없었지만 반대로 굉장히 중성적인 이미지가 풍겼다.

임은이의 신장은 160이 조금 넘었지만 굉장히 육감적인 몸매를 지녔었다. 그래서 가슴도 브래지어가 아닌, 천으로 꽉 압박했었다.

움직일 때 불편하지 않게 말이다.

"후우."

지영은 그때의 임은이를 완벽하게 재연하려고 했지만 역시 얼굴에서 풍기는 느낌 자체는 바꿀 수가 없었다. 하지만 이런 지영의 모습은 충분히 아름다웠다. 지켜보는 많은 여성들을 좌절시킬 만큼 말이다.

"이 패배감은 뭐지……."

지영이 다시 기녀의 화장을 하는 모습을 다음 신 의상으로 갈아입고 넘어와 지켜보던 김새연의 한숨에 이은 말이었다. 고은성은 옆에서 응응, 고개만 끄덕였다. 고은성이야 외모보단 연기력으로 인정받은 배우라 스스로의 외모에 대한 자부심 같은 건 크게 없었다.

하지만 김새연은 아니었다.

대한민국을 대표한다는 김 씨, 전 씨, 송 씨 여배우처럼 완벽한 미모는 아니지만 자신만의 특별한 매력이 있다고, 그런 자부심이 있었는데 지금 거울을 들여다보는 지영에게 산산이 깨져 나갔다.

"새연아, 네가 말하던 특별함이라는 건… 저런 거지?"

"응, 그런 것 같아. 언니……."

처음에 지영을 봤을 때, 아니, 인터넷으로 먼저 지영의 얼굴을 찾아봤을 때 여장이 제법 잘 어울리겠다는 생각은 했다. 머리를 기르고 처음 지영을 봤을 때도, 예쁘장하구나, 이런 생각을 하긴 했었다.

그런데 지금은?

극한 다이어트에 메이크업, 의상까지 갖춰 입은 지영은 정말 뭐라 말로 설명 못 할 아우라가 있었다.

그런데 그 아우라가 남자가 발산하는 아우라가 아니라, 여성만이 뿜어낼 수 있는 그런 아우라였다. 보통 같은 여배우끼리 느끼는 동질감이나 질투를 느끼는 자신을 발견해 버렸다.

"언니, 나가자……. 더 이상 봤다가는 자괴감이 들 것 같아……."

"응……."

김새연과 고은성이 밖으로 나가고, 지영은 능숙하게 머리를 말아 올렸다. 그러자 한정연이 바로 와서 고정을 해줬다.

"이렇게 머리 마는 건 어디서 배웠어?"

한정연이 슬쩍 물어왔다. 너무나 자연스럽게 머리를 마는 걸 보고 궁금증이 생긴 모양이었다.

"인터넷에서요."

"아……."

그녀는 그냥 그렇게 수긍했다.

어디 지영이 이런 모습을 보인 게 한두 번이 아니었기 때문이다. 리틀 사이코패스에서 스스로 얼굴에 화장을 할 때도 그 능숙함에 혀를 찬 여성들이 한두 명이 아니었다.

지금도 마찬가지였다. 너무 능숙하게 머리를 말아 올렸다. 지영의 전생을 모르는 그녀들이라, 이런 것 하나도 참 기가 막힐 뿐이었다.

단단하게 머리를 묶은 한정연은 준비해 온 가체(加髢)로 기녀의 머리 스타일을 완벽하게 연출해 냈다.

"이번에도 완벽!"

짝!

한정연의 자화자찬에 지영은 다시 거울을 들여다봤다. 머리에 올린 가체는 임은이가 즐겨하던 가체와 똑같은 걸로 특별히 주문 제작 한 제품이었다. 지영은 전체적으로 다시 한번 점검해 봤다.

한복은 극 중 지영이 가장 많이 입게 될 복장 중 하나였다.

양장과 한복.

지영의 복장은 이 두 가지 스타일로 통일된다. 친구들을 만나거나 낮에 임무를 할 때는 양장이고, 밤에 정보를 수집하는 임무를 수행할 때는 이렇게 한복을 입는다. 요리조리 틀어 맵시를 확인하고, 좀 더 가까이 다가가 얼굴도 한번 다시 들여다봤다.

붉은 연지를 짙게 칠한 입술, 살짝 늘어진 눈매, 양장을 입었을 때와는 다른 진한 눈썹. 콘셉트는 백치미+섹시함이다. 그리고 그 위에 신비함을 얹는다.

이게 그 시절 임은이의 전략이었다.

실제로 임은이를 한 번 보고 넋이 나간 놈들이 한둘이 아니었다. 나중에는 임은이를 어떻게 해보려고 값비싼 선물은 기본이고, 환심을 사려 온갖 노력을 기울였다.

그래도 안 되면 가진 힘으로 어찌하려 했지만 임은이는 그 단계까지 가기 전에 조용히 자리에서 빠졌다. 눈치가 백 단인데, 딱 봐도 눈에 구역질이 나는 흑심을 품은 사람들과 함께 앉아 있을 리가 없었다.

그런데 이쯤 오면 이미 지 입으로 주절주절 다 떠들고 난 뒤였다. 그렇게 수집된 정보는 양부를 통해 독립운동가들에게 전달됐다.

어쨌든 그렇게 임무를 수행했던 임은이가 되려면 적당히 아름답기만 해서는 안 되었다.

특별한 무언가, 그게 있어야 했는데 다행히 지금 지영은 중성적인 미(美)를 가지고 있었다. 지영의 모습을 확인하러 왔던 장재원은 나직한 웃음을 흘리는 것으로 만족함을 드러내곤 다시 밖으로 나갔다.

지영은 다시 의자에 앉았다.

그리고 마지막으로 꼼꼼하게 점검을 받기 시작했고, 그때 지영은 머릿속으로 이번 신의 내용을 다시 상기했다.

'드디어⋯⋯.'

유관순과 정은정, 그리고 임은이가 처음 조우하는 신이다. 지영은 이제, 임은이를 열어줄 생각이었다. 의도된 연출로 인한 만남이긴 하지만 이제는 임은이를 풀어줄 때가 됐다. 지영은 참 오래 걸렸다고 생각했다.

"지영아, 슛 들어간다는데, 준비 끝났어?"

"네."

서소정의 말에 지영은 감았던 눈을 뜨며 자리에서 일어났다. 그리고 천막 밖으로 나가기 무섭게, 다시 분주히 움직이던 모든 사람들의 시선이 몰려들지만 이미 임은이의 서랍을 살포시 열어놓은 상태의 지영은 옅은 미소로 자연스럽게 받아들였다.

지금 찍을 신은 아무래도 남자의 정신으로는 무리였다. 그래서 임은이의 서랍을 열어 그녀의 감정과 천천히 동화시키고 있었다.

그렇게 강지영에서 임은이가 되어 있을 무렵에는 서소정의 에스코트를 받아 세트장 한성별곡에 도착했다.

*   *   *

띠링.

띠리링, 띵!

가야금 퉁기는 소리는 대낮부터 기방(妓房) 한성별곡 별채에서 울려 퍼졌다. 임은이는 띠링……! 현을 길게 퉁긴 뒤 입가에 희미한 미소를 그린 채 별채 안을 둘러봤다.

모인 이들은 전부 넷.

군 간부 둘에 친일 기자가 하나, 총독부 말단 친일 인사가 하나. 이렇게 총 넷.

싱긋.

임은이는 그런 천하의 개잡놈들을 보면서도 요염한 미소를 잃지 않았다.

디링.

디리링.

그녀는 양부가 어려서부터 가르친 가야금으로 대낮부터 기생질을 하러 온 놈들의 혼을 쏙 빼놓았다. 마지막을 장식하는 현을 퉁기자 '하아, 허어어' 하고 탄식들이 흘러나왔다. 임은이는 눈을 감았다.

연주자가 여운을 느끼며 짓는 희열의 미소에 여기저기서 군침 넘어가는 소리가 들렸다.

"허헛, 잘 들었네. 이리 와 앉거라."

"예에."

가장 상석에 앉은 늙은 간부의 옆으로 임은이는 가야금을 내려놓고 움직였다. 가면서 눈빛을 살펴보니, 흑심을 품은 게 분명해 보였다. 임은이는 이 늙은이에게서 더 이상 뽑아낼 정보가 있나 천천히 모두의 시선을 잡아끌며 움직이면서 생각해 봤다.

'없지……'

임은이는 이 늙은이를 이렇게 정의했다.

사토 마사시=무능한 인간.

연줄을 타고 내려왔고, 능력이라고는 개뿔도 없으면서 이 땅에서 패악질만 일삼는 천하의 개 쓰레기. 그렇기 때문에 이놈에게서 고급 정보는 나오지 않았다. 왜? 마사시에게 고급 정보 자체가 아예 가질 않았기 때문이다. 아예 가질 않으니, 뺄어낼 것도 없었다.

'여기도 그만 끝내야겠어.'

임은이는 마사시의 옆에 앉으며 여기도 이제 그만둬야겠다고 생각했다.

"한 잔 받으셔요."

"으하핫! 그래, 한잔 따라보거라."

쪼르르, 항주에서 직접 들여왔다는 소홍주(紹興酒)가 맑은 소리를 내며 잔에 채워졌다. 그 순간 옆구리를 슬쩍 덮는 마사시의 손. 벌레가 기어 다니는 감각이 온몸을 스쳐갔다가 사라졌다. 하지만 임은이는 내색하지 않았다. 이것보다 더한 일도 당해본 그녀라, 아직까지는 그래도 괜찮았다. 입가에 난처하지만 묘하게 기대감을 품은 눈빛으로 임은이는 몸을 살짝 들썩이곤, 입을 열었다.

"어머, 벌써 이러시면 아니 되어요."

"헛! 내가 뭘 했다고 그러는 겐가?"

"아잉, 아시면서."

배배 몸을 꼬면서 임은이는 손을 슬쩍 털어냈다. 이후 슬쩍 앞을 보니 같이 들어온 놈들은 이미… 난리도 아니었다. 어떻게 든 들어온 아이들이 손을 떼어내려고 했지만 아주 막무가내였다.

하긴, 음심을 풀기 위해 보통 밤에 여는 기방을 대낮부터 문을 열게 하고는 크게 한 상을 차리라고 한 놈들이 하지 말란다고 진짜 아무것도 안 하면 그게 더 이상한 일이었다.

'더러운 새끼들……'

마음 같아선 목을 돌려 버리고 싶지만 임은이는 현재 예정에도 없던 임무 중이었다. 이런 간부 놈들을 만날 때면 조심, 또 조심해야 했다.

뒤끝이 장난 아니기도 하지만 정신 줄 놓고 총질까지 하는 미친 것들이 한둘이 아니기 때문이었다. 다행히 이놈들은 오늘 목적이 확실히 보였다.

쌓인 욕구를 푸는 것.

"자, 한잔하셔요."

"흐흐, 그러세."

임은이가 자신의 잔에도 잔을 따르고 사르르 웃는 낯으로 잔을 들자, 마사시는 좋아 죽겠다는 표정으로 지 잔을 들어 올렸다. 그러면서 또 옆구리에 슬쩍 손이 올라왔다. 흐흐, 잔을 입에 털어 넣기 전 나온 그 웃음소리에는 너무나 적나라한 감정이 실려 있었다. 그럼에도 임은이는 웃었다.

기생의 제일 덕목.

어떠한 상황에서도 미소를 잃지 말아야 할 것.

기본 중에 기본이었다.

대신, 그녀는 여전히 웃는 낯으로 마사시의 잔에 술을 따르는 속도를 점점 올렸다.

물론 임은이 자신의 잔에도 술을 따르고, 똑같이 마셔줬다. 그래야 마사시, 이 인간이 마실 테니까. 이놈은 기본적으로 꼭 술을 권할 때 권한 대상이 마시는지 안 마시는지를 확인하는 버릇이 있었다.

다행이라면 임은이는 술이 굉장히 셌다.

이런 늙은이 정도는 가볍게 기절시킬 수 있을 정도로 말이다.

"어헛! 좋구나! 오늘은 술이 달구나, 달아! 으하핫!"

"어머, 다행이어요. 자, 아……."

임은이는 안주 하나를 젓가락으로 집어 마사시의 입에 넣어주고는, 다시 상 건너편을 살폈다. 이미 흐드러지게 취한 둘은 다른 방으로 건너갔고, 기자 한 놈만 남아서 술을 마시고 있었다.

씨익.

눈이 마주치자 다케시란 이름을 새로 받은 그가 날카로운 눈빛으로 웃었다. 임은이는 저런 미소를 아주 잘 알았다.

'감시라…….'

다케시 저자는 분명 기자 말고, 다른 모종의 임무를 같이하는 게 분명했다. 그런 게 아니라면 저런 감시의 눈빛을 보내올 리가 절대 없었다. 동시에 뇌리에 경종이 작게 울렸다. 잘못하면 빼도 박도 못하고 끌려가는 수가 있었다.

싱긋.

임은이는 마주 웃어주고는 오늘은 아무것도 하지 말아야겠다고 생각했다.

이런 놈에게 잘못 걸리면 앞으로 매우 귀찮아질 게 분명했기 때문이다. 이후 그녀는 마사시의 어깨에 머리를 살며시 기대곤, 고개를 살짝 치켜 올렸다.

"더 하시겠어요?"

"한 잔, 한 잔만 더 하자꾸나. 흐흐."

"예에."

옆구리를 조물거리면서 계속 위로 올라오려고 하는 손을 잘라 버리고 싶지만 임은이는 그저 웃었다. 사실 이 상황에서는 웃는 것밖에 할 수 있는 게 없었다.

마사시가 잔을 쭉 들이켰다. 그러면서 다시 보내온 눈빛엔 색욕이 가득 담겨 있었다. 흐흐 웃더니 턱짓으로 가자는 신호를 보내왔다.

"먼저 가 계셔요."

"흐흐, 어딜? 같이 가지 않고!"

"소녀 잠시 들러야 할 곳이 있어요."

"도망가려는 게 아니고? 내 오늘은 꼭……."

다케시를 힐끔 본 마사시가 음흉한 웃음을 짓더니 그녀의 머리를 잡아 지 가슴에 끌어당기고는 음심 가득한 목소리로 말했다.

"너를 품고 말 것이야……."

"어머……."

임은이는 고개를 살짝 들고 웃었다. 이를 악물었지만, 눈빛에는 기대감을 담았다. 여기서 조금도 빼는 모습을 보인다면 꼼짝 없이 방까지 같이 끌려들어 간다. 그러니 절대로 내키지 않는 기색을 보여서는 안 된다.

"먼저 가 계셔요. 저는… 깨끗이 준비하고 넘어가겠어요. 소녀의… 은밀한 그곳을."

"…크흐흐."

마사시는 음충맞은 웃음을 흘리곤 자리에서 일어났다. 임은이는 그런 그를 부축해 일어나서는 다케시에게 살짝 고개를 숙여 인사했다. 그는 여전히 눈빛을 거두지 않고 있었다.

'곤란한데……'

저 눈빛으로 보아, 분명 감시를 풀지 않을 게 분명했다. 아마 나가는 순간 따라 나올 게 분명하다 생각됐다.

임무는 중지. 이제는 탈출이 최우선 목표가 됐다.

문을 나서는 순간, 임은이 눈빛은 기녀가 아닌 요원의 눈빛이 되어 있었다.

마사시를 방으로 안내하고, 이부자리 위에 누워 흐흐 음충맞게 웃는 놈에게 요염한 미소와 함께 볼에 안심하라는 의미의 가벼운 뽀뽀를 해줬다. 그리고 살랑살랑 엉덩이를 흔들며 방을 나와 문을 닫았다.

"어딜 가지?"

"……"

역시 예상대로 다케시는 따라 나와 있었다. 동그란 안경을 쓴 다케시는 그녀가 대답을 하지 않자 비릿한 미소를 그렸다. 이어

지이익. 담배에 불을 붙인 후 그녀의 얼굴에 후우, 뿜은 뒤에야
말을 이었다.

"요즘 기생집을 전전하며 감히 천황군의 기밀을 빼돌리는 스
파이가 있다는 소리를 들은 적이 있지. 그 스파이는 매우 아름
답고, 요염하고, 뇌쇄적인 미를 지녔다고 하더군."

"어머… 그런가요?"

싱긋.

그녀는 다케시의 말에 여전히 미소를 잃지 않은 채 대답했
다. 휘럭. 치맛자락이 바닥을 소리 나게 스칠 정도로 몸을 돌렸
다.

"그게 전가요?"

"글쎄, 나는 아직 스파이가 그대라고 하진 않았네만?"

"호호, 마치 저라 여기고 얘기하는 것 같아서요."

"그저 눈여겨봤을 뿐이지."

"아… 눈여겨보셨구나."

그녀는 혼자 중얼거린 뒤 갑자기 환한 미소를 그렸다.

"눈여겨보신 결과는 어떤 결과인가요? 저는 정말 요염한가요?
정말 아름다운가요? 사실… 저는 잘 모르겠는 걸요. 제가 아름
다운지……."

사륵.

손끝이 유려한 궤적을 그리며 다케시의 가슴 위에 안착, 미끄
러져 내려갔다. 다케시의 입가에 걸린 비릿한 미소는 점점 더 진
해졌다. 하지만 그녀는 아랑곳하지 않고, 그 진함에 비견되는 아
찔한 미소를 입가에 그렸다.

"아쉽다."

"뭐가 아쉽지?"

"마사시 상 말고… 당신이 내 옆에 있었으면 좋았을 텐데."

"유혹하는 건가?"

버클을 살살 문지르던 손가락이 뚝 떼어졌다.

"그럼요. 하지만… 이곳에도 도의라는 것이 있으니까……. 오늘은 마사시 상을 모셔야 해요."

큭, 큭큭큭!

와락!

다케시의 손이 그녀의 가슴을 움켜잡았다. 얼마나 세게 잡았는지 아찔한 통증이 가슴부터 번져 나갔으나 그녀는 여전히 미소를 잃지 않았다. 지금 이 상황 자체가 기 싸움이라는 것을 그녀는 안다. 여기서 밀리면 다케시는 아마 심증 자체를 확증으로 생각할 것이다.

물론 다른 방법도 있었다.

'죽일까……'

아주 좋은 방법이지만 이 선택을 취할 시 분명 소란이 일어난다. 이자는 지금 이러고 있어도, 언제고 허리에 걸린 총을 뽑을 준비가 끝난 상태였다. 그러니 한 수에 제압하는 건 무리고… 격투 끝에 죽여도 소란이 일어나면 꼼짝없이 여기서 잡힌다. 심증을 남기더라도 지금은 무조건 여기서 탈출하는 게 최우선이었다.

그런 마음에 그녀는 아직도 가슴을 주물럭거리는 다케시의 손등을 쓰다듬으며 말을 이었다.

"언제까지 잡고 계실 건가요? 그리고 아녀자의 가슴을 이리 함부로 잡다니요. 실망할 것 같아요, 다케시 상."

"실망한다 한들, 그걸 내가 신경 쓸 이유야 없지. 너같이 천한 년의 실망 따위는 더더욱 말이야. 너희 같은 것들은 언제고 내가 벗으라면 벗어야 할 더러운 년들이지."

"말을 조심하셔야 해요. 이 천한 것은 오늘 마사시 상에게 안겨야 하는데, 그럼 마사시 상도 천한 놈이 되는 건가요?"

"…죽고 싶은가?"

"아니요, 살고 싶어요. 그러나 다케시 상의 말에 따르면 틀린 것은 없지 않겠어요?"

"발칙하군……."

"호호. 그런 소리 많이 들어요. 그럼 저는 이만……."

"지켜보고 있겠다."

그러시던가.

속으로 짧게 중얼거린 그녀는 먼저 등을 돌려 사라졌다. 그러면서 운명처럼 저자와의 만남이 이번 한 번으로 끝날 것 같진 않다는 예감을 느꼈다.

그리고 그 예감이 채 가시기도 전에 또 그런 예감을 주는 사람을 만났다.

"어디 가니?"

"아… 어머님, 목욕 재개하러 가요."

"어머, 드디어 시중들기로 생각한 거니? 그런데 병은? 옮기면 큰일 나, 애."

한성별곡의 여주인, 사치코는 곱고 독하게 늙은 여인이었다.

이 60대 중반의 여인 사치코는 누구보다 빠르게 일본 제국에 충성을 맹세했고, 살길을 열어준다는 명목으로 얼굴이 반반한 여인들을 잡아다가 접대 형식으로 일제 간부들의 유흥과 성욕을 풀어주며 목숨과 재산을 보장받았다.

성병이 있었고, 아직 낫지 않았다는 이유로 여태까지 시중드는 건 미뤄왔던 그녀였던지라, 사치코는 그 곱고 독한 얼굴로 환한 미소를 지었다.

"네, 다 나았고, 이제 마사시 상의 정성을 충분히 알았으니까요."

"그래, 잘 생각했다. 호호호."

다케시가 쓴 안경과 비슷한 동그란 안경을 쓴 그녀가 현명한 여인네처럼 웃는 모습에 그녀는 극심한 살의를 한번 느꼈지만 겨우 이겨냈다.

이 정도로 감정이 무너졌을 것 같으면 이런 임무를 아예 하지도 않았을 것이다.

"그럼, 준비하러 갈게요."

"그래, 잘 모셔라."

"네, 어머님."

그녀는 그렇게 대답을 하고 고개를 살짝 숙인 채 종종걸음으로 움직였다.

한성별곡의 설계는 이미 머릿속에 충분히 숙지하고 있었다. 물론 그녀가 고용한 앞잡이들이 곳곳을 지키고 있지만 이 커다란 장원을 전부 지키기엔 당연히 무리가 있었다.

그리고 그녀는 가장 취약한 곳도 이미 파악해 뒀다.

부욱!

치맛단을 머리에 꽂아뒀던 비녀 형태의 은장도로 찢어버린 그녀는 주변을 슬쩍 본 뒤, 몸을 날렸다. 타다다닥, 휙!

그녀는 자신의 신장보다 높은 돌담을 한 번의 도약으로 끝을 잡은 뒤, 팔 힘만으로 올라섰다. 손바닥에서 잠시 따끔거리는 통증이 일어났지만 그녀는 아랑곳하지 않고 바로 담을 타넘었다. 본래 밤엔 더 많은 사내들이 별곡을 지키지만 지금은 한 낮이라 최소한의 인원을 빼고는 전부 자고 있었다.

"후우……"

짧은 한숨을 내쉰 그녀는 주변을 다시 살펴보곤, 조용히 몸을 돌렸다.

＊   ＊   ＊

"컷!"

장재원 감독의 외침에 지영은 뛰던 걸음을 멈췄다. 그러곤 손바닥을 바라봤다. 돌담에 가시가 있었는지, 손바닥에서 은은한 통증이 느껴졌다. 자세히 보니 작은 가시 하나가 손바닥에 박혀 있었다.

다행히 깊게 박힌 건 아니어서 조심스럽게 끝을 잡고 뽑아버린 뒤, 지영은 장재원 감독에게 걸음을 옮겼다.

"잘 나왔어요?"

"하하, 그럼요. 그래도 일단 같이 확인해 봅시다."

장재원 감독과 같이 영상을 확인하는 지영.

잘 나오긴 했는데, 지영이 보기에 부족한 부분이 조금 보였다. 대사, 말투, 시선 처리에는 문제가 없었는데 몸짓에서 조금 부자연스러운 부분들이 보였다. 아무리 임은이의 서랍을 열었다고 해도 완벽하게 동화되지 못한 모양이었다.

아마 지영의 본래 의지가 특정 몇몇 동작에 거부감을 보이는 게 분명했다.

예를 들면… 어깨에 얼굴을 기댄다든가, 손가락으로 가슴을 쓸어내린다든가, 하는 장면은 아주 미세한 머뭇거림이 보였다.

"음……."

그리고 장재원 감독도 그걸 느낀 것 같았다.

"지영 씨, 지영 씨도 보여요?"

"네."

"여기, 여기 이 두 장면만 다시 갈까요?"

"좋습니다."

할 거면 확실하게 하자는 게 지영의 마인드인지라, 바로 지영은 준비에 들어갔다. 그리고 이번엔 문제없이 두 신을 바로 소화하고, 오늘 지영의 개인 분량은 모두 끝냈다. 한번 문제점을 인지하니 그 부분을 수정한 뒤 연기하는 건 어렵지 않았다. 근 두 시간에 걸쳐 신을 전부 끝내고 나니 벌써 오후 세 시였다. 이제는 고은성과 정은정의 개인 분량을 찍을 차례라 잠시 시간이 남은 지영은 바로 대기실로 돌아와 옷을 갈아입었다. 어차피 한복은 치맛자락을 아까 은장도로 찢어버려서 이젠 쓸 수가 없었다.

"아… 살겠다."

트레이닝복으로 갈아입자, 몸을 확 편해졌다.

게다가 익숙하지만 반대로 이번 생에는 익숙지 않은 가슴 보정을 빼자 몸이 확 개운해지는 느낌이 들었다.

직접 챙겨온 도시락으로 배를 채우곤, 몰려오는 졸음에 맞서 싸우기 위해 다시 밖으로 나갔다. 대기실 앞은 다른 장소로 이동해 촬영 준비를 하는 중이기 때문에 아주 조용했다. 이리저리 널려 있는 소품 박스와 자제들을 잠시 보던 지영은 오늘 두 번째 개인 신을 찍을 장소로 갔다.

20분 정도 걸으니 저 멀리 연못을 배경으로 멋들어지게 지은 정자 위에 홀로 앉아 있는 김새연의 모습이 보였다. 이 거리에서 봐도 김새연과 정은정의 싱크로는 제법 높았다.

정은정의 집안은 옛날부터 한양에 자리 잡은 상인 집안에서 태어났다. 하지만 일제의 침략과 동시에 상주가 죽었고, 대부분의 현금과 값비싼 물건들을 모두 제국군에 빼앗겼다. 그래서 명맥만 유지하고 있는 것 같지만 실제는 일제 침략이 시작과 동시에 전대 상주가 숨겨 놓은 땅과 재물이 상당히 많이 남아 있는 상태였다.

부자는 망해도 3대를 간다는 말에 딱 어울렸다. 물론 요즘엔 독립운동 가문은 3대가 망한다는 말도 있지만 다행히 그녀의 동생 정은진이 가문을 잘 살려냈다.

지영은 사인을 기다리는 김새연을 가만히 바라봤다.

'확실히 어울려.'

장재원 감독은 '피지 못한 꽃송이여'의 시나리오를 집필하기 전에 미리 은정 백화점 정미진과 인터뷰를 가졌고, 실제 정은정의 생전 사진을 보고 그녀의 역에 김새연을 낙점했다고 했다. 고은성도 그렇지만 김새연도 정은정의 실제 모습과 상당히 흡사했다. 그리고 가장 중요한 분위기.

연기 모드로 들어간 김새연은 생전의 정은정과 아주 흡사한 분위기를 풍기고 있었다. 특히 청초함과 병약함이 메이크업 효과로 아주 극대화되어 있었다.

'다행이다.'

그 모습이 지영은 너무나 흡족했다.

덜컥, 임은이가 또 덜컥거렸지만 아까처럼 지영을 자극하진 않았다.

멀찍이 떨어져서 지켜보던 중, 액션 사인이 떨어졌다.

모락모락 김이 나는 차를 입으로 가져가는 김새연. 그 동작은 섬세하긴 했지만 반대로 힘이 없었다. 잔 하나를 드는 것도 힘들어 하는 티가 약간은 나는 동작. 지영은 그런 김새연의 디테일에 매우 만족했다.

'직접 봤으니까……. 정말 은정이도 그랬지.'

팔이… 정말 말도 안 될 정도로 가늘었다. 그녀가 들 수 있는 무게는 대략 5kg 정도가 한계였다. 그것도 들어 올리는 게 전부다. 근육 자체가 너무 없었기 때문에 그 정도 무게를 들고 나면 바로 근육통이 생길 정도였다.

선천적으로도 약하게 태어난 마당에 세 살 때인가 네 살 때인가 한번 크게 열병을 앓은 적이 있다고 했다. 홍역(紅疫)이었는데 그 당시 의학 수준으로 보면 살아남았던 것도 정말 기적이라고 할 수 있었다. 대신 겨우 살아남았지만 당시의 여파는 그녀가 생을 마감할 때까지 육신에 낙인처럼 남았다.

콜록! 콜록콜록!

지금처럼 기침을 하고, 손수건으로 입을 닦는 김새연의 모습은 언제나 위태위태해 보였다. 김새연의 모습에 놀란 몸종이 얼른 다가갔다. 김새연의 몸종 역은 지영도 오랜만에 보는 배우였다. 임유나. 지영과 리틀 사이코패스를 같이 찍었던 배우였다. 같이 영화를 찍었던지라 지영은 반가운 마음이 들었다.

"아씨! 아씨 괜찮으셔요?"

충청도 억양이 섞인 말투.

정미진과 미팅을 해서 그런지 고증이 정말 잘되어 있었다. 실제 정은정의 몸종인 순임인 충청도에서 올라온 연고 없는 아이였고, 그 아이가 길에서 맞는 걸 정은정이 우연히 보고는 데려와 몸종으로 삼았다.

'장재원 감독, 역시나 꼼꼼해.'

아까도 말했지만 지영은 이런 디테일이 참 마음에 들었다.

그런 디테일의 끝은 정자 우측의 벚꽃나무였다. 연분홍색 잎을 가진 벚꽃나무는 이 장소의 상징적인 존재였다. 몸이 안 좋은 정은정은 꽃피는 봄이 와도 꽃놀이는 꿈도 못 꿨다. 그래서 3월의 찬바람에도 이곳으로 나오는 이유가 바로 저 벚꽃나무가 있었기 때문이다.

이런 부분은 정말 나중에 장재원 감독에게 꼭 감사의 인사를 하고 싶을 정도였다.

신은 무르익어 갔다. 크게 어려울 것 없는 신이었고 마지막으로 남자 하인이 다가와 편지 하나를 건네는 걸로 김새연의 개인 분량은 전부 마무리가 됐다. 이어서 장소를 옮겨 고은성의 분량을 찍었다.

그녀는 단 한 번의 NG도 내지 않고 신을 소화했다.

그 와중에도 유관순이 가진 절절함, 다급함, 애절함을 각 상황에 맞게 확실히 표현했다. 왜 그녀 나이대 연기파 여배우 중, 고은성이 세 손가락에 드는지 지영은 확실하게 알 수 있었다.

고은성의 신이 끝나고 잠시 휴식.

저녁을 먹고, 해가 지기를 기다렸다.

서산에 걸려 있던 해가 지자 스태프들은 다시 분주해졌다. 준비가 끝났을 땐 저녁 여덟 시였지만 지영은 더 기다려 달라고 부탁했다.

컨디션이 안 좋다는 핑계를 대고.

이유는 한 가지였다.

실제로 유관순, 정은정, 그리고 임은이가 우연과 필연으로 한자리에 모이게 된 시간이 저녁 열 시경이었다.

지영은 스태프들에게 정말 미안하지만 이번만큼은 고집을 부렸다.

장재원 감독은 이유를 물으려다가, 지영을 빤히 보고는 그냥 알겠다는 이야기를 줬다.

지영은 전에 없이 초조한 심정으로 기다렸다.

두근, 두근! 심장도 걷잡을 수 없을 속도로 뛰기 시작했다. 1초가 1분처럼 흘러가는 것처럼 느껴지기도 했다. 그 정도로 임은이는 지금 기대 중이었다. 그렇게 한참을 기다렸고, 마침내 시간이 됐다.

배우들이 각자의 자리에 서는 순간, 액션! 사인이 떨어졌다.

저벅, 저벅.

그녀는 길을 걸으면서 계속 뒤를 바라봤다.

한성별곡에서 탈출한 지 이틀 째, 아직도 쫓아오는 사냥개들이 있었다. 그녀가 아는 사치코는 집요한 여자였다. 절대로 별곡 안으로 잡아온 여자들을 놔주는 법이 없었다.

그녀가 별곡에 들어간 한 달 동안 운 좋게 도망친 기녀들이 몇 명 있긴 했지만 채 이틀이 지나기도 전에 잡혀와 모진 고문을 당했다.

그런 성격의 사치코가 그녀의 탈출을 그냥 넘어갈 리가 없었다. 실제로 한성에 들어오고 나서도 몇 번이나 사치코가 풀어놓은 사냥개들을 만났다. 물론 그녀를 잡을 순 없었다. 고작 사냥개들에게 잡히기엔 그녀의 감각이 너무나 예민했다. 그리고 그녀는 이제 한성별곡에 더 이상 미련은 없었다. 어차피 그곳에서 얻은 정보는 양부가 보낸 밀정을 통해 전부 보냈으니까.

"후우……."

그녀는 한숨을 쉬고 이제 어디로 갈지 고민했다. 한성 내 기방은 수도 없이 많지만 웬만큼 규모가 있는 기방은 전부 거쳤기에 갈 만한 곳이 딱히 떠오르지 않았다. 양부에게 연락을 할까 생각했지만 그녀는 곧 고개를 저었다. 잘못해서 꼬리라도 잡히면 양부에게 피해가 갈 수 있었기 때문이다. 특히나 어제 만났던 다케시, 그자의 존재가 굉장히 꺼림칙했다.

'다케시, 뱀처럼 차가운 자. 이자는 조심해야 돼.'

범인은 봐도 모르겠지만 그녀는 보는 즉시 알았다. 눈동자에는 동포를 팔아먹으며 키운 시퍼런 불꽃이 자리 잡고 있다는 걸. 억눌리고, 분노한 민족을 대신해 단죄의 칼날을 심장에 박아 넣고 싶지만 아무래도 건드리기 쉽지 않은 자로 보였다.

'당분간은… 숨을 죽여야겠어.'

결국 그녀는 최소 한 달은 잠수를 타기로 결정했다. 그자의 기억 속에서 지워지기에 충분한 시간은 아니지만 어쩔 수 없었다. 아예 기억 속에서 사라지기까지 기다리기엔 이 땅의 통곡 소리가 너무나 컸으니까.

'일단 한성을 떠야겠어.'

그렇게 마음먹은 찰나, '꺅!' 하는 짧은 비명 소리가 들렸다. 이후 '가만있어!' 일본말이 들려온 뒤 쫙! 뺨을 치는 소리가 연달아 들려왔다. 그녀는 바로 무슨 일이 벌어지고 있는 건지 파악했다.

이 땅에 저런 일은 너무나 많이 일어나서 모르고 싶어도 모를 수가 없었다. 그녀는 살금살금 고양이처럼 소리를 죽인 채 빌어먹을 일이 벌어지고 있는 곳으로 다가갔다.

어두운 등 아래 골목길 사거리.

그 위에 벚꽃이 흐드러지게 피어 있지만 그 아래서 벌어지는 일은 너무나 처참한 장면이었다.

예상은 빗나가지 않았다.

일본 순사 하나가 여자를 깔고 앉아 있었다.

'발정난 개자식들……'

그녀의 눈빛에 독한 기운이 서렸다.

그 기운은 사람을 죽이고자 하는 의지를 진득하게 품었을 때나 올라온다는 살심(殺心)이었다. 힐끔 허리에 걸려 있는 총은 확인했고, 주변을 살폈다. 비명 소리를 들었을 텐데 누구 하나 나오는 인간들이 없었다.

이해한다.

개입하는 순간, 일가는 물론 사돈에 팔촌까지 잘못하면 엮여 들어갈 테니까. 비참하지만 이게 현실이었다. 눈과 귀를 막는 것, 현 시대에서 장수하고 싶으면 필수적으로 익혀야 할 재주였다.

하지만 그렇기 때문에 그녀가 움직이는 데 도움이 됐다.

목격자가 없을 테니까.

부스럭.

흠칫. 그녀가 움직이려는 찰나, 아주 작게 들린 인기척에 동작을 바로 멈췄다. 그리고 고개만 돌려 부스럭거리는 소리가 들려온 곳을 확인했다. 새까만 복장을 한 사람이 보였다. 머리 뒤로 찰랑이는 많은 머리카락을 보니 여성. 그 여성도 그녀를 확인했는지 똑바로 바라보고 있었다.

쉿.

천천히 손가락을 들어 올려 입술에 대는 걸 보니, 적은 아니었다. 그녀는 그 신호에 천천히 고개를 끄덕였다. 그랬더니 손가락을 세 개만 폈다. 저 또한 수신호로 보면 되는지라, 이번에도 고개를 끄덕였다.

셋, 둘, 하나.

휙!

돌담에서 몸을 날린 여인이 그대로 순사의 앞쪽에 내려섰다.

"뭐… 컥!"

퍽!

한창 밑에 깔린 여인의 속곳을 벗기던 순사가 여인이 땅에 내려서며 난 소리에 고개를 들다가, 묵직하게 날아온 발차기에 얼굴을 얻어맞고 뒤로 벌러덩 넘어갔다. 하지만 누가 봐도 치명타는 아니었다. 여인이 바닥에 깔린 다른 여인의 몸을 손을 대는 순간 그녀는 움직였다.

스스슥!

유령처럼 움직여 뒤에서 목을 휘감았다.

"칙… 큭, 크르륵……."

있는 힘껏, 팔뚝에 힘을 줘 기도를 봉쇄했다. 제아무리 성인 사내라고 하더라도 이렇게 뒤에서 목을 감기면 바로 움직이기 힘들었다. 하지만 신체적 조건 때문에 순사가 발버둥치자 몸을 붕 뜨려고 했다. 이놈이 풀려나면 매우 곤란한 일이 생긴다. 아직 자신은 못 봤지만 앞에 여인 둘은 얼굴을 확인했을 것이다.

'죽여야 돼.'

마음을 먹는 순간, 그녀는 무릎으로 순사의 오금을 찍은 다음, 양발을 붕 띄워 그대로 체중까지 실어 뒤로 넘어갔다. 칵! 소리가 나면서 순사와 함께 몸이 넘어갔고, 그녀의 몸이 등에 닿는 순간 뚝! 소리가 들렸다. 목뼈가 어긋나는 소리였다. 하지만 그녀는 거기서 멈추지 않았다. 오히려 허벅지로 순사의 허리를 감았다.

켁, 크륵, 크르르…….

벌써 30초가 넘었다.

기도가 막힌 채 이 정도면 이미 의식을 잃고도 남는다. 하지만 이놈은 아직도 버티고 있었다. 힘이 부족하다는 뜻.

그녀는 정말 젖 먹던 힘까지 모조리 쏟아부어 팔뚝에 힘을 줬다. 크르, 크르륵……. 거품 끓는 소리가 계속해서 들려왔고, 본능적인 발버둥도 점차 가라앉아 갔다. 그 와중에 눈치 빠른 여인이 다가와 순사의 허리춤에 걸려 있던 총을 재빨리 빼낸 다음 물러났다.

"좋았지……?"

그녀는 순사의 귀에 음산한 목소리로 한마디를 남겼다. 움찔하는 게 느껴졌다. 하지만 이미 의식은 삼도천을 건너는 배에 올라탄 뒤였다.

"내가 더 좋은 곳으로… 보내줄게."

"크으……."

뚝.

손등이 땅바닥에 떨어졌다. 그와 동시에 사지도 축 늘어졌다. 발버둥이 완전히 멈췄지만 그녀는 팔에 쥐가 날 때까지 풀지 않았다. 일이 이렇게 된 이상 확실하게 죽여야 했기 때문이다. 여기서 이놈이 만약에 살아남으면? 자신은 어찌어찌 피할 수 있어도 저 앞에서 불안한 눈으로 자신을 바라보는 두 여인의 목숨을 정말로 장담하기 힘들었다.

그러니 죽여야 했다.

아주 확실하게, 삼도천 너머 지옥으로 이 더러운 개자식의 영혼을 던져 버려야 했다.

1분, 2분, 3분간 이를 악물고 버텼고, 그 이후에야 손을 뗀 그녀는 놈을 옆으로 밀어내고, 목에 천천히 손을 댔다. 맥박은 없었다. 하지만 안심할 수는 없어 은장도를 꺼내, 놈의 심장에 대고 천천히 밀어 넣었다.

양부가 그랬다.

이런 순간이 온다면 아주 확실하게 처리해야 한다고.

물론 양부의 말이 아니더라도 알고 있었다.

그녀가 가진 그 이전 생의 기억 때문에.

푸욱.

은장도를 다시 뽑아 놈의 옷에 대충 닦아 회수한 그녀는 벌벌 떨고 있는 두 여인을 바라봤다. 세 사람의 시선이 연분홍 벚꽃 아래 마주쳤다.

"……."

"……."

"……."

휘이잉!

축하하려 함인가? 갑작스럽게 바람이 골목길을 몰아쳤다. 거세게 친 바람 때문에 떨어진 꽃잎들이 하늘하늘 떨어져 내렸다. 그리고 왜였을까……. 그녀는 그 순간, 또르르 굵은 눈물을 흘렸다.

"어……."

볼을 타고 흐르는 눈물 때문에 그녀는 저도 모르게 멍청한 소리를 내고 말았다.

　　　　　*　　　　　*　　　　　*

"컷! NG!"

장재원 감독의 사인에 지영은 의식이 급속도로 돌아왔다.

"아⋯⋯."

하지만 눈물은 멈추지 않았다. 두 사람을 만나 너무 감격에 겨웠던 임은이의 기억이, 눈물이 멈추는 걸 허락해 주지 않았다.

임은이.

그녀는 이 순간이 너무나 그리웠고, 그리웠기 때문에 너무나 기뻤다.

그래서 멍하니 무릎을 꿇고 앉아 있는 지영은 눈물이 멈추지 않았다. 하염없이 흘러내렸다. 또르르, 한 방울이 아니라 계속해서 굵직한 눈물방울이 볼을 타고 흘러내렸다. 손등으로 훔쳐보지만 그래도 멈추지 않았다.

컷 사인에 현실로 돌아오긴 했지만 지영은 아직도 두 사람의 얼굴을 빤히 바라봤다. 운명처럼 이 어두운 밤에 세 사람은 이렇게 처음 만났다. 영화 속에서가 아닌, 실제로. 실제 역사에서도 유관순과 정은정, 그리고 임은이가 말이다.

"아⋯ 저기⋯⋯."

당황한 고은성이 다가와 지영의 뺨에 저도 모르게 손을 댔다. 아직도 흘러내리는 눈물을 닦아주기 위해서였다. 그녀는 감정 동화가 매우 빠른지, 벌써 눈에 눈물이 그렁그렁했다. 지영은 그걸 보며 정신을 번쩍 차렸다.

본능이 보내오는 경고.

'그만! 여기까지!'

서랍을 강제로 닫아버렸지만 임은이가 남긴 영향력은 쉽게 가시질 않았다. 이런 지영의 모습은 모든 스태프들이 보고 있었다. 사치코 역의 윤여선은 안쓰러운 눈빛으로, 양부 역의 이윤재 또한 불안한 눈빛으로 지영을 보고 있었다.

서소정이 후다닥 달려와 지영을 패딩으로 덮었다.

"죄송합니다, 죄송합니다……."

자리에서 일어난 지영은 고개를 푹 숙인 채 스태프와 배우들에게 그렇게 사과를 하고 서소정과 잠시 자리를 떴다. 물론 멀리 간 건 아니었다. NG 사인이 났기 때문에 마지막 신을 다시 찍어야 했다. 그래서 근처 나무 박스에 가서 풀썩 앉은 지영은 두 손으로 얼굴을 덮었다.

"물… 가져올게."

"……."

지영은 대답하지 않았다.

서소정이 잠시 자리를 비우고, 후우… 하고 지영은 한숨을 흘려냈다. 사실 이렇게 될 거란 걸 알고 있었다. 신의 중간까지 소화했을 무렵, 순사를 죽이는 장면에서부터 그리움과 반가움 때문에 울상으로 변하려는 인상을 표독스럽게 만들기 위해 이 악물고 안간힘을 썼다.

안 그랬으면 순사를 죽이면서 울상을 지을 뻔했다.

그래도 다행인 게, 말했듯이 지영은 이렇게 될 걸 예상하고 있었다. 그랬기 때문에 임은이의 감정이 홍수처럼 밀려왔는데도 참고 버틸 수 있었다.

'하지만 마지막 신은 버티지 못했지.'

지영이 감정을 통제하자, 임은이는 더욱 날뛰었다. 아주 널뛰기하는 것처럼 날뛰었기 때문에 감정의 진폭이 정말 너무나 컸다. 그래서 지영은 통제를 풀어버렸다. 안 그러면 자신의 정신도 위험해질 것 같아서였다.

그렇게 통제를 풀었더니, 아니나 다를까 닭똥 같은 눈물을 뚝뚝 흘렸다. 그래도 다행인 건 오열까지는 안 갔다는 점이었다. 원 없이는 아니지만 그래도 시원하게 울어서였을까?

그녀의 기억 서랍은 고요했다.

마치 태풍이 지나간 다음의 하늘처럼 맑고 청명한 느낌까지 들었다. 시원한 바람이 가슴속 가득 차오르는 것 같았다.

'한은 다 풀었어?'

지영은 자신이자, 3자인 임은이에게 물었다.

들썩.

차분한 느낌으로 대답이 들려왔다.

'개운하다는 게… 이런 기분이겠지.'

이제, 영화가 끝날 때까지 임은이는 오늘 낮처럼 지영의 정신을 잡아먹으려 하진 않을 것이다.

"괜찮아?"

서소정이 물을 가져오면서 한 말에 지영은 조용히 고개를 끄덕였다. 당연히 괜찮았다. 아까의 눈물은 한풀이의 눈물이었다. 서소정의 뒤로 윤여선이 다가오는 게 보였다. 지영은 자리에서 일어나 꾸벅 고개를 숙였다.

종종걸음으로 조용히 다가온 그녀는 지영을 가만히 안았다. 그러곤 손바닥으로 지영의 등을 쓰다듬었다. 마음을 안정시켜 주는 따뜻한 온기.

"우구… 뭐가 그리 슬펐누……."

"이제 괜찮아요."

"그래그래, 배우는 다 이런 경험 한 번씩 하면서 성장한단다. 잘 참고 이겨내야 해. 알았지?"

"네, 명심할게요."

지영이 그렇게 대답하자 윤여선은 안았던 손을 풀고, 지영을 빤히 올려다봤다. 지영의 눈빛이 정상으로 돌아온 걸 보고는 밝게 웃었다. 후배를 위해 걱정해 주는 선배, 아니, 선생님. 딱 그런 눈빛이었다.

윤여선은 서소정에게 지영을 잘 챙기라는 말을 하곤 다시 돌아갔다.

"누나, 메이크업."

"응, 애들 부를게."

서소정의 연락에 바로 달려온 이성은과 한정연에게 다시 메이크업을 수정받고, 지영은 촬영장으로 갔다. 이미 다시 세팅은 끝나 있었다. 마지막, 벚꽃이 날리는 골목길 가로등 아래, 세 사람의 첫 만남만 다시 찍으면 된다.

지영은 스태프들에게 다시 고개 숙여 사과를 했다. 이 시간까지 기다려 달라고 해놓고 정작 자신이 NG를 내버렸다. 그것도 평평 울어버려서. 눈물이 진정되고, 메이크업을 다시 수정하는 데 40분이나 지나 버렸다.

이들의 퇴근 시간을 못해도 한 시간 이상이나 밀어버렸다. 그래놓고 사과도 안 하는 건 예의가 아니었다.

그렇게 다시 시작된 촬영.

이번엔 NG 없이 깔끔하게 오케이를 받았고, 3월 1일에 운명처럼 이루어진 독립운동 신과 세 사람의 만남을 마무리 지었다.

『천 번의 환생 끝에』 4권에 계속…

초대형 24시 만화방

신간 100%, 샤워실, 흡연실, 수면실(침대석), 커플석, 세탁기 완비

▪ 시흥 정왕25시점 ▪

E-마트
GS25 새마을금고
T월드
25시 만화방
U+
농협
사회골프.연습장   시외버스.터미널

경기 시흥시 정왕동 1742-13 미스터피자 건물 5층
031) 319-5629

▪ 강북 노원역점 ▪

운전면허 시험장
⑨   ⑩
4호선 노원역
②   ①
롯데백화점   **24시 만화방**   순복음
교회

서울 노원구 상계동 340-6 노원역 1번 출구 앞 3층
02) 951-8324 (화용빌딩 3층)

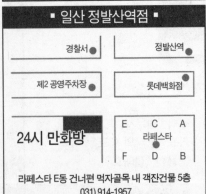

▪ 일산 정발산역점 ▪

경찰서   정발산역
제2 공영주차장   롯데백화점

24시 만화방
E   C   A
라페스타
F   D   B

라페스타 E동 건너편 먹자골목 내 객잔건물 5층
031) 914-1957

▪ 일산 화정역점 ▪

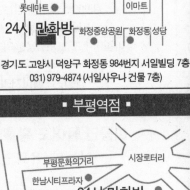

덕양구청
③   ④
화정역
②   ①
세이브존
롯데마트   이마트

24시 만화방   화정중앙공원 화정동 성당

경기도 고양시 덕양구 화정동 984번지 서일빌딩 7층
031) 979-4874 (서일사우나 건물 7층)

▪ 부천 역곡역점 ▪

역곡역(가톨릭대)
● CGV
역곡남부역 사거리
24시 만화방   홈플러스

역곡남부역 기업은행 건물 3층
032) 665-5525

▪ 부평역점 ▪

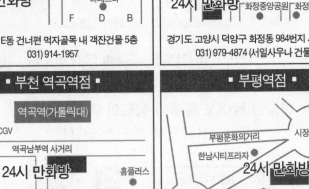

시장로터리
부평문화의거리
한남시티프라자   **24시 만화방**
나들가게
부평   부평1번가   춘천집 부평점
지하상가

(구)진선미 예식장 뒤 한신포차 건물 10층
032) 522-2871